Narrative

Anne Glenconner

Assassinio sull'isola

ROMANZO

Traduzione di Alessandra Petrelli

MONDADORI

librimondadori.it

ISBN 978-88-04-73532-8

Titolo dell'opera originale
Murder on Mustique
I edizione aprile 2021

Assassinio sull'isola

A Colin,
che ha fatto di Mustique
un nome famoso

Dobbiamo andare avanti, perché tornare indietro non si può.

ROBERT LOUIS STEVENSON, *L'isola del tesoro*

PRIMA PARTE

Bollettino meteo tropicale

National Hurricane Center, Miami, FL

Venerdì, 13 settembre 2002

Per Atlantico settentrionale e Mar dei Caraibi

Il National Hurricane Center emette un'allerta
per l'uragano Cristobal, attualmente stazionario
cento miglia a est della costa del South Carolina.

Rotta rilevata: sud-est; livello di rischio attuale: lieve

Prologo

Venerdì, 13 settembre 2002

Sono le cinque del mattino quando Amanda Fortini si incammina tra le palme verso Britannia Bay. Porta un bikini rosso, è scalza e ancora leggermente alticcia dopo la festa della sera precedente. Ha una bella abbronzatura, grazie alle immersioni sulla barriera corallina che circonda l'isola e al tempo passato a bordo piscina dagli amici, e la chioma bionda è di due sfumature più chiara rispetto al suo arrivo a Mustique sei settimane prima. Si ferma un istante e inspira la fragranza di vite selvatica, fiori di ibisco e avventura dell'isola. È un profumo che le rinfranca lo spirito mentre segue il sentiero che si snoda tra felci alte quasi quanto lei. Ha ventitré anni e per la prima volta si sente padrona della propria vita. Ha commesso errori e scelto gli uomini sbagliati, sebbene la sua esistenza privilegiata a New York le abbia permesso di conoscere molti scapoli papabili... ma ora basta. Si sente pervadere dalla certezza mentre l'oceano appare in lontananza, uno scintillio turchese all'orizzonte.

Scruta sorridendo la spiaggia, un'ampia mezzaluna di sabbia rosata. Fa già piuttosto caldo, sebbene sia sul lato occidentale dell'isola, e il sole appena sorto le scalda la schiena. È ancora molto presto e non c'è in giro nessuno. L'oceano la chiama invitante e la tentazione di tuffarsi tra le onde come una bambina sovreccitata è irresistibile. Qui può fare quello che le pare. Non ci sono giornalisti nascosti tra gli alberi, pronti a tenderle un agguato come succede a Manhattan, dove si sente perennemente a disagio. La celebrità, con le sue incessanti pretese, è il prezzo da pagare per appartenere a una famiglia facoltosa. Ogni particolare della sua vita finisce sulle pagine delle riviste patinate. Mustique è l'unico luogo dove può rilassarsi, senza testimoni. Piroetta su se stessa travolta da un inebriante senso di libertà e osserva la fitta giungla, una villa immacolata in cima alla collina, i bagliori di luce dorata che il sole dissemina sulla superficie dell'acqua. Il Mar dei Caraibi è calmo come una vasca piena di mercurio, pronta ad accoglierla.

Amanda entra in acqua, dapprima lentamente, godendosi la sensazione di fresco sulla pelle ancora accaldata dopo aver ballato tutta la notte sulla spiaggia davanti a un falò. Un grande yacht è ormeggiato all'orizzonte, i ponti abbaglianti sotto il sole. Si lascia sollevare dall'onda successiva. Ha i muscoli sciolti e rilassati mentre si allontana dalla riva, le braccia e le gambe a fendere l'acqua in una nuotata veloce.

Si ferma solo una volta a riprendere fiato. Mustique somiglia alla pubblicità di una vacanza tropicale, le colline si innalzano circondate da una distesa di alberi e da spiagge deserte. Amanda si gira di schiena e galleggia per un po' sulle onde, il viso rivolto verso il sole.

Un lieve rumore la fa trasalire mentre ammira il rigoglioso profilo dell'isola. Riconosce l'orribile ronzio meccanico di un motoscafo, sempre più forte. Potrebbe trattarsi di un pescatore locale o del proprietario dello yacht, ma perché va così veloce? È risaputo che ci sono persone in acqua a tutte le ore del giorno. Quando si gira, un'imbarcazione punta dritta verso di lei. L'istinto la spinge a immergersi, finché sente bruciare i polmoni. L'elica le sfiora il viso. Possibile che il conducente non l'abbia vista, anche se si è sbracciata freneticamente per indicargli di cambiare rotta? Il motoscafo esegue una brusca virata, Amanda è assalita dal panico e si immerge un'altra volta. Quando le piomba addosso una terza volta, la sua reazione è troppo lenta.

La prua la scaglia in aria come una bambola di pezza, per poi scaraventarla di nuovo in acqua. Le passano davanti agli occhi i volti delle persone che ama: sua madre, le amiche del cuore. Amanda è quasi svenuta quando riemerge, nelle orecchie il fragore delle onde. Il suo sguardo si posa di nuovo sull'isola, come l'obiettivo di una macchina fotografica, scattando un'ultima istantanea del paradiso.

1

Sabato, 14 settembre 2002

Le mie mani indugiano sopra una scatola di cartone con le parole "Principessa Margaret" scarabocchiate sul coperchio. Mi trovo nella mia tenuta del Norfolk stamattina, a portare a termine un compito che ho rimandato per mesi. So già che cosa contiene la scatola: tutti i regali che mi ha fatto la principessa nei quattro decenni in cui sono stata la sua dama di compagnia. L'ho tenuta in soffitta dal suo funerale, sette mesi fa.

Le lettere della principessa sono raccolte in pacchi ordinati, le buste recano il mio nome per intero, Lady Veronica Blake, scritto con la sua grafia esuberante. Mi sale un groppo in gola. Mi scriveva sempre quand'eravamo separate dalla malattia o da impegni familiari, ma ancora non ce la faccio a rileggerle. Devo solo cercare un oggetto da regalare alla mia figlioccia Lily Calder per il suo ventunesimo compleanno, dato che lo sfavillante mondo frequentato dalla principessa l'ha sempre affascinata. La vista di tutti quei regali mi fa tornare indietro nel tempo. Delicati portauovo di porcellana bianca con il bordo dorato, una sciarpa di seta turchese, un portasapone di ebano intagliato. Alla principessa piaceva regalare oggetti utili, e li selezionava con cura uno a uno. Risvegliano in me i ricordi di viaggi reali e dei lampi dei flash intorno a lei, dapprincipio adulatori, poi crudeli nei mesi precedenti alla sua morte. Prendo il foulard di seta per ammirarlo di nuovo. È il primo regalo che mi fece la principessa dopo che Jasper acquistò impulsivamente Mustique nel 1955, ben prima che sull'isola arrivassero l'elettricità e l'acqua corrente. Sarebbe il regalo perfetto per Lily, soprattutto se ne conoscesse l'origine. So che la principessa non avrebbe obiezioni al fatto che venga dato a qualcun altro; apprezzava sempre che un oggetto venisse usato per uno scopo.

Lo squillo del telefono alle nove e mezzo è un sollievo, mi strappa al passato prima che possa inghiottirmi. Sono sicura che sia mio marito, ansioso di scaricare le sue preoccupazioni, ma la voce dall'altra parte è quella della mia figlioccia. Mi sono occupata di lei negli ultimi sedici anni, dalla morte di sua madre. Abita nella nostra villa a Mustique, ma non mi aspettavo che chiamasse qui a casa; il fuso orario dell'isola è indietro di cinque ore rispetto alla Gran Bretagna e questo significa che deve essersi svegliata prima dell'alba. Ha una voce trafelata, ma non mi spiega che cosa sia successo. L'ascolto mentre mi racconta come passa il tempo a gestire il progetto di conservazione, iniziato da sua madre tanti anni prima, per salvaguardare la barriera corallina che protegge l'isola. Ci ha lavorato sodo tutte le estati da quando era adolescente, e a tempo pieno da quando si è laureata in biologia marina lo scorso luglio. Con l'aiuto di volontari ha trapiantato del corallo vivo nelle parti colpite da sbiancamento a causa degli agenti inquinanti e dell'aumento della temperatura del mare. Se non avessi un orecchio così fino, non coglierei l'ansia nella sua voce.

«Non ho altre notizie da riferire, Vee. Volevo solo farti un saluto.»

«È spaventosamente presto, tesoro. Va tutto bene?»

Lei indugia un attimo di troppo. «Sì. Non vedo l'ora di averti qui, ecco tutto. Tu e Jasper verrete per il mio compleanno, vero?»

«Non ce lo perderemmo per niente al mondo. Io prenderò un volo sabato prossimo, così avremo una settimana intera per decidere che cosa vuoi fare, e Jasper ha promesso di raggiungerci.» La sento fare un lungo respiro, come se cercasse di non piangere. «È successo qualcosa, vero?»

Aspetto la sua risposta; il silenzio è sempre stato il modo migliore di spezzare la reticenza di Lily. È una ragazza solare, ma è sempre turbata all'approssimarsi dell'anniversario della morte di sua madre.

«Amanda sarebbe dovuta venire a trovarmi ieri sera, ma non si è fatta vedere.»

«Forse si è dimenticata. Perché non passi da lei più tardi?»

«È stata una settimana strana. Qualche sera fa ho sentito dei passi mentre tornavo a casa dal Basil's Bar. Credo che qualcuno mi stesse seguendo.»

«Ne sei certa? Magari era solo un ubriaco che tornava alla sua villa barcollando dopo troppi cocktail.»

«Forse hai ragione» dice con voce più sicura. «Appena hai i dettagli, fammi sapere quando arrivi. Verrò a prenderti.»

«Passa la giornata con i tuoi amici, Lily. Detesto sapere che sei da sola in quella grande villa.»

«Sinceramente sto bene. C'è tanto da fare sulla barca.»

«Ogni tanto puoi permetterti di rilassarti, tesoro. Appena arrivo, ci penso io a distrarti con pettegolezzi e picnic.»

Lei ride piano. «È quello che mi ci vuole. Mi sei mancata.»

«Anche tu, ma saremo presto insieme.»

Termino la telefonata dicendo a Lily che le voglio bene e poi la saluto. La tensione che ho avvertito nella sua voce continua a tormentarmi; non è il tipo che si agita se non c'è una vera emergenza. Probabilmente sta lavorando troppo se teme di essere pedinata in uno dei luoghi più sicuri al mondo. Quella ragazza è più incline a preoccuparsi dei bisogni altrui che dei propri, ed è per questo che ho intenzione di organizzare una grandiosa festa a sorpresa per il suo compleanno. Voglio che sappia quanto è importante per Jasper e me, e per i nostri figli ormai adulti. Crescerla è stato un piacere, eppure lei non è mai stata sicura del suo posto nella nostra famiglia.

Continuo a pensare a Lily mentre sbircio dentro la scatola. L'oggetto che scelgo ora è un filo di perle di quarzo citrino, che fa affiorare ricordi più felici. La principessa Margaret mi regalò la collana perché era perfetta con il mio abito preferito. Sto per rimettere la scatola al suo posto in soffitta quando il telefono suona per la seconda volta. Capisco che è mio marito dal silenzio rabbioso che sento all'altro capo della linea. Ha un carattere così volubile che può passare dalla bonarietà alla furia più abietta nel giro di pochi istanti.

«Jasper, sei tu?»

«Chi altri dovrebbe essere?» sbotta.

«Un'amica, magari, o uno dei ragazzi.»

«Oh, Vee, perdio, quaggiù sta andando tutto a rotoli. Dovrei abbandonare l'intero progetto.»

«In che senso?»

«L'architetto è un grandissimo imbecille, maledizione. Le ville sono un disastro e le casuarine che volevo salvare sono state abbattute. Tanto vale gettare la spugna.» La sua voce si alza di un'ottava, facendomi capire che sta per esplodere.

«Riuscirai a rimettere in sesto le cose» gli dico calma. «Per favore, Jasper, ascoltami. Sabato prossimo partirò per Mustique, in modo da iniziare i preparativi per la festa di compleanno di Lily. Promettimi che ritirerai i costumi e li porterai per tempo. Non è solo una riunione di famiglia; arriverà gente da tutto il mondo.»

«Mancano ancora due settimane, Cristo santo. Sono mesi che non parli d'altro.»

«Ricorda che è una sorpresa. Non devi farne parola con nessuno, soprattutto con Lily.»

«So tenere un segreto, Vee, non c'è bisogno che te lo dica. A proposito, vorrei che potessi vedere i Caraibi oggi, l'aria è cristallina e non c'è nemmeno una nuvola in cielo. È come quando dormivamo in tenda a Mustique. Che giorni meravigliosi, vero?»

«A parte quelle maledette zanzare.»

Jasper ride. «Poverina, già, dopo la prima puntura tutto lo sciame calava su di te.»

«Non mi ci far pensare.»

«Qui c'è Phillip che mi rallegra. Non senti la nostra mancanza?»

«Ma certo.»

«Ricordi com'è cominciato, a Mustique? Pescavamo le aragoste a mani nude nella laguna, poi ci crogiolavamo al sole per tutto il giorno. La mia idea di paradiso.»

La tensione nella voce di Jasper è stata sostituita dalla malinconia, il suo lato gentile è affiorato in superficie. Mio marito si trova a St Lucia da due settimane, per sovrintendere al suo ultimo progetto: un complesso residenziale sulla spiaggia che faccia concorrenza a quello di Mustique. Preferisco non sapere quanto gli costerà, perché ha già eroso una bella fetta del suo patrimonio. Ho passato la vita a osservare i suoi sbalzi d'umore, inebriandomi dei momenti sì e resistendo a quelli no. Meglio dimenticare i soldi che scorrono con tanta facilità tra le sue dita e concentrarsi sul futuro.

Quando metto giù il telefono, i meli fuori dalla finestra stanno perdendo le foglie. È l'inizio del lento declino autunnale, la stagione che mi piace di meno, perché mi ricorda che ho settant'anni. Ma i miei genitori scelsero per me il nome di un'eroina particolarmente forte di un romanzo di H.G. Wells e cerco di seguirne l'esempio. L'istinto mi dice di cambiare i piani e partire per Mustique oggi stesso, per stare con Lily. Prenoterò il biglietto e andrò, senza indugio.

2

Il sergente investigativo Solomon Nile è in ufficio e si chiede come riempire la giornata. È in servizio da tre mesi soltanto e il ruolo di unico poliziotto addestrato su Mustique gli pesa fastidiosamente sulle spalle. A giugno è tornato a casa dalla Gran Bretagna e l'estate è passata senza neppure un incidente, privandolo di una valida scusa per chiedere un vice per pattugliare il territorio dell'isola. Il capo della polizia a St Vincent si farebbe una grassa risata se lui affermasse che Mustique ha bisogno di un altro agente. L'isola dove è nato è lunga meno di cinque chilometri, larga poco più di due e non ha criminalità. Qualunque reato avrebbe come conseguenza la reclusione nella prigione di St Vincent, a venticinque miglia di distanza, e l'espulsione permanente dall'isola privata.

Nile deve fare buona impressione sui suoi superiori durante il periodo di prova; il padre è malato e lui è il primogenito. Ha trent'anni e gran parte dello stipendio se ne va in medicine per il vecchio genitore. Fare il poliziotto non è il lavoro dei suoi sogni, ma la lealtà e la necessità di prendere una decisione riguardo al futuro lo hanno spinto ad accettarlo. È rimasto orfano di madre a sette anni, e insieme al padre si è occupato di allevare il fratello minore Lyron. Il lavoro gli offre una pausa di respiro, anche se in ufficio c'è spazio sufficiente giusto per una vecchia scrivania e due sedie di plastica, con il condizionatore che ronza rumorosamente tutto il giorno senza riuscire ad abbassare la temperatura. La camicia bianca inamidata e i pantaloni neri dell'uniforme possono anche sembrare di classe, ma sono del tutto inadeguati quando la temperatura esterna sfiora i ventisette gradi.

Il sergente guarda i colleghi dalla porta socchiusa. Winston e Charlie Layton stanno giocando a carte. I due fratelli hanno dieci anni più di lui, sono appesantiti a furia di passare seduti il novanta per cento del loro tempo e portano magliette gialle con la scritta SECURITY. Nile non si fiderebbe affatto di loro in caso di necessità.

Sobbalza sulla sedia quando il telefono sulla scrivania squilla per la prima volta da settimane. Ascolta in silenzio Lily Calder e scatta in piedi quando lei, con voce bassa e in tono concitato, gli dice che è scomparsa una persona. La sua amica Amanda Fortini sarebbe dovuta andare a trovarla la sera precedente, ma non è mai arrivata e non risponde al telefono. Non dovrebbe essere difficile rintracciare la giovane; di tutti i proprietari delle ville ne sono rimasti sull'isola solo poche decine al termine della stagione. In maggioranza sono tornati a casa per evitare l'uragano che sta avanzando sull'Atlantico lentamente ma in maniera inesorabile. Per loro il tempo trascorso su Mustique è solo uno stacco momentaneo dalla realtà.

I fratelli Layton sono troppo immersi nella loro partita a poker per salutare quando Nile esce. Si gira a dare un'occhiata all'edificio che ospita il commissariato e prova un'altra fitta di delusione. A diciott'anni Nile aveva vinto una borsa di studio per studiare storia all'Università di Oxford, convinto che il mondo fosse nelle sue mani, ma il suo punto di vista è cambiato da quando ha fatto ritorno. Il suo ufficio ha finestre sgangherate, due celle di detenzione di fortuna costruite con blocchi di calcestruzzo e un tetto di lamiera ondulata che sicuramente non reggerà all'arrivo delle prime piogge tropicali. Ha intenzione di chiedere al capo della polizia di St Vincent di rimodernare la sede una volta completati i suoi sei mesi di prova.

Il suo umore migliora quando sale a bordo della dune buggy che gli spetta per contratto. È il modo più veloce di viaggiare sui terreni accidentati dell'isola e anche il benefit migliore del suo lavoro, anche se occorrono tre tentativi prima di riuscire a metterla in moto. Potrebbe recarsi a piedi a Villa Fortini, ma gli alisei hanno smesso di soffiare lasciando il posto a un'afa irrespirabile. La stazione di polizia si trova in una zona dell'isola poco frequentata dai villeggianti. La maggior parte di loro occupa le proprie ville e lì rimane, tranne che per bere qualche cocktail al Basil's Bar, al Firefly o al Cotton House prima di tornare a casa con un jet privato.

Nile scruta la folta vegetazione che fiancheggia il viottolo lastricato. L'isola è cambiata molto dalla sua infanzia, ma i costruttori hanno mantenuto l'illusione di una giungla tropicale, nonostante il centinaio di ville nascoste tra gli alberi. Da ragazzo le tartarughe strisciavano ancora sulle spiagge per deporre le uova, e le tartarughe dalle zampe rosse abitavano nella foresta. La fauna dell'isola comprende ancora moltissimi uccelli. Un parrocchetto dalla coda verde sfreccia sopra di lui mentre supera Britannia Bay, dove alcuni turisti stanno facendo il bagno, i loro teli l'unica macchia di colore sulla sabbia chiara.

La curiosità di Nile aumenta quando parcheggia fuori dalla dimora dei Fortini. L'edificio somiglia più a un palazzo delle fiabe che a una villa, con ampie terrazze ricavate sul fianco della collina. È una delle proprietà più sontuose di Mustique, e non c'è da sorprendersi. L'impero del caffè Fortini è il più vasto del mondo. Nile si è sempre domandato che aspetto abbia la casa da dentro e oggi finalmente lo scoprirà.

Una delle sue vicine di casa di Lovell sta spazzando la veranda quando Nile sale i gradini d'ingresso. Conosce la donna di mezza età da tutta la vita, eppure lei improvvisamente distoglie lo sguardo. Non è la prima volta che l'uniforme da poliziotto provoca una reazione ostile. Quando chiede se Amanda Fortini sia in casa, lei gli risponde di parlare con la governante.

«A quest'ora sarà indaffarata in cucina.»

La donna delle pulizie gli fa cenno di entrare, poi ricomincia a spazzare la polvere invisibile dalla veranda senza aspettare neppure che lui la saluti.

Quando Nile scorge la propria immagine riflessa in una finestra è colpito dalla discordanza tra la sua statura e l'immagine che ha di sé. È alto un metro e novantacinque, quasi quanto Usain Bolt, ha le spalle muscolose grazie al nuoto che pratica tutto l'anno, ma la somiglianza finisce qui. Nile ha il fisico del velocista ma non altrettanta spavalderia. Gli occhi castani sono nascosti da un paio di occhiali tondi con una sottile montatura dorata che gli danno un'aria da studioso più che da atleta. Nel suo sguardo c'è molta curiosità ma poca sicurezza. Trattiene un fischio d'ammirazione quando entra nell'atrio. Somiglia più a una cattedrale che a una casa privata. Una scala di marmo a spirale completata da un corrimano dorato occupa il centro dell'ambiente e la luce si riversa dalle finestre in alto. Quando prova a salutare la governante, non ottiene risposta e la sua voce riecheggia dalle pareti.

Lo sfarzo della dimora aumenta a ogni passo. Il salotto è più ampio di tutta casa sua e sebbene il panorama che gode dalla sua veranda posteriore sia identico qui sembra più bello, incorniciato com'è da finestre ad arco dalle linee perfette. C'è una piscina a sfioro con mattonelle che rispecchiano l'azzurro accecante del cielo, file di luminarie appese tra le palme e una spruzzata di petali di buganvillea sul prato. Non è mai stato particolarmente amante dell'arte, ma i quadri sparsi per la casa hanno un'aria costosa. L'unico che riconosce è un paesaggio marino di Mama Toulaine, la vicina di casa del padre a Lovell Village. Si ferma ad ammirare il suo acquerello di Gelliceaux Bay, che riproduce perfettamente il tramonto, con il mare di un rosa madreperla.

Dopo aver passato in rassegna tutto il pianterreno, Nile si accorge di una porta aperta che conduce in cantina. È l'unica zona della villa che non è lustra e abbagliante, con il pavimento di cemento grezzo e centinaia di bottiglie di vino collocate sulle rastrelliere lungo le pareti. Quando arriva in fondo alle scale nota una donna che tiene un piumino in ciascuna mano.

La governante, che deve avere una sessantina d'anni, frequenta la chiesa di suo padre. Ha una corporatura tonda, indossa un grembiule ed è intenta a spolverare le bottiglie. Gli rivolge un saluto più caloroso della donna al piano di sopra.

«Solomon Nile» dice raggiante. «Quell'uniforme ti sta benissimo. Domenica prossima nel pomeriggio passa a trovarmi; le mie due figlie hanno bisogno di un marito perbene. Puoi scegliere quella che preferisci.»

«Verrei volentieri, Mrs Jackson, ma non sarebbe giusto. Piuttosto preferirei fare una passeggiata sulla spiaggia con lei, quando vuole.»

«Che solenne bugia.» La donna getta la testa all'indietro con una sonora risata di pancia.

Nile ritrova facilmente quel modo di fare scherzoso e ridanciano che ricorda da quando era bambino. Gli manca la naturalezza di essere accettato da tutti. Si è sforzato di adattarsi da quando è tornato dopo anni trascorsi in Gran Bretagna.

«Sto cercando Amanda Fortini» dice alla governante. «Lily Calder ha provato a contattarla.»

«Davvero?» I modi rilassati della governante si irrigidiscono. «Quella signorina non ascolta nessuno. Stabilisce da sé le sue regole.»

«In che senso?»

«La signorina Amanda appartiene a una buona famiglia, ma è un po' irresponsabile. Quando i genitori tornano a casa, va al bar tutte le sere. Io non posso dire niente, anche se sono stata la sua bambinaia. Se fosse mia figlia la chiuderei a chiave in camera sua.»

«Quando l'ha vista per l'ultima volta?»

«Giovedì alle due del pomeriggio. Voleva gamberi e riso allo zafferano per pranzo, senza dessert e senza vino, grazie, solo *eau naturelle* ghiacciata. Secondo me si era presa una sbornia, ecco perché.»

«E da allora non l'ha più vista?»

La governante assume un'aria pensierosa. «Ieri le ho preparato la colazione, ma non si è fatta vedere, e anche il letto era intatto. Puoi trarre le debite conclusioni.»

«Posso dare un'occhiata alla sua camera?»

«Accomodati, signor poliziotto. È all'ultimo piano, l'ultima porta del pianerottolo sulla destra.»

Nile la ringrazia e poi la saluta. C'è qualcosa che lo turba mentre sale le scale della villa: c'è un'atmosfera spettrale, sebbene l'interno sia inondato di luce. È anche tutto asettico, ogni centimetro di pavimento tirato perfettamente a lucido. Le camere da letto hanno un arredamento moderno, con qualche pezzo d'antiquariato per conferire più stile. La sua curiosità raggiunge l'apice quando entra nella camera di Amanda Fortini. Il letto è rifatto, racchiuso da una zanzariera che scende dal soffitto per proteggerla mentre dorme. Quando apre l'armadio trova un mucchio di infradito e espadrillas, gonne leggere e un abito ricoperto di paillettes. Su un pannello appeso al muro sono fissate foto che la ritraggono circondata dagli amici, i capelli biondi e il sorriso sgargianti come neon. Sembra che non abbia mai avuto un dubbio in tutta la sua vita, ma per esperienza Nile sa che l'apparenza può ingannare. Passa in rassegna di nuovo tutta la camera in cerca di oggetti personali. Sul tavolo da toeletta, accanto al vassoio dei trucchi, c'è una trousse piena di gioielli, ma non c'è traccia di un cellulare.

Trova un opuscolo sul comodino. Contiene informazioni sul progetto di rinascita della barriera corallina gestito da Lily Calder di cui parla tutta l'isola. Da anni i pescatori cercano di non danneggiare l'atollo corallino, ma è una battaglia persa. Ben presto non ci sarà più un habitat adatto per i gamberi, le aragoste e gli snapper che compaiono su tutti i menu delle Isole Sopravento. Se il corallo muore, ne andrà anche della loro sussistenza. La maggior parte dei pescatori è riconoscente verso quella giovane che usa le proprie energie per una buona causa.

È difficile farsi un'idea della personalità di Amanda Fortini guardando la sua camera. La giovane ereditiera americana ha lasciato il portafogli, pieno di carte di credito, e nel contempo sembra incline a rimboccarsi le maniche, dando una mano al progetto di conservazione. Quando Nile scosta la zanzariera, però, nota qualcosa di strano. Sul letto appena rifatto c'è un grosso pezzo di corallo, di una trentina di centimetri, che ha sparso sabbia sulle lenzuola. È di un bianco purissimo, fragile al tatto, una serie di delicati tentacoli che cominciano a sbriciolarsi. Il suo odore salmastro è inconfondibile. Qualcuno ha inciso con un coltello sulla superficie due frecce incrociate. Ma perché Amanda Fortini avrebbe sporcato le lenzuola con un pezzo di corallo incrostato di sabbia? Sarebbe stato più ragionevole lasciarlo sul tavolino. Nile ha ancora in mano il corallo quando controlla il bagno adiacente alla camera. Non contiene niente di personale, tranne il vago sentore di un profumo agli agrumi che già inizia a svanire.

Il sergente ha la testa così piena di domande quando esce dalla villa che si dimentica di salutare la donna delle pulizie che sta ancora spazzando la veranda, ma lei si accorge della cosa e prorompe in una sequela di imprecazioni creole che lo accompagnano mentre si allontana.

3

Riesco a imbarcarmi sul volo da Gatwick a St Lucia per il rotto della cuffia. So per certo che la mia decisione farà infuriare Jasper. Avrebbe preferito che andassi a visitare il suo progetto immobiliare, invece di saltare sull'ultimo aereo per Mustique, ma la mia priorità è di essere accanto a Lily e accertarmi che i miei piani per la sua festa procedano come si deve. Una volta verificato che tutti i dettagli sono al loro posto, potrò nuotare e prendere il sole a piacimento, in attesa che Jasper arrivi a dare una mano.

L'Inghilterra è grigia e cupa quando decolliamo, ma comincio già a rilassarmi. Per la principessa Margaret ogni volo era una pausa dai doveri reali e dall'essere in vetrina, e io intendo fare la stessa cosa. Per un po' ascolto l'audiolibro di *Ragione e sentimento* e mi lascio assorbire, ma dopo qualche ora la concentrazione è agli sgoccioli e il passato reclama la mia attenzione.

Ricordo come se fosse ieri gli avvenimenti che hanno portato Lily nella nostra vita. Fino a sedici anni fa sua madre, la dottoressa Emily Calder, era una nostra cara amica: fresca di divorzio, aveva affittato una villa accanto alla nostra. Intorno ai trent'anni, aveva un dottorato a Harvard e una reputazione che si andava consolidando come ambientalista marina all'avanguardia. Emily trascorreva tutte le estati a Mustique, studiando la barriera corallina. Era adorata da tutti, perché era una donna spigliata, carismatica e intelligente. Per me era stata una gioia fare da madrina alla piccola Lily. La bambina, che all'epoca aveva cinque anni, aveva un carattere allegro e si divertiva a sguazzare nella parte più bassa della nostra piscina mentre Emily e io chiacchieravamo dopo le lunghe giornate che lei trascorreva in mare. Non parlava quasi mai del divorzio, ma rimpiango ancora oggi di non aver colto i segnali premonitori. Dopo aver bevuto il suo ultimo aperitivo serale con me, era tornata alla villa e poi si era inoltrata in acqua mentre Lily dormiva, senza lasciare nessuna spiegazione del suo gesto. Non furono trovate tracce di lei, a parte il sarong ripiegato con cura a Macaroni Beach. Non sono mai riuscita a dare un senso alla tragedia. Emily era giovane e bella, aveva molte amiche pronte ad ascoltare i suoi sfoghi, e invece aveva preferito gettare via tutto e abbandonare Lily al suo destino. Posso solo immaginare che combattesse contro la depressione ma non lo avesse detto a nessuno. Se aveva scritto una lettera d'addio, non fu trovata e la figlia rimase così priva di parole di conforto.

Jasper aveva accettato subito di prendersi cura della piccola Lily. Il lato giovanile del suo carattere lo aiuta ad apprezzare la compagnia dei bambini e i nostri figli avevano già abbandonato il nido. Loro accettarono la presenza di Lily senza fare domande, ma la sua infanzia era rattristata dalla morte della madre e successivamente lo fu dal disinteresse del padre. Henry Calder è un petroliere convinto che la sua unica responsabilità genitoriale sia di istituire un piccolo fondo fiduciario, e di rado si preoccupa di mettersi in contatto con la figlia. La ragazza non ha problemi di denaro, anche se non sarà mai ricca, e non ha nessun punto di riferimento a parte me e Jasper, tuttavia è un'eterna ottimista. Si è messa in testa di salvare la barriera corallina e ho la sensazione che niente potrà impedirglielo.

Scivolo in un sonno intermittente e quando mi sveglio il comandante annuncia che manca solo mezz'ora all'atterraggio a St Lucia, ma che durante l'avvicinamento passeremo per una turbolenza che provocherà qualche scossone. L'aereo vibra e sobbalza mentre il tempo si riallinea. Sono appena passate le cinque del pomeriggio, l'isola è cinque ore indietro rispetto al fuso orario inglese.

Mi viene in mente di telefonare a Jasper, ma il volo ha prosciugato le mie energie. Decido di aspettare dopo che un sonno ristoratore mi avrà rimesso in forze. Il piccolo aeroporto brulica di parenti ansiosi di riunirsi ai passeggeri del volo, tassisti e facchini che si offrono di portarmi la valigia per una somma modesta. Mi accingo a fare il check-in per il volo successivo, quando noto tra la folla una faccia familiare. È Simon Pakefield, il sostituto inglese del nostro caro dottor Bunbury quando va a trovare i parenti in Gran Bretagna. Tutta l'isola sente la mancanza di Bunbury quando parte, perché si è preso cura dei nostri malanni per decenni. Pakefield non risponde al mio cenno di saluto, sebbene ci siamo incontrati cinque o sei volte. Ha modi bizzarri, è pallido e imperscrutabile, con una zazzera di capelli nerissimi. Sembra impossibile che il suo approccio al capezzale sia premuroso, visto che non ha alcun talento per i rapporti sociali e preferisce trattare le persone come pazienti piuttosto che come amici.

Pakefield è tornato a confondersi tra la folla quando un'altra voce mi chiama per nome. Il mio vecchio amico Phillip Everard mi corre incontro, la mano alzata in un cenno di saluto. È un attore canadese ultracinquantenne, ma non si direbbe. I suoi lineamenti sono rimasti quelli di quando aveva recitato in una mezza dozzina di commedie sofisticate che avevano riscosso grande successo alla fine degli anni Ottanta. È il genere di persona che attira l'attenzione di uomini e donne di tutte le età, il suo carisma accresciuto dalla dichiarata bisessualità. Indossa una camicia di lino azzurra che dà risalto all'abbronzatura e i capelli grigi rasati cortissimi mettono ancora più in evidenza i lineamenti scolpiti.

«Sei sempre così affascinante, Phil, una vera star.»

«Non mi avvicino nemmeno lontanamente alla tua bellezza.» Sorride, poi mi abbraccia forte. «Come fai ad avere la pelle così liscia?»

«Fortuna nei geni e crema di Harrods. Si può sapere cosa ci fai qui?»

«Lily mi ha detto che eri in arrivo, così ho rimandato il volo di ritorno dopo aver aiutato Jasper a ragionare con il suo antipatico architetto francese.»

«Sei un vero tesoro. Jasper sta bene? Non lo avevo mai sentito tanto abbattuto.»

«Ha bisogno di qualcuno che gli asciughi la fronte sudata ed è incline a fare scenate, quindi tutto nella norma.» Ha un'aria divertita. «Ho passato il pomeriggio a caccia di un regalo di compleanno per Lily.»

«Che cosa le hai preso?»

«Degli orecchini e un braccialetto di perle di fiume. Troppo prevedibile?»

«Sono sicura che le piaceranno.»

«Grazie a Dio andrai subito a Mustique senza passare da quella voragine infernale creata da Jasper.» La voce di Phillip ha una lieve cadenza francese, rimasta dall'infanzia trascorsa nel Québec.

«Non dirlo a me, tesoro. Per prima cosa ho bisogno di una vodka.»

«Purtroppo dovrai aspettare. Ci sono dei ritardi e noi siamo sull'ultimo volo; chiuderanno l'aeroporto dopo il nostro decollo. A quanto pare sta arrivando una tempesta tropicale. Dio solo sa perché sono tanto preoccupati, quell'affare non passerà vicino a noi.»

Phillip mi trascina per il terminal a passo spedito, tenendomi per mano. Siamo amici da trent'anni, da quando ha acquistato una delle ville più piccole di Mustique, pur avendo tanti di quei soldi da potersi costruire un intero palazzo. Voleva un rifugio per sfuggire ai paparazzi, ma la sua modestia gli ha impedito di arredarlo in grande stile. Phillip è stato l'anima di ogni festa e di ogni spettacolo, ma di recente ha rallentato il ritmo. Non ricordo quando è stata l'ultima volta che ha lavorato. Mentre lo osservo organizzare il nostro trasbordo, tutto serio e manageriale, me lo immagino interpretare il ruolo di un avvocato per i diritti umani idealista, o di un presidente americano con i valori della vecchia scuola. Il suo umore cambia all'improvviso quando raggiungiamo il piccolo aeroplano che aspetta sulla pista.

«Te l'ho detto che José si comporta in maniera strana? È molto bravo nella cura dei giardini, ma continua a seguirmi, da mattina a sera.»

«Non promette niente di buono.»

«Che cosa dovremmo fare secondo te?»

«Gli parlerò, se vuoi.»

«Cerca di non terrorizzare quel povero ragazzo. Voglio solo che la smetta di comportarsi come la mia guardia del corpo.»

José Gomez lavora per Phillip e per me da cinque anni, occupandosi dei nostri due giardini. Quel ragazzo ha davvero il pollice verde, ma è muto dalla nascita. A volte lo sento fischiettare mentre cura il prato, ma non ha mai detto nemmeno una parola. Phillip sembra sollevato all'idea di lasciare a me la faccenda e mi prende di nuovo la mano mentre l'aereo navetta si prepara al decollo.

«Morivo dalla voglia di dire a Lily della festa, ma ho tenuto la bocca cucita. È affascinata dai vecchi tempi, vero? I ricevimenti su Mustique sono leggendari ai suoi occhi.»

«Questa festa dovrà superarli tutti; ha bisogno di qualcosa che le dia un'iniezione di autostima, e mancano solo due settimane. Jasper e io abbiamo incaricato gli stilisti di St Lucia di preparare dozzine di bellissimi costumi per i nostri ospiti, te compreso.»

«C'è un tema?»

«Lo intitoleremo Ballo della Luna, perché dovrebbe essere piena quella notte, e spero che il cielo sia limpido. Voglio che l'isola risplenda in onore di Lily.»

«Nessuno prende tanto sul serio i preparativi per una festa quanto te e Jasper. Ricordo i tuoi viaggi nel Kèrala anni fa, per acquistare costumi e accessori per una festa. Avevi persino noleggiato uno yacht in modo che gli ospiti potessero vestirsi in mare e arrivare sulla spiaggia impeccabili.

Ci sono volute settimane per costruire quel palazzo sul prato, ricordi?»

«I gusti di Lily sono più semplici dei nostri, ma non m'importa. Ci saranno tutti: reali, top model, rockstar e, ovviamente, tu.» Gli sorrido di nuovo.

«Non è mai troppo tardi per sposarmi.»

«Jasper non mi concederebbe mai il divorzio e tu mi lasceresti per il primo bel bocconcino che passa.»

Vedo il dottor Pakefield seduto tre file davanti a noi mentre Phillip si prende gioco di me. Il medico guarda fuori dal finestrino, immerso nei pensieri, e intanto i motori dell'aeroplano ruggiscono. Il decollo sul velivolo da dieci posti è come essere catapultati nel cielo, ma alla fine del nostro viaggio mi aspetta Mustique e questo mi permette di superare qualunque disagio. Il sole è già basso sull'orizzonte e il pilota dev'essere ansioso di raggiungere l'isola, perché è vietato atterrare di notte. Le luci di St Lucia scompaiono in lontananza mentre voliamo verso sud, con la distesa dell'oceano che si increspa sotto di noi. Non so perché un brivido mi corre lungo la schiena quando l'isola appare all'orizzonte; la vegetazione è tuttora così fitta da farla sembrare uno smeraldo che galleggia su un drappo di velluto blu scuro. Ricordo ancora quanto fosse primitiva all'inizio, quando mucche e capre selvatiche scorrazzavano per la giungla, e l'aria ronzava di zanzare. Il nostro aereo sfiora la cima più alta di Mustique, poi Phillip mi afferra di nuovo la mano mentre cadiamo come un sasso sulla piccola pista di atterraggio.

4

Nel giro di pochi minuti dopo il nostro atterraggio, calano le tenebre. Scorgo appena la pianura al centro dell'isola, un tempo parte di una piantagione di cotone, ancora delimitata da palme centenarie. Mi si allarga il cuore quando scendiamo dall'aereo e siamo accolti dall'aria tiepida e dal profumo delle orchidee. Fuori dal piccolo terminal troviamo ad attenderci il personale di servizio, e l'edificio testimonia chiaramente l'atmosfera rilassata che regna sull'isola. Gli ospiti blasonati arrivano e partono ogni giorno da Mustique in alta stagione, ma il terminal è una costruzione semplice. Il tetto a punta è coperto di foglie di palma, e sopra due stretti passaggi sono appesi cartelli scritti a mano che indicano arrivi e partenze. Il direttore dell'aeroporto mi saluta con un inchino, senza nemmeno controllare i miei documenti, come se fossi ancora la proprietaria dell'isola. Con grande cortesia si informa su Lord Blake, e anche se apprezzo la gentilezza con cui vengo trattata a Mustique i convenevoli durano così tanto che non vedo l'ora di uscire dall'edificio.

Il maggiordomo mi ha portato la dune buggy al parcheggio, che dispone dei posti sufficienti giusto per la piccola flotta di veicoli dell'isola. In circostanze normali preferisco muovermi a piedi, ma stasera sono grata del mezzo di trasporto quando Phillip e io partiamo diretti alla sua villa, con la mia valigia sul sedile posteriore. I profumi dell'isola mi riempiono i polmoni lungo il tragitto; la fragranza dolce delle foglie in decomposizione, il sentore salmastro del mare, l'aroma di paprica che esce da una cucina. Sento già le spalle rilassarsi, ma nei sei mesi dalla mia ultima visita Mustique è cambiata. I sentieri tra le casuarine e il sottobosco lussureggiante sono stati lastricati e ben presto l'intera isola sarà attraversata da vialetti in piena regola al posto delle piste sabbiose che amo tanto. Molte delle ville dei miei amici sono vuote. Non ci sono luci nella proprietà di Mick Jagger, quindi l'atmosfera sarà meno frenetica e non verranno organizzate partite di cricket improvvisate come piace fare a lui. Anche la dimora di David Bowie è buia, perciò il clima al Basil's Bar sarà meno divertente del solito, finché le due star non torneranno per la festa di Lily.

La villa di Phillip sorge a ovest rispetto alla mia e si affaccia su Plantain Bay. È una delle poche case di Mustique che non ha una staccionata a proteggerla dai venti che spazzano l'isola durante la stagione degli uragani. Prende il nome dagli alberi di jacaranda che la circondano, ancora carichi di boccioli rossi. Jacaranda è un semplice cottage, rivestito di assi sbiancate, con un tetto di ardesia. Dice tutto su quanto Phillip adori la semplicità del luogo, tanto che ha solo due persone di servizio, un'anziana cameriera e José per il giardino. Mi invita a entrare per un drink, ma sono ansiosa di vedere Lily, quindi lo invito a pranzo da me per l'indomani. Promette di portarmi della papaya fresca dal suo albero, poi ci salutiamo.

Rallento per ascoltare la pace sull'ultimo tratto di strada in mezzo ai fitti alberi. Nessun segno di attività umana, solo le zanzare che danno nome all'isola e le cicale che friniscono come uno scroscio di applausi. È il suono che immagino quando sono in Inghilterra, il ronzio sommesso che mi culla nel sonno. Poi sento un nuovo rumore; dei passi regolari sul sentiero dietro di me, ma quando mi giro vedo solo un ammasso scuro di palme e le stelle che brillano in cielo. I passi si fermano per un istante, poi riprendono.

«Chiunque tu sia, raggiungimi» dico.

Simon Pakefield spunta dalla vegetazione. Riconosco il suo disagio anche da lontano, ha le spalle curve come uno scolaretto che aspetta una punizione.

«Come stai, Simon? Ho cercato di attirare la tua attenzione sull'aereo, per salutarti, ma sembravi immerso nel tuo mondo.»

«Mi deve scusare, Lady Vee.» Il medico mi rivolge un sorriso impacciato. «Non l'avevo vista.»

«Poco male. Lascia che ti dia uno strappo fino a casa.»

Il dottore sembra rilassarsi e sale a bordo della buggy. Andiamo nella stessa direzione, perché lui abita nella villa del dottor Bunbury quando non c'è. Pakefield mi spiega di essere intenzionato a continuare il lavoro del nostro medico durante la sua permanenza di due mesi sull'isola, raccogliendo fondi per un nuovo apparecchio radiografico e rinnovare il piccolo reparto del centro medico con letti e mobilio nuovi.

«Mi sembra un'ottima idea. Organizzerò una raccolta fondi. Tua moglie è con te stavolta?»

«Chloe è rimasta con i bambini; non volevamo toglierli un'altra volta dal loro ambiente.»

«È un peccato. Devi venire a cena da me; non fa bene passare troppo tempo da soli.»

«È molto gentile da parte sua, ma i pazienti mi tengono occupato. Le assicuro che sto bene.»

«Fissiamo comunque una data, ci piacerebbe averti con noi.»

Arrivati a una biforcazione del sentiero, il dottore si congeda e s'incammina verso la villa che gli è stata prestata. Provo un moto di compassione. Simon Pakefield dipende dalla capacità di socializzare della moglie; ha bisogno di un sostegno extra durante la permanenza su Mustique, per evitare il completo isolamento. L'incontro mi ha convinta che probabilmente Lily si è soltanto immaginata di essere stata pedinata. Non mi spiego ancora perché abbia deciso di venire a Mustique, dopo essere tornata dalla California quest'estate. L'isola deve serbare molti ricordi dolorosi per lei, tuttavia è determinata a utilizzare la barca lasciata dalla madre per il progetto di conservazione e vuole istituire un ente di beneficenza per la barriera corallina. Non mi sognerei mai di dissuaderla, ma a volte vorrei che dimenticasse il passato.

Il cuore mi si allarga alla vista di Eden House oltre il fitto intrico di rami. Jasper battezzò la villa prima ancora che venisse posata la prima pietra, ed era celestiale vivere nel lusso dopo il periodo iniziale passato in tenda. Da lontano l'edificio su tre livelli risulta imponente, soprattutto di notte, con decine di alte finestre che brillano sulla facciata. È stato progettato da Oliver Messel, un architetto famoso per il gusto teatrale e lo stile gingerbread. La costruzione di un bianco purissimo reca la sua firma nell'inconfondibile accostamento di elementi classici e moderni, con decorazioni di legno intagliato sui bordi del tetto e balconi eterei all'ultimo piano. È abbastanza romantica da poter essere un'ambientazione per Romeo e Giulietta, con la veranda in marmo che si apre ad accogliermi. I giardini sono splendidi, con le luci che brillano al di là della piscina sul lato più esterno del prato e la dépendance dipinta di fresco.

Una volta dentro chiamo Lily per nome, ma non mi risponde nessuno, il che non mi sorprende. Il personale di servizio se n'è ormai andato e il mio volo era in ritardo. Avverto uno strano senso di disagio, anche se l'eleganza discreta della villa è sempre accogliente. Forse dipende dal fatto che mi è capitato raramente di stare da sola in questa casa che Jasper e io adoriamo da anni. Non c'è motivo di essere nervosa, a parte per il lungo viaggio. Scaccio la sensazione, poi attraverso il pianterreno. Ho scelto di persona l'arredamento, con un piccolo aiuto del mio amico Nicky Haslam, che ha un gusto impeccabile. Gli ambienti hanno soffitti alti e pareti bianche, per esaltare la luce che li inonda ogni giorno. Negli angoli delle stanze sono distribuiti pezzi collezionati durante i miei viaggi con Jasper e la principessa Margaret in India e nei Caraibi. Alle pareti sono appesi grandi specchi dalle cornici d'argento decorate con figure mitiche da abili artigiani di Jaipur un secolo fa. Comincio a sentirmi meglio quando salgo di sopra. Nel guardaroba ci sono i vestiti che ho lasciato qui l'ultima volta e la nostra collezione di dipinti mi dà sempre un grande piacere. Il vivido paesaggio che ho acquistato da un'artista locale vibra di colori sopra il letto, e sul tavolo da toeletta il delicato vaso riportato dal Giappone aspetta solo di essere riempito di fiori.

Potrei scendere a Britannia Bay per cercare Lily al Basil's Bar, ma pettinarmi i capelli e indossare qualcosa di pulito mi sembra uno sforzo eccessivo. Percorro lentamente il corridoio, indugiando a osservare oggetti che non vedo da mesi. Quando sbircio oltre la porta aperta della camera di Lily, la trovo meno in disordine del solito. Sul pavimento ci sono un paio di vecchi sandali e dei teli da bagno ammucchiati, ma per il resto è tutto al suo posto. Non ha cambiato arredamento da quando era bambina, la sua passione per gli oceani è visibile in ogni angolo. Un grande squalo bianco si protende verso di me da un poster sopra il letto e sulla parete è appeso un manifesto con diverse specie di pesci tropicali, accanto alla foto sottomarina di una rigogliosa distesa di corallo.

Tornata di sotto spengo le luci della piscina poi mi siedo a rilassarmi su una sdraio. La luce delle stelle è sempre la fonte di illuminazione migliore; l'universo scintilla sopra di me, milioni di astri come schegge di diamante sparse su un'immensa lavagna nera e la luna che dipinge un sentiero di luce sulla superficie dell'oceano. Gli unici rumori sono le note antiquate di una musica calypso che provengono da qualche villa nei paraggi, risate soffocate e le aninghe che intonano i loro cori notturni. È meraviglioso crogiolarsi nell'aria tropicale invece che nel freddo autunnale del Norfolk. I ricordi di questo luogo bastano già per farmi rilassare. Spesso la principessa Margaret e io ci sedevamo qui a guardare il tramonto con gli occhi fissi sull'orizzonte, nella speranza di cogliere il leggendario raggio verde che si dice compaia sul mare quando il sole sparisce. Non ci è mai capitato di vederlo, ma mentre lo aspettavamo abbiamo fatto tante piacevoli chiacchierate.

Quando sento dei passi sul vialetto, capisco immediatamente che qualcosa non va. Sono affrettati e nervosi. La mia figlioccia corre a più non posso e si ferma ai miei piedi, boccheggiando, senza perdere il suo aspetto da attrice. È sbocciata in una vera bellezza, una versione più alta di Audrey Hepburn con i pantaloni Capri bianchi e la canottiera nera. I capelli corvini sono quasi rasati, gli occhi azzurro oceano sgranati per lo shock. L'espressione di Lily si trasforma in felicità in un batter d'occhio. Quando mi alzo, mi abbraccia forte, poi si stacca da me per osservarmi, le mani posate sulle mie spalle.

«Quanto sono contenta che tu sia qui.»

«Va tutto bene, tesoro?» le chiedo. «Perché stavi correndo così?»

«Mi sono spaventata tornando a casa. Qualcuno mi stava seguendo di nuovo.»

Lily ha un'aria così vulnerabile che devo ricordare a me stessa che ormai è una donna adulta. Ha vissuto tre anni in America, da sola, e se l'è cavata alla grande.

«Avresti dovuto dirmi a che ora arrivavi. Sarei venuta a prenderti all'aeroporto. Spero che tu non ti sia precipitata qui per causa mia.»

«Niente affatto. Ero ansiosa di rivedere te e l'isola.»

«Vorresti farmi il piacere di comprarti un cellulare? Renderebbe tutto molto più facile.»

«Non sopporto quelle stridule suonerie. Eri al Basil's?»

«Ero andata a cercare Amanda al Cotton House, ma nessuno l'ha vista.» Nella sua voce vibra di nuovo, inconfondibile, una nota di ansia.

«Vi siete viste molto dal suo arrivo qui?»

Lily annuisce con foga. «È sempre la solita, piena di energia travolgente, la ragazza più estroversa che conosca.»

«Hai parlato con il servizio di sicurezza?»

«Quando ci sono andata all'ora di pranzo, l'ufficio era vuoto. Lo sapevi che c'è solo un poliziotto a pattugliare tutta l'isola?»

«È così perché nessuno commette reati qui. Jasper e io lo conosciamo bene, si chiama Solomon Nile. Si è diplomato a Oxford, probabilmente è l'uomo più intelligente di tutta Mustique.»

«Al telefono mi è sembrato troppo flemmatico per i miei gusti. Amanda non mi ha mai bidonato così; se avesse cambiato i suoi progetti, me lo avrebbe detto. Nei mesi estivi siamo state insieme quasi tutti i giorni.» Lily abbassa lo sguardo. «Giorni fa qualcuno mi ha lasciato una minaccia scritta in creolo sulla fiancata della barca. Diceva: "Vattene da Mustique o muori come il corallo".»

«Santo cielo, perché non me lo hai detto? Sarei venuta prima.»

«Non aveva senso allarmarti. I fratelli Layton hanno visto la scritta prima che la sciacquassi via, ma non ne sono rimasti particolarmente turbati.»

«Solomon è diverso, scoprirà rapidamente dove si nasconde Amanda.»

«Speriamo.» Lily si lascia cadere sulla sdraio accanto alla mia, poi scalcia via le scarpette da scoglio proprio come faceva da bambina.

«Phillip mi ha detto che José si comporta in modo strano. È così?»

Lily è sorpresa. «A me sembra normale, anzi è fantastico. Passa la maggior parte del tempo libero ad aiutarmi sulla barca.»

«Fai attenzione, tesoro. Ha sempre avuto una cotta per te.»

Lei mi guarda divertita. «Che scemenza, Vee. È proprio come te e me, solo che non parla. È l'unica differenza.»

«Mi preoccupo per te, tutto qui.»

«Raccontami che cosa hai fatto» dice, stringendomi la mano. «Aggiornami su quello che è successo a casa. Mi manca da morire tutta la banda.»

Il suo viso si illumina di felicità quando le parlo della famiglia. Sarà entusiasta quando arriveranno tutti per la sua festa. Lily mi osserva, riflessiva come sempre.

«Probabilmente ho esagerato a proposito di quei rumori nella giungla. Ero un po' tesa.»

«Questo è un periodo dell'anno difficile per te, vero?»

«In realtà non ho pensato molto all'anniversario della morte della mamma, ma ho qualche problema a reperire i fondi. Se la società oceanografica non rinnova il finanziamento, l'associazione dovrà cercare uno sponsor privato.»

«Jasper e io possiamo aumentare la nostra donazione.»

«Siete già fin troppo generosi.» Fissa l'oceano. «Potrà sembrare assurdo, ma mi sento più vicina alla mamma adesso che passo più tempo sulla sua barca, a portare a termine il suo progetto. Secondo te ne sarebbe stata contenta?»

«Emily aveva a cuore la vita marina dell'isola, come te, ma aveva un animo generoso. Sarà felice di qualunque strada tu intraprenda, se ti dà gioia.»

«Perché a volte ne sento la mancanza, pur non avendo quasi nessun ricordo di lei?»

«È del tutto naturale.»

«Tu sei stata la mia vera mamma, Vee, e anche Jasper è fantastico. Sarà pure un genio pazzoide, ma è sempre gentile.»

«È facile volerti bene, Lily.»

Si sporge verso di me e mi scruta in faccia. «Eri così addolorata dopo la morte della principessa Margaret. Ti sei ripresa?»

«Penso a lei tutti i giorni, ma me lo aspettavo. Siamo state insieme più a lungo della maggior parte dei matrimoni.»

Rimaniamo in silenzio e la serata si riempie del ronzio degli insetti. Guardiamo nella stessa direzione, verso il mare dove si riflette la luce delle stelle. Avevo discusso con Jasper per mesi per decidere in che punto costruire la nostra villa. Io volevo vivere nella parte protetta dell'isola, verso i Caraibi, mentre lui insisteva affinché scegliessimo il lato affacciato sull'Atlantico. Jasper voleva osservare tutte le tempeste che si formavano all'orizzonte prima del loro arrivo. Detesto ammetterlo, ma aveva ragione. Il tumulto dell'oceano mi affascina sempre e ho trascorso innumerevoli notti in terrazza a guardare il cielo oscurarsi sopra la spiaggia ai piedi della nostra villa. L'inaspettata scomparsa dell'amica di Lily mi preoccupa; potrebbe esserci una nuova minaccia, imprevista, pronta a colpire da qualsiasi direzione.

Scaccio quel pensiero e mi concentro su Lily, prendendola in giro perché non ha ancora un fidanzato. Quando chiacchiera somiglia molto a sua madre, ha lo stesso stile spiritoso e vivace. Non si rende affatto conto di essere bellissima, e questo ne aumenta il fascino. Quando guardo l'orologio, mi accorgo che sono passate due ore in un batter d'occhio e comincio ad avvertire la stanchezza del viaggio. Sarei tentata di passare ancora un po' di tempo a chiacchierare, ma avremo tutto il mese prossimo per godere della reciproca compagnia. Ricordo a Lily di chiudere a chiave la porta d'ingresso prima di venire a dormire, poi le auguro la buonanotte. Mi sento esausta quando entro in camera da letto, ma sono contenta che Mustique abbia conservato la sua magia.

Prima di coricarmi getto un'ultima occhiata fuori, attratta dal chiaro di luna che filtra da una fessura tra le tende. Il cielo notturno è così limpido che scorgo i crateri sulla superficie lunare molto più chiaramente che in Gran Bretagna. È una scena perfettamente immobile, con la luce della luna che si riflette sull'oceano, finché colgo un movimento in giardino. Le piante sembrano agitate dalla brezza, ma c'è qualcuno sul prato, seminascosto tra gli alberi, che avanza con il passo lento del predatore. Trattengo il respiro finché la figura emerge chiaramente. È José Gomez, il giovane giardiniere. Si ferma per un attimo sul vialetto, la faccia inargentata dalla luna, poi alza lo sguardo verso la mia finestra. In un attimo sparisce e non so più dove si sia nascosto. Perché un membro del personale di servizio dovrebbe attardarsi nella villa a notte fonda, molto dopo il termine del suo turno di lavoro?

5

Domenica, 15 settembre 2002

Nile viene svegliato all'alba da un incubo. Quasi tutte le notti rivive la scena del crimine a Oxford, che non ha mai superato, sebbene all'epoca il suo superiore lo avesse obbligato a sottoporsi a qualche settimana di terapia. Ha preso in considerazione l'idea di dare le dimissioni, ma il nuovo incarico dovrebbe aiutarlo a decidere se rimanere nelle forze di polizia o cambiare strada.

Continua a sembrargli strano essere tornato nel bungalow dove è cresciuto. Sorge al centro di Lovell Village, un agglomerato di casette di legno sparse sul fianco della collina. La prima cosa che vede stamattina è il corallo preso nella camera di Amanda Fortini. L'ha messo sul davanzale e riempie l'aria con il suo odore di alghe. È friabile come ossa secche, eppure un tempo pulsava di vita, ogni ramificazione un organismo indipendente. Esamina attentamente la struttura, passando un dito sulle frecce intagliate, poi lo posa di nuovo sul davanzale. Si guarda intorno nella stanzetta, quindi prende un asciugamano dalla sedia. Questo era il suo rifugio da ragazzo; ci ha passato innumerevoli ore a studiare per gli esami e a sognare il futuro. La scrivania che suo padre aveva ricavato da vecchie casse per le banane è ancora incastrata fra la porta e il lettino a una piazza, che andava bene per un dodicenne ma non per un uomo adulto.

Non c'è nemmeno un attaccapanni, a parte il gancio dietro la porta. Una sistemazione ben diversa dal lussuoso appartamento che divideva con altri due colleghi nel centro di Oxford, eppure una parte di lui è contenta di essere a casa. L'aria inquinata della città gli lasciava un sapore acre sulla lingua e la notte portava il rombo degli autoarticolati sulla tangenziale, invece del lento battito del mare che lo culla facendolo addormentare. La misera sistemazione gli sembra del tutto appropriata: nessuno lo ha punito per il suo errore in Gran Bretagna, ma la giustizia è arrivata in maniera naturale.

Nile è diretto in bagno quando sente un lieve gemito. Esce fuori, con indosso solo i boxer, e trova Lyron sdraiato in veranda, che mugugna nel sonno. Non è la prima volta che il fratello ventitreenne si addormenta lì dopo una notte di bagordi. Nile torna dentro, prende dal frigorifero una brocca d'acqua con del ghiaccio e la versa con grande soddisfazione sulla testa del fratello che si solleva di scatto imprecando.

«Stai zitto, Ly. Sveglierai il vicinato.»

«Sei un bastardo.»

«Abbassa la voce, per la miseria.»

Nile si appoggia alla parete e osserva il fratello alzarsi in piedi faticosamente, ancora grondante di acqua. Hanno solo sette anni di differenza, ma Lyron si comporta ancora come un bambino. Nile ha accettato che suo fratello abbia la bellezza mentre a lui è toccata la forza. Lyron è un po' più basso di lui, con il fisico slanciato di un giocatore di basket e gli zigomi alti. Ma non è il momento migliore per fargli i complimenti, mentre bercia imprecazioni.

«Uno di questi giorni te le darò di santa ragione.»

«Non ci sei mai riuscito prima.» Nile gli rivolge un soave sorriso.

«C'è sempre una prima volta, brutto idiota.»

«Papà è malato, ricordi? L'ultima cosa che gli serve è che torni a casa ubriaco tutte le notti.»

«Non darmi ordini, Sol. Non spetta a te.»

«Stammi a sentire, una volta tanto. Tu spendi tutti i soldi che guadagni in alcol e ragazze, io nelle medicine per papà. Quando hai intenzione di contribuire?»

Lyron assume un'aria contrita, la rabbia quasi sbollita. «Quanto gli serve?»

«Seicento al mese.»

«Ciascuno?»

Nile annuisce. «Ci sono anche i costi del vitto e la casa ha bisogno di manutenzione.»

«È gran parte del mio stipendio.»

«Anche del mio. Se trovi un'altra soluzione, fammelo sapere.»

La rabbia nello sguardo di Lyron è scomparsa quando prende l'asciugamano di Nile e se lo passa sul viso e sui capelli, prima di gettarlo da una parte. I due uomini si siedono in silenzio sul gradino della veranda. Quando Nile si gira a guardare il fratello di profilo, si accorge che sembra invecchiato, una volta tanto non ha quel suo solito sorriso strafottente. Ripensa alle lacrime di Lyron all'aeroporto, quando lui era partito per la Gran Bretagna, lasciando a casa un bambino di undici anni. La distanza che si è creata tra loro lo fa soffrire, ma il divario sembra troppo grande per poter essere colmato. Gli piacerebbe tornare alla loro vecchia amicizia, ma ormai parlano due lingue diverse.

«Perché butti via il tuo tempo, Ly? Sei troppo intelligente per lavorare in un bar. Pensavo che volessi fare il pilota.»

«Non c'è nessuno che mi paga il corso. Nel caso non te ne fossi accorto, non ci sono impieghi decenti qui. Preparare cocktail è il meglio che posso fare. Se non altro mi riempiono di mance.»

«Trasferisciti a St Vincent a frequentare la scuola serale. Almeno uno di noi deve guadagnare in maniera decorosa.»

«Io sono quello stupido, ricordi? Sei tu quello che ha preso tutti quei diplomi.»

«Ma che vai dicendo? Tu sei altrettanto brillante, ma quel tuo cervello scansafatiche non ne vuole sapere.» Nile dà un pugno amichevole alla spalla del fratello. «Tocca a te portare papà in chiesa, ma prima vai a farti una doccia, puzzi di bourbon e fumo.»

Lyron fa finta di niente. «Mi hanno detto che è scomparsa una donna. È vero?»

«Sì. Amanda Fortini. Doveva incontrarsi con un'amica venerdì sera, ma non si è fatta viva.»

«Che cosa le è successo?»

«Con un po' di fortuna oggi lo scoprirò.»

«Non può esserle capitato niente di male, giusto? Non succede mai niente qui.»

Nile è sorpreso dalla tensione che legge sul viso del fratello. Non ha mai manifestato grande interesse per i proprietari delle ville finora, ma la ragazza scomparsa deve essere andata spesso al Basil's Bar durante l'estate. Lyron le avrà preparato dei cocktail quasi tutte le sere, ma prima che Nile possa fargli qualche domanda su di lei il fratello si alza in piedi di scatto ed entra in casa.

Sta per seguirlo quando qualcuno lo chiama da un bungalow vicino. La casa di Mama Toulaine è diversa dal resto di Lovell Village; si capisce che è un'artista dai gerani rosa che riempiono di colore la piccola terrazza e dalle pareti esterne tinteggiate in tutti i colori dell'arcobaleno. Sebbene sia un'amica del padre, lui non ha mai saputo come si chiami di nome. I bambini di Lovell sono abituati a chiamare tutte le persone anziane Mama o Papa, in segno di rispetto. Nile non sa perché Toulaine lo stia chiamando, ma risponde con un cenno della mano, poi entra in casa. Non può presentarsi a casa sua indossando solo un paio di boxer blu.

Dopo essersi lavato velocemente, indossa l'uniforme, sebbene siano solo le sette di mattina. In ufficio non lo aspettano prima delle otto, ma non riesce a togliersi dalla testa la voce di Mrs Fortini che, quando l'aveva chiamata al telefono il giorno prima, lo aveva implorato di ritrovare la figlia. Mama Toulaine sta annaffiando i fiori quando arriva a casa sua. È una donna imponente; indossa un caftano scarlatto, ha il viso incorniciato da una nuvola di riccioli grigi ed è ancora bella nonostante l'età. È originaria di St Lucia e lo invita in francese creolo ad accomodarsi mentre va a prendere il caffè. C'è qualcosa nei suoi modi che rende impossibile disubbidire. La donna entra in casa con passo regale, lasciando Nile da solo in veranda a esaminare gli oggetti sparsi in giro. La gente di Lovell dice che pratichi l'Obeah, una forma di vudù ancora diffuso a St Lucia. Nile è quasi sicuro che il bastone da passeggio appoggiato nell'angolo sia un *coco macaque*, uno strumento magico per fare incantesimi, decorato con teschi e piume dipinti. Il talento artistico di Mama è evidente ovunque posi lo sguardo. Appoggiato alla parete c'è un dipinto di Britannia Bay, con la sabbia che scintilla alla luce del sole. Avrebbe sempre voluto regalarne uno a suo padre, ma le opere di Mama sono diventate molto costose e vengono vendute in grandi gallerie americane.

Si mette comodo su una sdraio turchese e aspetta il ritorno di Mama. Quando lei gli mette in mano una tazza di liquido denso e nero, è troppo tardi per ammettere che di questi tempi il caffè lo beve con il latte invece che in stile creolo. L'amaro della cicoria è così intenso che il primo sorso gli provoca una smorfia, ma Mama è troppo impegnata a chiacchierare per accorgersene. Gli parla dei suoi figli, che sono andati a lavorare a St Vincent e Grenada, e della sua ultima mostra, tanto che Nile si convince che voglia solo fare quattro chiacchiere.

«Mi fanno piacere questi aggiornamenti, Mama, ma ora dovrei andare al lavoro. Grazie per il caffè.»

«Fermati ancora un minuto.» Gli fa cenno di restare seduto. «Venerdì scorso sono andata a Britannia Bay, per dipingere il mare all'alba. C'era anche la giovane Fortini.» Prende il quadro appoggiato alla parete e glielo mostra. «Era graziosa, l'ho messa nel quadro.»

Nile esamina meglio la scena e nota una figura piuttosto piccola, con un bikini rosso e i capelli biondi. Vede anche l'enorme yacht ormeggiato all'orizzonte mentre il cielo si tinge di rosa.

«Che cosa stava facendo?»

La vecchia aggrotta il viso. «Nuotava verso quella barca. Io ho continuato a dipingere. Quando ho alzato di nuovo gli occhi era sparita. Ho pensato che fosse salita a bordo o avesse raggiunto a nuoto l'insenatura vicina.»

«Non l'hai più vista tornare indietro?»

«Sono stata lì due ore e la baia è rimasta deserta, a parte un motoscafo che sfrecciava a folle velocità. Non sapevo che potessero andare così forte.»

«Apparteneva allo yacht?»

«Il sole era troppo abbagliante per dirlo. Poteva arrivare da Basil's o da una delle ville.»

«Grazie del tuo aiuto.»

«Un'ultima cosa, prima che te ne vada.» Abbassa la voce, l'espressione d'un tratto più seria. «Sono contenta che tu sia il nostro nuovo tutore della legge, hai la testa sulle spalle, ma dovresti stare attento.»

«Me la caverò, Mama, ma devo aiutare tutti, facendo rispettare le stesse regole.»

Lei si alza di scatto. Nile non sa come reagire quando gli posa una mano sulla fronte, quasi volesse controllargli la temperatura, ma è troppo educato per sottrarsi. Dalle sue labbra sgorga un fiume di parole creole, incomprensibili per lui perché pronunciate a voce troppo bassa. Quando alla fine l'anziana donna abbassa la mano, negli occhi le si legge il panico.

«Ho cercato di leggere la tua anima, ma ho visto Gede. Non sa decidere se lasciarti vivere o farti morire. Non importa che tu creda o meno all'Obeah, gli dèi non ti proteggeranno. Difenditi finché la minaccia non passerà. Mi hai sentito?»

«Sì, Mama.»

Lei lo guarda a lungo in faccia prima di ritrovare la calma. «Non scappare proprio ora, Solomon. La vita è troppo breve per avere fretta. Prima finisci di bere il caffè.»

Nile si fa forza e manda giù gli ultimi sorsi. Ha smesso di credere in Dio da tanti anni, ma la paura negli occhi di Toulaine sembrava autentica. In un modo o nell'altro riesce a salutarla, anche se gli sembra di avere la bocca piena di sabbia.

6

Mi sveglio sorridendo, nonostante il visitatore notturno in giardino. Il mio lungo sonno è stato disturbato solo da una zanzara che ronzava frustrata perché non riusciva a pungermi attraverso la zanzariera. Queste creature adorano la mia pallida carne britannica, anche se mangio aglio in gran quantità e mi spruzzo veleni sulla pelle. Oggi parlerò con José, per mettere fine a qualunque strano comportamento, ma prima devo assolutamente fare una nuotata. L'età è un mero numero, ma l'esercizio fisico mi tiene in forma e tuffarmi nell'oceano è uno dei miei più grandi piaceri.

Mi infilo il costume da bagno e un sarong, poi prendo un asciugamano, ma trovo qualcosa di inaspettato a darmi il benvenuto quando esco in corridoio. Sul pavimento fuori dalla camera di Lily c'è un pezzo di corallo: è bianco e calcificato, sul punto di sbriciolarsi. Forse ce lo ha messo lei per ricordarmi come mai sia tanto decisa a salvare la barriera, ma mi sembra strano che lo abbia inciso con un motivo elaborato di linee intrecciate. Quella vista mi riempie di tristezza. Jasper e io eravamo soliti trascorrere ore in mare con maschera e boccaglio a osservare i polipi galleggiare su distese di corallo rosa, a caccia di cibo. Lily probabilmente è già in acqua; la sua camera è vuota quando vi getto un'occhiata.

Scendo stringendo in mano il corallo. Il maggiordomo

mi aspetta nell'atrio, impettito come una sentinella. Wesley Gilbert è il nostro braccio destro da vent'anni e conserva una figura imponente. Ricordo ancora quanto mi colpì da giovane quando gli feci il colloquio per assumerlo. Aveva prestato servizio nell'esercito di Grenada ed era tornato da poco sull'isola natia. Compresi all'istante che sarebbe stato un maggiordomo perfetto. Rispondeva a tutte le domande con pacata autorevolezza, dandomi la sensazione di avere il pieno controllo della nostra conversazione, senza offrire indizi di alcun genere a proposito della sua vita privata. La decisione di accettare di lavorare per noi sarebbe stata esclusivamente sua, non importava quanto lo pregassi. Ora ha superato i cinquant'anni, è di altezza media, ha lo sguardo acuto, bei lineamenti dell'Africa occidentale, la testa calva che riflette la luce del lampadario. Gestisce con mano ferrea la sua piccola squadra di un giardiniere e due cameriere part-time. Ha un carattere forte come quello di mio marito ed è sempre estremamente discreto; capisco che è contrariato quando rifiuta di incrociare il mio sguardo. Dopo un silenzio imbarazzato si decide ad aprire bocca.

«Dovrebbe informarmi del suo arrivo con qualche giorno di anticipo, Lady Vee, non solo poche ore prima dell'atterraggio. In questo modo posso accertarmi che abbiamo tutto ciò di cui ha bisogno. Lei lo sa, ma non lo ricorda mai.»

«Scusa, Wesley, ho deciso di anticipare il mio arrivo. Grazie di avermi lasciato la buggy. Come stai? La famiglia? Non ci vediamo da mesi.»

«Molto bene, grazie dell'interessamento. Che cosa vuole che le prepari per colazione?»

«Vado a fare una nuotata prima. Andrà benissimo una spremuta e del pane tostato quando torno.»

«Una spremuta? Del pane tostato?» mi rimprovera, l'espressione ancora più torva. «Come farà a superare la mattinata mangiando così poco? Miss Lily ha preso uova, pancetta e pomodori fritti prima di scendere alla sua barca.»

«Quando mai ho fatto una colazione completa?»

Wesley scuote la testa seccato. «Vada pure a nuotare quanto vuole, Lady Vee. Se ce ne darà il tempo, le prepareremo qualcosa di decente.»

Mi spinge fuori, dove una nuova cameriera è affaccendata ad apparecchiare uno dei tavoli con il servizio di posate migliore e a riempire di passiflora il mio vaso preferito. La saluto con un sorriso, ma lei tiene gli occhi bassi; la timidezza le impedisce di ricambiare. Con la massima naturalezza butto il pezzo di corallo in un vaso in terrazza. So per esperienza che Wesley è contento di vedermi nonostante la sua sfuriata, ma ha una reputazione da difendere. Impiegherà tantissimo tempo a prepararmi da mangiare, poi il processo di perdono potrà cominciare. Gli lascio mano libera nella gestione della casa e del personale e non mi ha mai deluso. Gran parte delle nostre conversazioni sono un gioco di innocue schermaglie, ma nutro la certezza che il nostro rapporto tornerà ben presto cordiale. Non mi pento di aver messo a capo della casa un uomo così determinato. È l'unica persona a parte me in grado di tener testa a Jasper qui a Mustique.

Animata da una crescente esaltazione scendo i gradini della spiaggia più vicina, un centinaio di metri sotto Eden House. Come al solito è deserta, la distesa di sabbia chiara è delimitata da palme e rampicanti così fitte da impedire quasi del tutto alla luce di penetrare. L'acqua è calma. A Mustique non esistono maree; ogni giorno l'oceano avanza e si ritrae solo di pochi centimetri, come un pretendente timido che ha paura di abbracciare la terra. Dimentico tutte le preoccupazioni mentre entro in acqua. La temperatura è di pochi gradi inferiore a quella del sangue, quel tanto da farmi fremere la pelle. Mi allontano a nuoto dalla riva e a un certo punto qualcosa mi sfiora il costato. Una tartaruga verde affiora a poca distanza da me. Mi rivolge un'occhiata sorpresa prima di svanire nuovamente sotto la superficie turchese. Non mi rendo conto del tempo che passa mentre galleggio sulla schiena. Ho insegnato ai miei figli a nuotare in queste acque all'epoca in cui erano abitate da migliaia di tartarughe. Passavamo ore a raccogliere conchiglie e a infilarle insieme per fare collane.

I miei muscoli si rilassano, mentre il sole mi penetra sotto la pelle, rivitalizzandomi. Quando finalmente torno a riva rimango per un po' a scaldarmi sulla sabbia. Il mio amore per questo luogo non è cambiato nel corso degli anni, rafforzato dai ricordi. L'isola occupa un luogo speciale anche nel cuore della regina. Rammento ancora con quanta gioia nuotasse a Macaroni Bay, confortata dalla certezza che nessuno l'avrebbe fotografata. Non ha più avuto altre occasioni di rilassarsi in maniera così completa, perciò l'isola conserva una magia speciale ai suoi occhi.

Sono ancora allegra quando torno a casa, ma non c'è segno di José e non è il momento giusto per chiedere a Wesley di andarlo a chiamare, perché qualunque mia richiesta provocherebbe un altro rimprovero da parte sua. Approfitto della pausa per entrare e telefonare a mio marito, che riesce ancora a sorprendermi. La sua stizza di ieri per la mia assenza è stata sostituita dalla disperazione. Quando sente che sono già qui a Mustique scoppia a piangere, perché non potrà raggiungermi finché perdura l'allerta tifone. Sono assalita da un improvviso senso di colpa. Deve essere spaventoso trovarsi in balia delle proprie emozioni al punto che il minimo contrattempo può mandarti fuori rotta. Resto ad ascoltare finché i suoi singhiozzi si calmano, poi gli rivolgo qualche parola di incoraggiamento, restia a salutarlo finché non ho la certezza che abbia ritrovato l'equilibrio.

Salgo a vestirmi, poi faccio una passeggiata in giardino, dove le capacità di José sono evidenti. A parte i fiori, si occupa anche della frutta; alberi di lime e limone, passiflora e avocado quasi maturi. Io avevo cercato di coltivare le rose appena arrivati sull'isola, ma non c'era stato niente da fare. Solo le piante più robuste sopravvivono al clima tropicale; i fiori viola elettrico della buganvillea cospargono il prato. Mi avvicino alla staccionata oltre la quale la villa dei Fortini è nascosta dietro piante di felci, ma non c'è segno di vita. Le finestre sono chiuse, sull'acqua della piscina galleggiano manciate di foglie e l'assenza di Amanda di colpo si fa realtà. Paolo e Giovanna Fortini sono buoni amici, la loro numerosa famiglia italo-americana viene a Mustique regolarmente. Sono noti per la loro filantropia, fanno generose donazioni da quando i loro affari si sono allargati, ma la differenza di ricchezza tra Amanda e Lily non ha mai contato. Le ragazze sono state inseparabili fin da bambine, d'estate giocavano insieme o correvano in spiaggia per incontrare i loro amici Sacha e Tommy. I bambini sono sempre stati liberi di girare a loro piacimento sull'isola. Se perdevamo di vista uno dei marmocchi, c'era sempre qualcuno che sapeva a casa di chi era o in quale spiaggia aveva deciso di costruire castelli di sabbia. Una delle maggiori attrattive di Mustique è sempre stata la sicurezza che offre ai suoi ospiti più giovani. Guardo di nuovo verso Villa Fortini, nella speranza di vedere Amanda affacciata a una delle finestre, ma c'è solo il riflesso del sole.

Quando mi metto seduta Wesley finalmente compare con espressione solenne. Sospinge la nuova cameriera, che tiene lo sguardo abbassato sulla tovaglia candida. Wesley si aspetta dai suoi collaboratori che si facciano vedere ma non sentire, come ubbidienti bambini vittoriani. Non appena ha posato il vassoio sul tavolo, la rispedisce in cucina con un gesto della mano. Nonostante le sue proteste, il pasto da lei preparato sembra delizioso: mango a fette, yogurt greco ricoperto di miele e due brioche.

«È perfetto, grazie, Wesley.» Il maggiordomo sta per tornare in casa quando io gli domando: «Sarebbe possibile avere un colloquio quanto prima a proposito della festa per Lily?».

«Sono a sua disposizione. La Cotton House provvederà al catering, all'illuminazione e alla musica a Britannia Bay. Inoltre ho prenotato tutte le camere al Firefly come mi ha suggerito.»

«Ottimo, allora possiamo definire gli ultimi dettagli più avanti. Tutto deve funzionare alla perfezione; ho intenzione di approfittare dell'assenza di Lily per procedere. Potresti chiedere a José di venire da me la prossima volta che lo incroci?»

«Qualcosa non va, Lady Vee?»

«No no, tutt'altro. Volevo solo complimentarmi con lui. Il giardino ha un aspetto meraviglioso.»

«Mi fa piacere che incontri la sua approvazione.»

«Hai sentito che Amanda Fortini è scomparsa? Mi domandavo se tu ne sapessi qualcosa.»

Lui scrolla la testa. «Miss Fortini non mi rivolge quasi la parola. So che aiuta Miss Lily alla barriera corallina, nient'altro.»

Intuisco che Wesley ha un'opinione negativa della ragazza, ma il nostro rapporto è ancora troppo fragile per approfondire l'argomento, così lo informo che Phillip Everard pranzerà con me e lui si allontana impettito. Passeranno ancora diverse ore prima che mi rivolga un sorriso, anche se può darsi che questo pomeriggio sia più disponibile a condividere le sue informazioni.

Il mare assorbe la mia attenzione mentre sono a tavola. Non ci sono ancora segnali che preannunciano l'arrivo dell'uragano Cristobal, il Mar dei Caraibi è una distesa scintillante di seta azzurra. Mi sorprende sempre il fatto che i meteorologi diano nomi così affascinanti agli uragani, sebbene causino una brutale devastazione. In genere siamo interessati solo dalla coda dei violenti tifoni che imperversano sull'Atlantico durante la stagione degli uragani, ma questa volta potrebbe essere un'eccezione. Cristobal sta ancora spazzando la costa orientale dell'America, ma Lily tende a ignorare i bollettini meteo. Continuerà a stare fuori in barca sulla barriera a meno che non ci sia una burrasca forza nove.

Ho quasi finito di fare colazione quando José compare sul prato. Sta strappando le erbacce da un'aiuola, e gli faccio segno di avvicinarsi. Regge ancora in mano la zappa mentre si affretta verso di me, come se volesse usarla per autodifesa. Visto da vicino ha ancora un aspetto da ragazzino, nonostante i suoi venticinque anni, con delicati lineamenti creoli e un fisico atletico, la pelle dorata dal sole, i capelli castani e mossi lunghi fino alle spalle. Ricordo ancora il giorno in cui sua madre lo portò alla villa, rispondendo al posto suo alle mie domande. Mi assicurò che era un buon lavoratore, capace di capire le istruzioni anche se non poteva parlare, ma oggi il suo sguardo d'ambra mi turba. Non sorride quando lo ringrazio per come si prende cura del giardino e della piscina. La sua espressione resta neutra quando gli spiego che non deve seguire Phillip, né aggirarsi per il mio giardino a notte fonda senza un valido motivo. Sono sicura che abbia capito ogni parola, ma l'unica emozione che manifesta è di sollievo quando lo congedo. Il mio giovane giardiniere si allontana di corsa, stringendo tra le mani l'attrezzo da giardino come un moschetto. Il nostro incontro mi lascia un senso di disagio. Non ho mai la certezza di quanto capisca, ma spero che abbandoni il suo strano comportamento, altrimenti sarò costretta a parlarne con la madre, che ha già abbastanza problemi a occuparsi della numerosa famiglia.

Sto finendo di bere il caffè quando spunta un altro visitatore. Impiego qualche istante a riconoscere Solomon Nile come il ragazzo che Jasper e io abbiamo mantenuto all'università; è un piacere vederlo. Non riesco a trattenere un sorriso notando quanto è impacciato nella sua uniforme da poliziotto, la camicia stirata con tanta cura che le pieghe sulle maniche sembrano affilate. I sottili occhiali dalla montatura dorata sembrano stonati in quel suo aspetto da peso massimo.

«Solomon Nile, l'ultima volta che ci siamo visti eri un adolescente allampanato. È stupendo vederti così in forma.»

Lui si allunga per stringermi la mano, ma io mi alzo in punta di piedi e lo bacio sulla guancia. «Bentornata, Lady Veronica. È stata via per troppo tempo.»

«Chiamami Vee, per favore. Ho saputo del tuo brillante diploma e della decisione di entrare in polizia. Siediti e raccontami tutto. Jasper e io pensavamo che avresti proseguito gli studi.»

Lui si accomoda su una sedia. «Avevo già scelto l'argomento per la tesi di dottorato, ma poi mi sono reso conto che preferisco agire in maniera concreta per fare la differenza. Sono stato selezionato per il corso rapido alla scuola di polizia dell'Oxfordshire.»

«Io non sono mai arrivata nemmeno all'università. Siamo entrambi molto fieri di te.»

«Tutto merito suo e di Lord Blake.»

«Non devi sentirti in debito, Solomon. Ci hai mandato decine di lettere e di biglietti di Natale che mi hanno fatto un immenso piacere. La foto del tuo diploma è sempre sulla mensola del camino. Eri bellissimo con il tocco e la toga.»

«Non pensavo di arrivare tanto lontano.»

«Miss Eveline diceva che eri il suo alunno più brillante. Ti ricordi di lei, vero?»

Nei suoi occhi si accende un lampo divertito. «Ci teniamo ancora in contatto e adesso è diventata più gentile con me. Ci teneva così tanto che prendessi il massimo dei voti da battermi il righello sulle nocche tutte le volte che mi distraevo, e questo mi ha insegnato la concentrazione.»

«Devo dire che il tuo ritorno mi riempie di gioia ma mi ha un po' sorpreso.»

«La situazione è cambiata, Lady Vee. Mio padre non sta bene.»

«Mi spiace molto.»

«Non si lamenta, ma il Parkinson l'ha reso impacciato nei movimenti.»

«Deve essere dura per un uomo dinamico come lui. Sono sicura che abbia un cuore da guerriero, anche se il fisico si è indebolito. Era famoso per le sue lotte per tutelare i diritti di pesca dell'isola. Ricordo quando i pescatori rivali che arrivavano da Bequia ricevevano una bella lezione da Hosea e i suoi colleghi. Andrò a trovarlo presto; Hosea è sempre stato un caro amico. Ma immagino che tu sia qui per Amanda Fortini, vero?»

Nile estrae un taccuino dalla tasca. Quando il suo sguardo si posa nuovamente su di me è penetrante e preciso come un laser. «Che cosa sa di lei, Lady Vee?»

«Amanda dà una mano a Lily nel progetto di tutela della barriera corallina. È una delle migliori amiche della mia figlioccia, oltre che nostra vicina di casa.»

«Me la può descrivere?»

«È considerata una ragazza leggera, perché è amata dalle riviste di pettegolezzi, ma sta diventando un'ottima donna d'affari, nonostante la giovane età. La sua galleria d'arte a New York prospera; ecco perché le piace venire qui a rilassarsi d'estate. È una di quelle ragazze che attirano l'attenzione, come una fiamma attira le falene. Sembra una classica bellezza, ma è molto intelligente e anche una piacevole compagnia.»

«Ha un fidanzato?»

«Questo lo devi chiedere a Lily, la trovi giù al porto di Old Plantation. Io non bado alle storie d'amore dei giovani, mi porterebbero via troppe energie.»

«Non la biasimo, Lady Vee. Vado subito a parlare con la sua figlioccia.»

«Fermati ancora un momento, per favore, mi piace chiacchierare con te. Non ti mancano i libri di storia, Solomon?»

«Ogni giorno, Lady Vee, ma il passato ha meno importanza del presente.» Nile sorride e per la prima volta i suoi occhi si illuminano dietro la sottile barriera degli occhiali.

«Raccontami di quando eri a Oxford.»

«Lo farò volentieri, se lei in cambio mi darà qualche informazione. Per caso sa chi possieda un grosso motoscafo sull'isola?»

La sua domanda mi costringe a frugare nella memoria. «Ce n'è uno da Basil's, un altro appartiene al mio amico Phil Everard e poi ci sono quelli del dottor Bunbury e di Keith Belmont. Io detesto quegli affari: consumano troppo carburante e fanno un baccano indiavolato. Perché me lo chiedi?»

«Fa parte delle mie indagini.»

Lo vedo annotarsi i nomi sul taccuino, poi gli faccio una domanda a bruciapelo, e finalmente mi parla della sua esperienza in Gran Bretagna. Era stato selezionato per il programma di addestramento rapido della polizia dell'Oxfordshire, che avrebbe potuto aprirgli la strada per una posizione più remunerativa, invece ha deciso di tornare, piuttosto che spedire a casa il denaro per suo padre. Mi domando perché, ma mi rilasso e penso esaltata ai suoi risultati, mentre ascolto la sua piacevole voce da baritono. Ha un aspetto da atleta più che da poliziotto, ma Jasper e io abbiamo fatto bene a pagargli l'istruzione. La sua intelligenza trapela dall'intensità dello sguardo e dal modo preciso di parlare. Se riuscirà a riportare a casa sana e salva l'amica di Lily, avrà la nostra eterna gratitudine.

7

Il sergente Nile le rivolge qualche altra domanda su Amanda Fortini, poi si congeda. Lo stile di Lady Veronica non è cambiato da quando gli consegnò il diploma l'ultimo giorno di scuola. Deve avere quasi settant'anni, ma i suoi lineamenti sembrano quelli di una cinquantenne, il suo abbigliamento sempre elegante e raffinato. Oggi è vestita di bianco, con una casacca morbida, pantaloni abbinati e un cappello di paglia per proteggere il viso dal sole. I suoi modi sono sempre allegri ma decisi, l'incarnato così pallido da richiedere cure speciali, gli occhi vigili e saggi. La pressione per ritrovare la donna scomparsa aumenta mentre si congeda. Lady Vee e Lord Blake sono stati così generosi con lui che non può assolutamente deluderli.

Nile oggi si sposta a piedi, nella speranza di vedere più cose procedendo con calma. La camminata lo porta verso la parte settentrionale dell'isola. È la zona più densamente popolata di Mustique, con ville che si succedono a distanza di poche centinaia di metri. I costruttori hanno cercato di mascherarle dietro alti muri di cinta e palme rigogliose, ma le strutture spuntano dal terreno come funghi. Da bambino gli piaceva venire da queste parti in bicicletta, affascinato com'era dagli elaborati edifici. Alcune costruzioni somigliano a castelli da fiaba, mentre altre sembrano casolari toscani o dimore inglesi. È un posto che trasuda denaro, eppure sembra una città fantasma. Gran parte delle rockstar, degli aristocratici e dei milionari che usano le loro case per le vacanze giusto una volta l'anno sono già andati via. Le ville portano nomi delicati come Colibrì, Pace, Fior di Loto, ma le finestre sono sigillate da orribili imposte di metallo.

La barca di Lily Calder è ancorata al riparo lungo la costa occidentale dell'isola, quella affacciata sul Mar dei Caraibi, invece che sull'Atlantico più tempestoso. Old Plantation Bay è la baia più piccola dell'isola, con una dozzina di pescherecci ancorati al molo. Quasi tutti qui possiedono un'imbarcazione di qualche tipo, dalla semplice canoa fino ai cabinati da nove metri. I natanti più grandi sono costretti a ormeggiare al largo, perché non ci sono fondali abbastanza profondi. I megayacht devono usare i tender per arrivare a riva, ammesso di aver ricevuto un invito. La barca di Lily, la *Revival*, è un peschereccio convertito che ha visto giorni migliori. Non c'è traccia di lei quando Nile si avvicina al pontile, ma il suo primo dovere è di controllare i due grossi motoscafi ormeggiati ai due lati del molo. Gli enormi Bayrider XR7 con i sedili in pelle e le lucenti battagliole cromate possono ospitare fino a dieci passeggeri. Quando esamina i numeri di targa sulla prua, scopre che entrambi i proprietari sono due residenti fissi dell'isola, Phillip Everard e Keith Belmont. Appartengono entrambi al mondo dello spettacolo, ma Nile non li ha mai incontrati. I motoscafi sono lucidi e impeccabili, senza danni evidenti sugli scafi in vetroresina. In mancanza di ville affacciate sulla baia, sarà difficile dimostrare che uno dei due abbia lasciato il porto la mattina della scomparsa di Amanda Fortini, ma ci sono altre due imbarcazioni da controllare.

Nile non ottiene risposta quando chiede il permesso di salire sulla barca di Lily Calder. La donna che esce dalla cabina lo lascia interdetto. Alta, con le gambe lunghe e una chioma nera e lucente, si muove con la grazia di una ballerina e tiene un paio di occhiali da sole sulla sommità del capo. I contorni del bikini giallo sono visibili sotto la maglietta che le sfiora l'attaccatura delle cosce. Lo scruta con i suoi intensi occhi azzurri prima di abbassare gli occhiali. Nile è contento che i suoi siano già nascosti. Si augura che non si sia accorta di quanto lo abbia colto alla sprovvista. È senza parole, finché lei fa un passo avanti e gli tende la mano.

«Il sergente Solomon Nile?»

«Esatto, Ms Calder. Mi ha telefonato a proposito della sua amica.»

«La prego, Lily. Speravo di incontrarla ieri.»

«Sono venuto a cercarla qui e poi a casa sua. Dobbiamo esserci incrociati.» L'espressione di lei è sempre guardinga. «Potrebbe gentilmente ripetermi tutte le informazioni che ha?»

Lei si lascia cadere sul sedile di poppa e gli fa cenno di accomodarsi. «Amanda mi ha detto che sarebbe passata a trovarmi venerdì sera, ma non si è fatta vedere, e questo non è da lei. Non mi ha mai tirato un bidone e ci conosciamo da tanti anni. Ieri mattina presto ho fatto un salto alla sua villa, ma non era rincasata per la notte. Non risponde neppure al cellulare.»

«Una testimone di Lovell l'ha vista nuotare di mattina presto a Britannia Bay. Da allora si sono perse le sue tracce.»

Quando Lily si toglie di nuovo gli occhiali da sole, Nile si rende conto che nei suoi modi non c'è arroganza, quanto piuttosto preoccupazione. Un lampo di raccapriccio si accende negli occhi turchesi. «Non è possibile che sia annegata. Ha passato l'estate a immergersi con me sulla barriera corallina. È in grado di stare in acqua per ore.»

«È possibile che abbia raggiunto a nuoto il grande panfilo che si vede anche da qui. Sa a chi appartiene?»

«Purtroppo no. Però mi avrebbe informata, se fossero arrivati degli amici.»

«Mentre Amanda nuotava nella baia, è stato visto un grosso motoscafo, simile a quelli ormeggiati qui. Sa per caso se uno dei due si è mosso l'altra mattina presto? Magari chi era al timone può averla vista in acqua.»

«Non vengono usati molto. Non so perché Phillip lo tenga; soffre di mal di mare ultimamente. Keith lo prende qualche volta, ma io continuo a tormentarlo dicendogli che consuma un sacco di carburante.»

«Grazie, è molto utile. Mi sa dire se Amanda ha un fidanzato qui sull'isola?»

«Fino a un mese fa stava con Tommy Rothmore e non era semplice. Siamo quattro amici e ci conosciamo da anni: Amanda, Sacha, io e Tommy. Da bambini eravamo come fratelli e sorelle. Anche lui era impegnato come volontario nel progetto di salvaguardia della barriera, ma ha smesso di venire con noi dopo che si sono lasciati. Amanda mi ha accennato di aver trovato qualcun altro, ma che non aveva funzionato. Forse era solo un flirt che non voleva rendere pubblico.»

«Perché no?»

«Amanda è una celebrità in America e anche Tommy appartiene a una famiglia famosa. Credo che non volesse rendere pubblica la sua vita amorosa stavolta, ma lei e Tommy avevano parlato di fidanzamento all'inizio dell'anno. E poi non voleva ferire i suoi sentimenti.»

«Le viene in mente qualche comportamento insolito avuto da Amanda di recente? Qualcosa di inspiegabile?»

La giovane donna ci pensa su. «Qualche settimana fa l'ho vista alla Bamboo Church e mi è sembrato strano. I suoi genitori sono credenti, ma lei non va quasi mai in chiesa. Stava parlando in maniera piuttosto accalorata con il pastore Boakye. Erano seduti insieme in uno dei banchi. Le ho chiesto di che cosa si trattasse, ma lei ha cambiato argomento.»

La Bamboo Church si trova a poca distanza dall'aeroporto, una semplice struttura coperta dove ogni anno si celebrano decine di cerimonie. Nile ha incontrato il nuovo predicatore, il pastore Boakye, solo poche volte, ma il religioso ha fatto una buona impressione nella comunità locale.

«Andrò a parlargli.» Nile annota qualche parola sul taccuino. Quando alza gli occhi si accorge che Lily lo sta esaminando con grande attenzione, come se fosse sotto la lente di un microscopio. «Le prometto che scoprirò che cosa è successo alla sua amica.»

Gli occhi di lei sono lucidi di lacrime che scaccia sbattendo le palpebre. «Sono preoccupata ed è per questo che sto sempre qui, per tenermi impegnata. Per me Amanda è una sorella, più che un'amica. Come posso aiutarla?»

«Mi dica se ha dei nemici a Mustique.»

Lily scuote la testa. «Nessuno, ma di recente lei e Sacha hanno litigato. Tra di loro andava tutto bene finché Tommy non si è intromesso. Penso che Sacha fosse gelosa quando Amanda ha cominciato a uscire con lui l'anno scorso. Gli è stata molto vicina dalla fine della loro storia.»

«Amanda ha molti amici qui sull'isola?»

«È simpatica a tutti. È uno spirito libero con il mondo ai suoi piedi, ma non è cambiata. Crede nel mio progetto e ha accettato di aiutarmi. Abbiamo passato settimane a esplorare i fondali.»

«Come va?»

«Stiamo innestando corallo vivo nei settori dove si è sbiancato. Ci sono segni di ripresa.» L'entusiasmo di colpo abbandona il suo viso. «Ma c'è qualcuno che non apprezza il mio lavoro. Ha sentito della scritta che hanno lasciato sulla mia barca la settimana scorsa?»

«"Vattene da Mustique o muori come il corallo." Secondo lei chi è stato?»

Lei non risponde subito. «Probabilmente Tommy, per far arrabbiare Amanda. Gli voglio bene come amico, ma è parecchio suscettibile. Di solito non beve molto, ma da quando hanno rotto ci dà dentro parecchio.»

«C'è qualcos'altro che dovrei sapere?»

«Qualcuno mi ha pedinato fino a casa giovedì sera e anche ieri sera. Ho sentito dei passi mentre attraversavo il bosco. Ma il sentiero era deserto tutte le volte che mi sono girata.»

«Per favore, eviti di andare in giro da sola di notte, finché Amanda non sarà tornata a casa.»

I suoi occhi azzurri e vivaci si posano di nuovo sul viso di Nile. «Secondo lei è in pericolo, vero?»

«Lo scoprirò quanto prima» risponde lui alzandosi in piedi. «Grazie del tempo che mi ha dedicato.»

«Mi chiami subito quando avrà notizie, per favore.»

«Per oggi le converrebbe rimanere in porto, Ms Calder. Se il tifone viene da questa parte, non riuscirebbe a evitarlo.»

«Alla radio hanno detto che mancano ancora giorni al suo arrivo.» Un sorriso fugace le incurva le labbra. «Andrò solo a controllare se gli ultimi innesti hanno attecchito. Non ci vorrà molto.»

Nile si rende conto che darle altri suggerimenti sarebbe solo fiato sprecato. Lily Calder sta già preparando le bombole di ossigeno, in vista della nuova immersione. La sua incomparabile bellezza gli si è stampata nella mente, ma lei appartiene a un altro mondo. Nile mette da parte l'attrazione prima che possa lasciare il segno, eppure il suo sguardo turchese lo accompagna mentre si dirige verso l'entroterra.

8

Il Basil's Bar è uno dei miei posti preferiti a Mustique, così decido di andarci a piedi invece di usare la buggy per prendere un caffè a metà mattina. Sono contenta di fare un po' di esercizio fisico. Bastano venti minuti lungo il tortuoso sentiero per arrivare a Britannia Bay. Ricordo ancora quando il bar era solo una baracca cadente sulla spiaggia, con una manciata di tavoli, birra tiepida e una buca dove accendere il fuoco per le grigliate notturne. Ora è diventato un locale molto più sofisticato. La baia è più bella che mai; l'acqua è un nastro azzurro liscio che unisce l'oceano al cielo.

Seduta su uno degli sgabelli, ripenso agli albori di quel posto, con le feste che duravano tutta la notte, ballando il limbo e facendo il bagno nudi all'alba. Allora l'isola era come una grande tenuta di campagna, tutti i visi erano conosciuti, tutti erano spensierati. L'esistenza del bar si deve a mio marito, che incontrò per caso un giovanotto sul ciglio della strada a St Vincent. Basil Charles era stato investito da una macchina e Jasper lo portò al centro medico, poi restarono in contatto. Sviluppammo entrambi una tale simpatia per quel ragazzo carismatico che lo portammo a Mustique e lo aiutammo ad aprire il locale. Mi guardo intorno, alla ricerca della sua inconfondibile chioma bianca e del sorriso leggendario, ma non c'è traccia di lui. Basil gestisce ormai così tante attività che di rado si fa vedere a

Mustique, tranne che per l'annuale festival del blues da lui inaugurato anni fa.

Seduto al bar riconosco Dexter Adebayo. Ormai ha una cinquantina di anni, ma ricordo quando era un affascinante istruttore sub che aveva appena ottenuto la licenza per accompagnare i clienti degli hotel a esplorare la barriera. Adesso ha una sua piccola impresa e si è un po' appesantito; un omone con un'aria dignitosa che contrasta con l'abbigliamento sgargiante. Porta una camicia hawaiana a colori vivaci su un paio di jeans consumati, i capelli attorcigliati in spessi rasta grigi. I suoi modi pacati gli hanno fatto guadagnare la fama di ottimo ascoltatore. Se Dex vendesse i segreti di tutti i ricchi villeggianti che si confidano con lui mentre sono in barca sarebbe milionario. Sembra invecchiato dall'ultima volta che ci siamo visti, ma il suo viso si apre in un sorriso quando si accorge di me e di colpo gli anni scompaiono.

«Bentornata, Lady Vee. È sempre la donna più bella di Mustique.»

«Sei un adulatore, Dex.»

«Lasci che le offra qualcosa.»

«Sei molto gentile.» Mi siedo sullo sgabello accanto a lui. «Un espresso e un'acqua minerale, grazie. Non posso bere come ai vecchi tempi. Devo limitarmi.»

«Anch'io. Niente alcol prima di sera e di solito niente in assoluto. Ma mi piace sempre l'atmosfera quando organizzano qualcosa qui. Adesso sto aspettando un gruppo di turisti che vogliono fare un'immersione.»

«Ce li porti ancora di persona?»

«Tutte le volte che ne ho l'occasione.»

«Posso monopolizzarti fino al loro arrivo? Vorrei sapere che cosa è successo durante la mia assenza.»

«Sarò felice di accontentarla, Lady Vee.»

Ordina due espressi, che il barista prepara con una flemma intollerabile in Gran Bretagna. Mi accorgo che dall'estate scorsa sono arrivati tavoli e sedie nuovi che rendono il locale ancora più raffinato. Finalmente Dex e io possiamo sorseggiare i nostri caffè facendo un brindisi alla salute reciproca. Avverto il suo sguardo su di me mentre bevo il primo sorso. È una di quelle persone che non riesci a leggere mai fino in fondo.

«Non c'è molto da raccontare» dice. «Tutto come al solito. La gente continua a venire qui per divertirsi. E lei? Come mai ci ha abbandonato così a lungo?»

«Sono tornata a casa per il funerale della principessa. Dovevo occuparmi di alcune faccende.»

Dexter rivolge un cenno alla fotografia incorniciata della principessa Margaret appesa sopra il bancone. È stata scattata quando aveva una trentina d'anni e somigliava più a una star del cinema che a un membro della famiglia reale. «Questo posto si animava quando veniva qui a ballare con lei e Lord Blake.»

«Che fine ha fatto la sua villa?»

«È stata venduta qualche mese fa a un imprenditore francese. Uno che fa una vita monastica.»

«Peccato, era stata costruita per feste e ricevimenti.»

«Tutta l'isola è in fermento per la festa di Miss Lily tra due settimane. Ho sentito che sarà assunto del personale extra per preparare la spiaggia e costruire il palco per la musica. Sarà il giorno più bello della sua vita. Non capita a tutte le ragazze di ricevere una serenata da Mick Jagger per il proprio ventunesimo compleanno.»

«Pare che abbia scritto una canzone apposta per lei.»

«Mr Jagger è un altro che accende l'atmosfera dell'isola.» Mi scruta di nuovo. «Ho sentito che il progetto di Miss Lily sta andando bene. Ne parlano alla radio, dicono che aiuterà l'economia locale.»

«Sono tutti favorevoli?»

«Ci sono dei pescatori di Lovell che sostengono di essersi presi cura della barriera per tutta la vita, e adesso che è stato rimesso in piedi il progetto Revival la ragazza si prende tutto il merito del lavoro compiuto da sua madre. A me sembra solo stupido risentimento.»

«Questo spiegherebbe perché qualcuno abbia scritto "muori come il corallo" sulla fiancata della sua barca.»

Dexter batte le palpebre stupito. «Chiunque abbia un po' di cervello sa che lei fa sul serio, proprio come la madre. Usa le sue conoscenze scientifiche per migliorare la situazione. Mi rendo conto del bene che sta facendo tutte le volte che mi immergo.»

«La scritta è stata fatta la settimana scorsa, prima della scomparsa di Amanda Fortini.»

«Ne ho sentito parlare. Non è stata ritrovata?»

«Non ancora. Tu sei stato sull'isola tutta l'estate, Dex. Ti sei accorto se qualcuno la infastidiva?»

Dex è titubante, come se pesasse i pro e i contro di dire la verità. «Una volta c'è stato Tommy Rothmore. È arrivato qui imprecando e agitando i pugni, ubriaco fradicio. Di solito è un ragazzo serio e educato, ma da quando i genitori sono tornati in Gran Bretagna è fuori controllo. Mi ha fatto pena, e l'ho riaccompagnato a casa. Da allora si è calmato, ma a volte la osserva.»

«Che cosa vuoi dire?»

«È come un bambino che guarda il sole. Vuole ricordare per sempre la sua bellezza dorata, anche se lo accecherà. Ma potrebbe valere la pena soffrire pur di guardarla per un altro istante.» Dex ha l'aria tormentata.

«Hai delle doti nascoste» gli dico. «Sembrava una poesia.»

«Dovrebbe dimenticarla, ma non riesce a staccarsi.»

La nostra conversazione si interrompe bruscamente quando gli aspiranti subacquei di Dex arrivano armati di mute e boccagli, ansiosi di immergersi. Esco fuori all'ombra di un gazebo a sorseggiare l'acqua ghiacciata mentre rifletto sulle parole di Dex Adebayo. Conosco i Rothmore da anni. Sono stati tra i primi ad acquistare una villa da noi ai primi tempi, perciò sarà difficile convincermi che il loro unico figlio possa aver maltrattato la sua ex ragazza o lasciato una minaccia scritta sulla barca di Lily. Certamente è possibile che il ragazzo abbia perso il senno. Con un misto di curiosità e preoccupazione ad agitarmi lo stomaco, mi affretto verso casa per telefonare alla villa dei Rothmore.

Per qualche inspiegabile motivo sono assalita dalla tensione mentre attraverso un fitto boschetto. Di solito mi piace inspirare l'aroma delle foglie morte, con le felci rigogliose a strusciarmi contro le caviglie lungo il sentiero, ma ho la netta sensazione di essere osservata. È una dote che ho sviluppato prendendomi cura della principessa Margaret, le antenne sempre alzate, pronta a reagire a eventuali attenzioni indesiderate. Mi fermo, ma non c'è nessuno sul sentiero, né davanti né dietro, nemmeno un alito di brezza a disturbare il fogliame. Riesco a vederlo solo scrutando con attenzione l'intrico di vegetazione; scorgo la sua faccia in mezzo a un mare di verde. José Gomez mi fissa intensamente, ma quando lo chiamo per nome svanisce come uno sbuffo di fumo.

9

Il sergente Nile è di nuovo bloccato nel suo ufficio. Il condizionatore emette una specie di rantolo cadenzato ma non produce nemmeno un filo d'aria fredda. È un rumore così irritante che avrebbe voglia di strapparlo dalla mensola e lanciarlo fuori, ma ciò metterebbe fine in maniera plateale al suo periodo di prova. Sta sbattendo la testa contro un muro di frustrazioni. La prima persona che vuole incontrare è Tommy Rothmore: se qualcuno ha fatto del male ad Amanda Fortini, l'ex fidanzato pieno di risentimento è la persona migliore da cui partire, ma il giovane non risponde al telefono.

Ha passato l'ultima ora ad aspettare che il suo capo a St Vincent gli invii per e-mail un mandato di perquisizione per lo yacht ancora ormeggiato al largo di Britannia Bay, ma per il momento non è arrivato niente. Studia di nuovo i dettagli del panfilo. L'*Aqua Dream* è stato costruito a Montecarlo. Con i suoi sessanta metri di lunghezza è un megayacht di classe superiore, perfettamente equipaggiato per affrontare l'oceano, con un serbatoio immenso che evita frequenti soste per il rifornimento. È stato venduto due anni addietro al prezzo di trenta milioni di dollari ed è registrato a una società denominata Aqua Dream Ltd, con licenza commerciale sudamericana senza sito Internet. Ha controllato le licenze nautiche dei motoscafi Bayrider del dottor Bunbury e del Basil's Bar, ma la barca che Mama Toulaine ha visto la mattina in cui Amanda Fortini nuotava a Britannia Bay poteva benissimo provenire dallo yacht. Magari le era andata incontro e adesso la ragazza si trova sullo yacht, ma lui non può agire. Ha le spalle contratte mentre fissa i fogli. Ha bisogno di interrogare l'equipaggio dello yacht per stabilire se hanno visto Amanda Fortini la mattina della sua scomparsa. Sente le risate sguaiate dei fratelli Layton oltre la porta chiusa ed è sicuro di essere l'oggetto del loro divertimento. Non ha senso starsene lì a girarsi i pollici in attesa del mandato, così decide di andare a parlare con l'unico predicatore sull'isola.

La chiesa sorge sul pianoro al centro di Mustique, a poca distanza dall'aeroporto. Quando scorge la Bamboo Church, Nile prova invidia per il luogo di lavoro del pastore. L'edificio è ombreggiato dall'albero elefante che compare su tutte le guide turistiche. È un baobab che deve avere centinaia di anni, con un tronco massiccio inclinato da una parte. Ha la corteccia grigia e polverosa per l'età e un lungo ramo sfiora il terreno, come la proboscide di un elefante che si abbevera a una pozza. Nile ricorda quando ci si arrampicava da bambino, fingendo di essere un *cornac* che attraversa la giungla in groppa al suo elefante, finché il vecchio predicatore lo rimproverava di perdere tempo nel giorno del Signore. La chiesa è una semplice struttura con un tetto sostenuto da pali di bambù e senza pareti, per tenere asciutta la congregazione nel caso un temporale tropicale si scateni durante la messa. Gli unici arredi sono un tavolo usato come altare e una trentina di banchi di legno.

Nile scorge subito il pastore in una radura accanto alla chiesa. Sta verniciando uno dei banchi. Il pastore Boakye si è svestito dell'abito nero e del colletto rigido e porta un paio di calzoncini e una maglietta sporca di vernice. Ha un'aria impacciata quando il poliziotto si avvicina, come se essere colto a svolgere un lavoro manuale gli causasse imbarazzo. Nile non lo conosce molto bene, ma sono più o meno coetanei e ha ascoltato spesso i suoi sermoni, da quando suo padre non riesce più a recarsi in chiesa da solo. Boakye ha raccontato di essere arrivato da Lagos sei mesi fa, su richiesta del vescovo che lo ha inviato a predicare in luoghi remoti come parte della sua missione. Ha modi espansivi e ansiosi di piacere da cui si capisce che vuole dimostrare il proprio valore.

Si avvicina con la mano protesa, come se volesse accogliere anche Nile nell'ovile, ma si tratta di una causa persa. Il poliziotto ha sempre nascosto il suo ateismo finora, ma prima o poi Hosea scoprirà la verità.

«È un piacere vederti, Solomon. Sei venuto a darmi una mano ad abbellire questo posto?»

«Oggi temo di no. Ho bisogno del suo aiuto, padre, se ha un minuto.»

«Ma certo, ho tutto il tempo che vuoi.» Il prete lo conduce verso una panchina all'ombra.

«Sto cercando Amanda Fortini e ho saputo che di recente è venuta qui a parlare con lei.»

Il pastore annuisce brevemente. «È passata diverse volte, anche se è cattolica e questa è una chiesa battista. Amanda cercava una guida spirituale, ma sono vincolato al segreto e temo di non poterti rivelare niente.»

«La prego di parlare apertamente; i suoi amici sono molto preoccupati.»

«Posso dirti soltanto che stava passando un periodo difficile.»

«Amanda è scomparsa da quarantott'ore, padre. Potrebbe essere in pericolo.»

«Io la voglio aiutare, ma tradirei la fiducia di Amanda se parlassi dei suoi segreti.» Il pastore ha un'aria combattuta. «Era preoccupata circa il suo rapporto con un uomo. Aveva respinto un ragazzo che le voleva bene perché era attratta da un altro. Ha detto che era imprevedibile, addirittura pericoloso. Voleva trovare il coraggio per smettere di vederlo.»

«Le ha detto come si chiama?»

«Temo di no.» Il pastore si scherma gli occhi con la mano, l'espressione abbattuta.

«Dopo Lagos questo posto deve sembrarle davvero piccolo.»

Il pastore Boakye sorride. «Tutti meritano l'amore di Dio, dovunque vivano. Vogliamo pregare insieme affinché Amanda ritorni a casa sana e salva?»

Nile si sente raggelare. «Non sono credente. Porto mio padre alle funzioni, ma ho smesso di frequentare la chiesa da parecchi anni.»

«C'è una ragione precisa?»

«Ho perso la fede da un giorno all'altro.»

«Deve essere stato doloroso, Solomon. Ricorda che sono qui, se avessi voglia di parlarne.» Il prete si sporge in avanti. «Vuoi che chieda aiuto a Dio per conto tuo?»

«Come vuole, padre. Io devo tornare al lavoro.»

«Vieni a trovarmi quando vuoi, se il passato dovesse tormentarti.»

Il sergente si alza in piedi e mormora un ringraziamento prima di andarsene. Il motivo per cui ha perso la fede è troppo brutto da spiegare. È più facile dare la caccia ad Amanda Fortini, piuttosto che rivisitare il passato.

10

L'atmosfera è serena quando torno a Eden House e ho già ricacciato in un angolo della mente lo strano comportamento del mio giardiniere. Wesley riesce a sfoggiare un sorriso professionale quando gli comunico la mia intenzione di rinfrescarmi prima di pranzo, ma per prima cosa provo a chiamare la villa dei Rothmore dal telefono di casa. Deve esserci una banale spiegazione per il fatto che Tommy non risponda, visto che è sempre così facile trovare le persone a Mustique. La direttrice di Cotton House appare molto dispiaciuta quando mi dice che non vede il ragazzo da secoli. L'ultima volta che è stato nel loro ristorante era con i genitori, prima della loro partenza il mese scorso.

Ho intenzione di godermi il pranzo con Phillip, qualunque cosa sia destinata a succedere. C'è il rischio che l'assenza di Amanda prenda il sopravvento, mentre devo concentrarmi sull'organizzazione della festa di Lily, ma detesto abbandonare un rompicapo prima che sia risolto. Metto da parte le preoccupazioni e salgo di sopra a truccarmi. Mi è sempre piaciuto farlo, mi sembra di essere un'attrice che si prepara per andare in scena; il mio rossetto Chanel preferito è ottimo per risollevarmi il morale. Una volta terminato il make-up, sono soddisfatta del risultato, che nasconde perfettamente la mia ansia.

Phillip mi sta aspettando quando scendo di sotto. Ancora

adesso è l'amico più affascinante che abbia. Non c'è da meravigliarsi se donne e uomini, giovani e vecchi, continuino a cadere ai suoi piedi. La camicia di lino nera, i calzoni grigi e le scarpe da mare sembrano anonimi, ma probabilmente costano una fortuna. Il guardaroba di quest'uomo trabocca di completi Balmain e pullover italiani in lana merino. È appoggiato alla ringhiera, a guardare il mare, e la sua faccia si illumina quando mi vede. L'arrivo dell'attore ha risollevato anche l'umore di Wesley; il mio maggiordomo arriva scortato dalle due cameriere. Sistema una bottiglia di champagne in un secchiello di ghiaccio con un gesto elaborato, quindi si ritira discreto. Nel corso degli anni mi sono resa conto che Wesley si adira soltanto perché è un perfezionista, ovvero pianifica meticolosamente, perciò i cambiamenti dell'ultimo istante lo fanno piombare nel panico totale. Phillip invece appare perfettamente a suo agio e si mette comodo sulla poltrona.

«È magnifico averti qui, Vee. Tutti gli altri sono di una noia mortale, oppure si dimenticano della mia esistenza. Non andartene mai più, d'accordo?»

«Sarei tentata di farlo, ma le mie radici sono nel Norfolk.»

«Non ti permetterò di salire su un aereo per i prossimi mesi. Hai già visto José?»

«Ieri notte vagava per il giardino. Stamattina gli ho parlato, ma non ha fatto la minima differenza. Poco fa mi ha seguito da Basil's.»

«Che cosa gli è preso? È sempre stato così affidabile.»

«Speriamo che la cosa finisca presto. Dimmi cosa sta succedendo qui, Phil. Sono stata lontana così a lungo.»

Vedo un lampo nei suoi occhi, mentre il volto si incupisce all'improvviso. «C'è stata ogni genere di stranezza, mia cara. Tresche, diverbi, affari illeciti. Ti ho detto che ho iniziato a fare yoga?»

«Sarebbe una crisi di mezza età?»

«La mia è finita già da tempo, grazie a Dio.» Sorride divertito. «Vieni anche tu. C'è lezione tutti i venerdì mattina alla villa di Keith Belmont.»

«Mi chiedo dove trovi l'energia quell'uomo; la sua ultima moglie non aveva sedici anni?»

«Certo che ha addirittura più scheletri di me nell'armadio.»

«Non mi hai mai parlato dei tuoi, ma mi piacerebbe conoscerli.»

«Non ti tedierei mai con sordidi particolari. Sono stato un bambino perfido e odioso. I miei poveri fratelli ne hanno passate di tutti i colori.»

«Non ci credo, sono sicura che eri adorabile.»

«Ero un mostro, credimi. Dio solo sa perché i miei genitori abbiano aspettato che compissi sedici anni prima di cacciarmi. Non li biasimo neppure lontanamente.»

Ricordo che Phillip mi ha raccontato di essere stato disconosciuto dalla famiglia quando era giovane, ma so che è una storia che lo fa ancora soffrire, perciò torno al nostro argomento precedente.

«Continuo a non capire come tu faccia a passare del tempo con Keith Belmont.»

Phillip trattiene una risata. «Forse non sarà esattamente il tuo tipo, ma io adoro quel vecchio libertino. È stato mio complice durante la tua assenza, anche se pare che adesso abbia voltato pagina. Vuole sostenere il progetto di Lily. Ha promesso un'ingente donazione se verrà coinvolto maggiormente nel progetto.»

«Io prenderei la cosa con il beneficio del dubbio. Non mi fido delle sue ragioni.»

«Keith è come me, sempre alla ricerca di un passatempo. Le vecchie star del rock diventano obsolete come gli attori» dichiara, e la sua voce all'improvviso si tinge di una nota di amarezza.

«Non devi andare negli Stati Uniti tra breve? Ho letto che farai qualcosa di importante a Hollywood.»

«Il progetto è saltato ed è un vero peccato, anche se i compensi stellari ormai sono acqua passata. Il regista mi aveva ingaggiato per la parte del padre della protagonista.» Il suo sorriso si spegne all'improvviso. «Succede lo stesso qui; a quanto pare sto andando fuori moda a una velocità vertiginosa, ma questo significa che posso restare fino alla fine dell'anno.»

«Non puoi produrre il film per conto tuo?»

«Non posso più fare affidamento sull'industria cinematografica, perciò me ne starò buono finché non mi atterrerà sulla scrivania una sceneggiatura da Oscar. Non voglio che qualche regista bastardo mi ingaggi come vecchio scemo.» I suoi occhi lampeggiano di collera e mi fanno pensare a quanto sia suscettibile; basta una parola sbagliata per ferire i suoi sentimenti, ma ritrova in fretta il contegno.

«Ho notato una cosa interessante. Di solito tieni un pacchetto di sigarette sul tavolo, da accarezzare, se non da usare. Hai finalmente smesso di fumare?»

«Tre mesi fa, ma ne tengo sempre un pacchetto a casa, in caso di disperazione. Ho anche drasticamente diminuito il bere.» Mi tocca il polso. «Parlami di te, Vee. Finalmente sei una donna libera, e non più una dama di compagnia. Puoi uscire dall'ombra e stare sotto i riflettori.»

«Non mi sembra reale. Continuo ad aspettarmi di essere convocata a palazzo.»

Lo sguardo scaltro del mio vecchio amico mi soppesa di nuovo. «Che cosa ti ha insegnato il lavoro?»

«Soprattutto la capacità di osservazione. Dovevo leggere le situazioni in fretta, per accertarmi che la principessa avesse la giusta qualità di caffè, i guanti di cotone bianchi e il suo whisky preferito. Gli ho anche presentato Roddy Lewellyn.»

«Ti sei mai pentita di aver sacrificato tutto quel tempo?»

«Era quasi sempre un piacere. Ci conoscevamo fin dall'infanzia e mi ha fatto vivere così tante avventure. Sono stata in decine di paesi sconosciuti durante i viaggi reali e lei sapeva essere incredibilmente spiritosa.» Lo sguardo di Phil rimane serio. «Possiamo andare a nuotare oggi pomeriggio, Phil? Ho già fatto un tuffo, ma non vedo l'ora di tornare in acqua.»

«Ti accompagnerò volentieri in spiaggia, ma solo per prendere il sole. Ho sofferto di una tremenda otite per settimane. Il dottore mi ha detto di restare all'asciutto e mi ha proibito voli a lungo raggio.»

«Deve essere tremendo, povero te.»

«La vita cambia troppo in fretta, Vee. Non sono eterno come te, purtroppo. Tutte le volte che vado a una festa, mi sento un rudere. I giovani mi vedono come un vecchio dinosauro spiaggiato.»

«Non dire sciocchezze, mio caro. Gli uomini acquistano fascino con l'età.»

Lui si rilassa di nuovo, abbandonandosi alla sua contagiosa risata. «Saresti un'ottima diplomatica.»

Dopo un altro bicchiere di champagne il pranzo diventa spigliato, con battute ammiccanti e risate, ma mi rendo conto che Phillip è giù di morale, così mantengo la conversazione leggera. È il pettegolo più informato di Mustique, mi aggiorna sulle tresche tra i proprietari delle ville, i loro disastrosi investimenti finanziari e i progetti per l'isola. Il fascino di Mustique sta nella sua tranquillità; spero che non la perda mai.

Arrivati al budino, la conversazione torna su Amanda Fortini. «L'hai vista spesso quest'estate, Phil?»

«Le ho dato lezioni di francese; ha in programma di fare un viaggio a Parigi, per comprare pezzi per la sua galleria. Sarei tentato di accompagnarla. Ha fatto grandi progressi, è davvero una ragazza molto sveglia.»

Quando gli racconto di aver cercato di contattare Tommy Rothmore, sgrana gli occhi. Ha assistito alla brutta scenata di qualche settimana fa da Basil's, quella che mi ha descritto Dexter, quando il ragazzo è entrato nel locale ubriaco, lanciando accuse e tirando pugni. La sua storia con Amanda era finita diverse settimane prima, ma lui sembrava furibondo.

«Tommy non alzerebbe mai le mani su una donna, vero?»

Phillip distoglie lo sguardo. «Chiunque può perdere il controllo sotto pressione.»

«In che senso?»

«I suoi genitori si aspettano da lui che prenda le redini della Rothmore Foundation, che vale miliardi. Una responsabilità pesante per un ragazzo così giovane. Forse è per questo che Amanda ha rotto con lui. Apprezza la ricchezza, ma

Tommy è oppresso dalle responsabilità. A questo aggiungi che lui ha appena perso la ragazza che amava. So per esperienza che le pene d'amore possono trasformarci in mostri.»

«Ho cercato di non chiederti di Carlos. Dov'è adesso?»

«È tornato a Rio, balla la bossanova con un tipo che ha la metà dei miei anni. La prossima volta ho deciso che mi innamorerò di una donna, più grande, e preferibilmente docile.»

«Poverino, so che lo adoravi.» Allungo la mano sul tavolo e stringo la sua.

«Mi ha spezzato il cuore. Adesso l'ho superato, ma a volte le vittime aggrediscono il partner dopo una separazione; capita, sai? Tommy è stato sul punto di rottura per settimane.»

«Andiamo a trovarlo.»

«Pensi che sia saggio, Vee? È una faccenda di polizia.»

«Devo solo fargli qualche domanda innocente. Non ci punterà addosso una pistola, vero?»

Dopo due bicchieri di champagne la mia curiosità verso Amanda è aumentata. Senza nemmeno prendere il caffè, Phillip e io partiamo per Villa Rothmore con la mia buggy. È solo a dieci minuti di distanza. L'alcol e la compagnia mi hanno sollevato lo spirito. Mi sembra di essere una versione tropicale di Miss Marple mentre ci dirigiamo verso una delle proprietà più incantevoli di Mustique. Sunset House occupa la cima della collina più alta dell'isola dagli anni Sessanta. Ha l'aspetto di una dimora di campagna francese, costruita in pietra chiara, con le imposte blu cobalto e un rigoglioso giardino pieno di orchidee e gigli esotici. A paragone dell'immensa fortuna bancaria dei Rothmore la residenza ha proporzioni modeste, ma gode dei panorami migliori. Quando esco sulla terrazza, tutta la costa caraibica di Mustique si apre sotto di me, da Endeavour Bay fino a Old Plantation.

Intuisco che qualcosa è cambiato mentre ci avviciniamo alla villa. Le imposte sono chiuse e non arriva nessuno quando Phillip suona il campanello, il che è strano. I proprietari delle ville tengono un piccolo staff di domestici tutto l'anno per badare alla casa, ma la villa appare deserta. Ancora una volta mi viene da pensare come le famiglie del rango dei Rothmore godano di uno straordinario livello di sicurezza a Mustique. Le loro case in Gran Bretagna devono essere sorvegliate ininterrottamente, ma sull'isola vige la legge della fiducia. C'è il tacito accordo che tutti sono al sicuro, perché nessuno ha bisogno di rubare o di commettere reati. Però qui c'è qualcosa che non va.

«Sembra una casa disabitata» dice Phillip.

Il mio amico sbircia dalla finestra di una cucina che sembra uscita direttamente da una rivista d'arredamento, con un tavolo rotondo e chilometri di superfici levigate, ma nessun segno di uso recente. Mi rendo conto che si diverte a recitare la parte di un famoso topo d'appartamento, con un'immaginaria telecamera a filmarlo. Riesce ad aprire una delle finestre al pianterreno senza fare danni, ma la mia spavalderia da champagne comincia a scemare.

«Non possiamo entrare di nascosto, Phil.»

«Non fare la rompiscatole; l'idea è stata tua. Sei abbastanza magra da riuscire a passare dallo spiraglio.»

Sto ancora brontolando mentre lui mi spinge sul davanzale, ma adesso che la mia curiosità è stata risvegliata anelo a conoscere la verità. Questa avventura mi fa sentire di nuovo giovane, intraprendente e piena di vita. Una volta entrata in cucina, apro la porta di servizio per Phillip, che sorride come uno scolaretto sovraeccitato. Decidiamo di perlustrare dapprima il pianterreno, alla ricerca di indizi che Tommy possa aver fatto del male alla sua ex fidanzata.

Entrambi conosciamo bene la casa, perché abbiamo partecipato a tante feste di compleanno, cene e ricevimenti organizzati dai Rothmore, ma oggi sembra diversa. Le stanze sono piene di ombre, i divani antichi coperti da teli. Il tema francese continua in sala da pranzo, che reca inoltre tracce dell'ottimo gusto del mio amico Nicky Haslam. Sono quasi sicura che i Rothmore si siano serviti di lui per realizzare i loro mobili su misura, dalle linee semplici ed eleganti. Mi sovviene che la ragione per l'assenza di Tommy potrebbe essere banale: forse si è trasferito a casa di un amico per superare la rottura con la fidanzata. Anche se gran parte dei proprietari delle ville sono tornati a casa, spesso i loro figli grandi restano sull'isola, per niente ansiosi di riprendere il tran tran quotidiano.

«Porca la miseria» borbotta Phillip. «È un Picasso originale?»

«Penso di sì.»

Osserviamo il ritratto astratto di un volto femminile, i lineamenti dissezionati poi ricomposti in blu e rossi vivaci.

«È bellissimo, chiunque lo abbia realizzato, ma dov'è il personale?»

«Forse si sono presi un giorno libero.»

Non c'è traccia di alcuna attività sospetta al pianterreno. La casa sembra essere stata chiusa in maniera definitiva, come se i Rothmore non avessero intenzione di tornare. Ho la stessa impressione salendo di sopra. Le camere spaziose somigliano a quelle di un hotel di lusso, i bagni risplendono di pulizia. Non capisco come sia possibile che il ragazzo non abbia lasciato tracce di sé. Sono in corridoio quando sento dei passi riecheggiare sulle scale e anche Phillip deve averli sentiti. Esce da una delle camere con aria sgomenta.

«Nasconditi!» bisbiglia.

«Ma non dire sciocchezze. Sarà Tommy; gli diremo che stiamo cercando sua madre.»

«È una bugia bella e buona. Ci farai arrestare, Vee.»

«Rilassati e seguimi, mio caro» gli dico.

La principessa Margaret mi ha insegnato che non bisogna mai ammettere la sconfitta. Anche quando le circostanze ti sono avverse, tieni alta la testa e sorridi. Con il mento ben sollevato e un'espressione serena scendo di sotto e affronto la situazione.

11

Nile è sorpreso che la porta della cucina dei Rothmore sia stata lasciata aperta, ma poi ne capisce il motivo quando sente dei passi sopra la testa. Tommy deve essere tornato a casa, oppure i domestici sono al lavoro al piano di sopra. Rimane scioccato alla vista di Lady Veronica che scende in fretta lo scalone centrale, con un sorriso raggiante, seguita da un bell'uomo brizzolato più o meno della sua età.

«Che cosa ci fa qui, Lady Vee?» domanda Nile.

«Speravo di trovare Tommy Rothmore. I suoi genitori sono cari amici, ma lui non risponde al telefono.»

«Allora ha pensato di entrare a dare un'occhiata?»

Lei archivia la domanda con un battito di ciglia. «Conosci Phillip Everard?»

Nile stringe la mano dell'uomo mentre ha un'illuminazione. Si tratta di un attore di vecchi film che più di recente ha recitato in qualche spot televisivo, ma non lo aveva mai incontrato di persona. Ha un aspetto aitante, ma nella vita reale è meno sicuro di sé. Nile è cresciuto su un'isola dove musicisti famosi, uomini politici ed esponenti della famiglia reale sono di casa, ma rimane sempre sconcertato quando si trova davanti una vera star per la prima volta, soprattutto se è lampante che ha appena infranto la legge.

«Piacere di conoscerla. Ho apprezzato molti dei suoi film.»

La faccia dell'attore si illumina. «Molto gentile, grazie.»

«Vorrei chiedervi di uscire un minuto, per favore.»

Con modi gentili Nile invita i due a non sostituirsi alla legge. Se sono preoccupati per qualche abitante dell'isola, dovrebbero prima chiamare lui. Phillip Everard ha la decenza di mostrarsi contrito, ma Lady Vee lo scruta con il suo sguardo freddo che coglie sempre nel segno. Nile si muove su un terreno insidioso, diviso tra il dovere di far rispettare la legge e il rispetto verso una donna grazie alla cui generosità la sua vita è migliorata in maniera incommensurabile. Lei lo osserva da sotto la tesa del cappello di paglia.

«Perdonaci, Solomon, ma qui non si tratta solo di Amanda. Qualcuno ha lasciato delle minacce sulla barca di Lily. Non permetterò che la storia continui.»

Il poliziotto è sorpreso dal cambiamento nei modi della sua benefattrice. Finora gli è sempre sembrata gentile, in tutto e per tutto una raffinata aristocratica britannica che nasconde bene la sua indole determinata. Ora tiene i pugni stretti lungo i fianchi, come se volesse combattere per proteggere Lily Calder, anche se lui ha avuto la netta impressione che la giovane sia benissimo in grado di difendersi da sola.

«Perché non ci sediamo a parlare della cosa con calma?» propone Nile.

Trovano riparo dal sole sotto il gazebo a bordo piscina.

«Tutti vogliamo ritrovare Ms Fortini» esordisce. «Ho bisogno della vostra conoscenza privilegiata della vita degli altri proprietari; voi godete della loro fiducia, ma io devo mantenere il comando. Se il mio capo a St Vincent venisse a sapere di questa conversazione sarei sospeso.»

«Non preoccuparti, saremo discreti. Entrambi siamo ansiosi di darti una mano.» Lady Vee gli rivolge un cenno affermativo e il suo amico attore borbotta concorde. «Tutto quello che sappiamo finora è che Amanda non si trova. Intanto abbiamo dato un'occhiata nella villa dei Rothmore. Pare che Tommy manchi da un sacco di tempo.»

«Secondo i vicini ha licenziato il personale tre giorni fa.»

L'espressione di Everard si illumina. «Che ne pensate del

padiglione estivo? Lo vedo da qui, oltre i cespugli. È l'unico posto dove non abbiamo cercato.»

Si alzano tutti e tre insieme e Nile prova un vago senso di panico. La sua priorità è perquisire l'*Aqua Dream*, ma sta ancora aspettando il mandato e adesso è stato trascinato fuori rotta. Lady Vee e Phillip Everard sono due improbabili reclute con i loro abiti immacolati. Ma hanno l'unica cosa che a lui manca: godono della fiducia di tutti i milionari di Mustique. Nile continua a essere convinto che la spiegazione della scomparsa di Amanda Fortini si trovi sullo yacht sempre ormeggiato all'orizzonte, o su uno dei grandi motoscafi dell'isola, se solo riuscisse a risolvere il rompicapo.

Si avvia per primo sul prato verso il padiglione estivo. È una struttura di legno quasi completamente nascosta da cespugli di passiflora, palme elefanti e gelsomino. Quando si gira a guardare alle proprie spalle, vede Lady Vee che lo segue a passo posato, stando attenta a non sporcarsi i vestiti. I suoi modi sono tornati gentili ora che ha ottenuto ciò che vuole. Nile non sa ancora decidere se ha preso una buona decisione o ha commesso un grave errore.

Le preoccupazioni del poliziotto circa un'eventuale violazione del protocollo d'indagine sono spazzate via quando raggiunge l'edificio. Ha tutta l'aria di essere stato svaligiato. La porta è scardinata e qualcuno ha infierito sui mobili da giardino, che sono in pezzi. Contro la parete è appoggiato un materasso, coperto da un lenzuolo stropicciato, e sul pavimento sono sparse bottiglie di whisky. La fine del rapporto di Tommy Rothmore sembra aver scatenato un uragano.

«Povero ragazzo» mormora Lady Vee.

Si è tolta il cappello, come se rendesse omaggio a una tomba, e nella casetta di legno si respira un'atmosfera di morte. Il nodo allo stomaco del sergente si stringe quando calpesta frammenti di mobili di bambù. Si ferma di fronte a una mezza dozzina di foto di Amanda Fortini di grande formato appese alla parete di fondo, tutte imbrattate di vernice rossa, come i graffiti sulla barca di Lily Calder. I lineamenti della ragazza sono stati cancellati con poche pennellate rabbiose.

12

Ricordo Tommy Rothmore da bambino, che giocava in piscina con Lily e le sue amiche, oppure le rincorreva lungo la spiaggia. Anche allora era un tipo tranquillo e ben educato, abbastanza assennato da comprendere il suo ruolo in una dinastia di banchieri di fama internazionale. Nel corso degli anni i suoi modi non sono cambiati, è rimasto pacato e introverso, a differenza di molti suoi coetanei amanti delle feste. L'ho visto sei mesi fa, all'improvviso era un giovane scapolo di bell'aspetto con Amanda Fortini sottobraccio. La loro unione mi ha sorpreso, ma la sua serietà mi è sembrata il perfetto complemento al carattere esuberante di lei. È difficile pensare che sia potuto piombare così in basso in così poco tempo. Qualcuno ha sfogato un'enorme energia nel padiglione estivo, lo ha distrutto dall'interno, ma non può essere stato Tommy, giusto? Anche Phillip è sconvolto dalla devastazione: con sguardo serio esamina le fotografie imbrattate e la cosa non mi sorprende, perciò in un impeto di compassione gli dico che non c'è bisogno che rimanga. Solomon gli rivolge qualche domanda circa l'ultima volta che ha usato il motoscafo, da mesi abbandonato a languire nel porto, poi il mio amico scappa via, come se il caos fosse una malattia contagiosa.

Con un approccio meticoloso Solomon Nile scatta foto del disastro con il cellulare. Mi sento un po' in colpa per averlo messo alle strette, ma non abbastanza da cambiare idea. Finché Lily è in pericolo devo essere al centro delle indagini in ogni modo possibile. Mi fermo sulla porta a contemplare il macello di mobili rotti e le lenzuola polverose che qualcuno ha usato come letto. È possibile che Tommy non abbia niente a che fare con la sparizione di Amanda. Potrebbe essersi trasferito da un amico, ma non ha molte alternative, ora che la maggior parte della gente è tornata a casa. Mi sto ancora domandando dove possa essere quel ragazzo quando Nile mi si avvicina.

«Ho bisogno di parlare con Sacha Milburn. È stata da Tommy di recente, ma non risponde al telefono.»

Io alzo lo sguardo su di lui. «So esattamente dove trovarla, possiamo usare la mia buggy.»

«Grazie, ma ho tutto sotto controllo.»

«Ne sei proprio sicuro, Solomon? Ricordati che hai bisogno dei miei contatti.»

Nile incrocia le braccia sul petto come se si preparasse a ricevere un duro colpo. «E va bene, ma solo per questa volta, Lady Vee. Poi tornerà a casa, deve promettermelo.»

Gli sorrido, invece di dargli la mia parola, poi gli dico che Sacha Milburn è sicuramente al Firefly. I più giovani ci vanno a bere a inizio serata, con qualsiasi tempo. Nile ha sempre l'espressione contrariata mentre ci allontaniamo dalla villa diretti a sud, passando in mezzo all'isola.

Vedo altre prove di come stia cambiando Mustique quando superiamo il centro medico ristrutturato. È composto da alcuni bungalow lussuosi, con la sala operatoria da una parte, un piccolo reparto e un paio di stanze private, casomai qualcuno si ammalasse in attesa del primo volo utile per andare via. Il complesso sportivo ha un nuovo padiglione e persino le scuderie si sono ingrandite per ospitare più cavalli. Oggi c'è un'atmosfera idilliaca, con tre giumente arabe che brucano nel recinto, in attesa che qualcuno le porti a sgambare fino a Rutland Bay.

Solomon non parla, è a suo agio nel silenzio che si crea tra di noi. Probabilmente sta pensando alle domande da fare a

Sacha Milburn. Mi sento sollevata quando scorgo il Firefly, adagiato tra palme da cocco con vista su Britannia Bay. Mi è sempre piaciuta l'atmosfera rilassata di questo hotel. Ha solo sei camere, quindi il Patrick's Bar non è mai troppo affollato e il barman prepara ottimi Martini. Incrocio le dita sperando che Tommy Rothmore sia lì con i suoi amici, ma al nostro arrivo la veranda sembra deserta.

«Vieni qui spesso, Solomon?» gli chiedo.

«Mai.»

Il suo sguardo vigile e concentrato si posa sui giardini tropicali e sulle cascate artificiali, e all'improvviso vedo il posto con altri occhi. I secchielli vuoti al bar che aspettano di essere riempiti con bottiglie di champagne che costano trecento dollari l'una, il raffinato lampadario appeso in sala da pranzo, i tavoli apparecchiati con i tovaglioli immacolati. Sto per fermare un cameriere e chiedergli se Sacha Milburn sia stata qui di recente quando Nile mi tocca il braccio.

«E lei quella là in fondo, vero?»

Scorgo la giovane seduta da sola a un tavolo, riconosco la sua chioma ramata. Appartiene a una famiglia di famosi bohémien, sua madre è un'affermata modista e suo padre un guru dello stile di vita, che sforna manuali di autoaiuto su come raggiungere la pace interiore. Sacha sta scrivendo con tale concentrazione su un diario che non si accorge del nostro arrivo. Reagisce scioccata quando la chiamo per nome; mi accorgo che il diario ha una copertina rosso acceso come la penna che tiene in mano. Si affretta a riporli nella borsa e appare nervosa quando ci avviciniamo al tavolo. Sacha non è più la bambina allegra che giocava tutta l'estate con Lily e Amanda; ricordo che sua madre mi ha raccontato che aveva avuto una crisi di autostima all'università. Non deve essere facile avere genitori così affermati e di successo, che gettano un'ombra su tutto quello che fai. Ha un taglio di capelli trascurato, la pelle ricoperta di lentiggini, il prendisole grigio tanto anonimo da renderla quasi invisibile. È un peccato che non si prenda cura del suo aspetto; basterebbero pochi tocchi per trasformarla in una bellezza preraffaellita.

«Bentornata, Vee» borbotta. «Che piacere vederti.»

«Anche per me, Sacha. Possiamo sederci qui con te? Lui è il mio amico, il sergente investigativo Solomon Nile. È stato appena nominato nuovo agente di polizia sull'isola.»

La ragazza fa un sorriso impacciato. «Grazie al cielo finalmente qualcuno che può tenerci in riga.»

«Come stai, tesoro?» le chiedo.

«Volevo tornare in Gran Bretagna prima, ma mi fermerò per la festa di Lily. La villa è un po' inquietante senza la mia famiglia a riempirla di suoni.»

«Vieni pure a trovarci quando vuoi, Sacha. Sai che a Lily fa piacere vederti.»

Mi rivolge un sorriso riconoscente, poi si gira verso Solomon. «Le piace il suo nuovo lavoro?»

«In questo periodo mi tiene molto occupato, Ms Milburn. Sto cercando di rintracciare Amanda Fortini.»

L'espressione di Sacha si fa imperscrutabile. «Non ci siamo frequentate molto di recente. Non so proprio dove possa essere, temo.»

«Che cosa mi può dire di Tommy Rothmore? È scomparso anche lui.»

«Questo è più preoccupante» mormora. «Ha preso molto male la cosa.»

«In che senso?» chiede Nile.

«Tommy è stato malissimo da quando Amanda lo ha scaricato. Anni fa stavamo insieme. Ormai è acqua passata, ma desidero sempre il meglio per lui. Ho cercato di convincerlo a rivolgersi al pastore Boakye. Non sono credente, ma parlare con lui mi ha aiutato molto, e lo stesso vale per tante altre persone sull'isola. Pensavo che potesse giovare anche a Tommy, ma quando gliel'ho suggerito ha dato fuori di matto.»

«Quando è successo?»

«Sabato pomeriggio. Non lo vedo da allora. Mi ha urlato di lasciarlo in pace.»

«Conosce il motivo della rottura tra lui e Amanda?»

«Lei lo ha trattato male fin dal principio. Non capisco perché la gente gliela faccia passare liscia» dice Sacha, scuotendo la testa in segno di disapprovazione. «Tommy si occupa in maniera così coscienziosa di tutte le sue fondazioni che gli rimane poco tempo per la vita privata. Amanda è troppo viziata per sostenerlo; si sentiva trascurata ed è andata a cercare qualcun altro. Non ha voluto dire di chi si trattasse, anche se lei e Tommy sono stati insieme più di un anno. È imperdonabile, non trovate? È così sconvolto che chiunque sia sulla sua strada rischia di rimetterci.»

«Ti ha minacciato fisicamente?» domando.

«Ho avuto paura di restare sola con lui. Si è messo a distruggere mobili e prima aveva colpito uno dei domestici. Gli altri si sono licenziati all'istante.»

«Non ha pensato di chiamare la polizia?»

«Non mi sembrava leale nei confronti di Tommy, vista la sua sofferenza.»

Le prendo la mano. «Tu non hai colpe, tesoro. È solo che abbiamo bisogno di trovarlo. In modo che non faccia male a se stesso o ad Amanda.»

«Ho cercato di proteggerlo, ma non è servito.» Di colpo l'espressione di Sacha si fa crudele. «Amanda non lo ha mai meritato. Se le è successo qualcosa, è solo colpa sua.»

«In che senso?» domanda Nile.

«Io vedo tutto ciò che accade qui. Tommy non ha niente a che fare con la sua scomparsa. Lei è scappata a Lovell di notte, da sola.»

«Come fa a saperlo?»

Sacha abbassa lo sguardo sul tavolo. «Tutti sanno che frequenta le persone sbagliate.»

Non sembra incline a rivelare la sua fonte, nonostante le insistenze di Solomon. Dobbiamo trovare Amanda Fortini al più presto; è sempre facile incolpare una comunità che non è la propria se succede qualcosa di negativo.

«Scusa se ti abbiamo disturbato, Sacha» dico. «Mi sembravi molto intenta a scrivere.»

Lei si sforza di sorridere. «Erano solo degli appunti, anche se sto pensando di scrivere un libro per bambini.»

«Ma è meraviglioso» osservo alzandomi in piedi. «Vieni

presto a trovarci e sono sicura che avremo tempo di chiacchierare di nuovo alla festa di Lily, ma ti prego di tenerlo segreto. Sto chiedendo la discrezione di tutti. Ora ti lasciamo tornare al tuo lavoro.»

Nile sembra preoccupato quando scendiamo sull'altra terrazza. Il rivestimento della piscina riflette il colore del cielo, l'oceano è una distesa placida e luccicante, anche se i bollettini meteo dicono che la tempesta tropicale si sta dirigendo a sud. Mi rendo conto che non è dell'umore giusto per ammirare il panorama. Mi rivolge un lieve cenno del capo e mi ringrazia dell'aiuto, poi si allontana.

13

La frustrazione di Nile tocca il culmine quando raggiunge il porto di Britannia Bay. Sono le sette, il sole sta tramontando e lui non ha fatto progressi nelle ricerche di Amanda Fortini. La lancia della polizia è ormeggiata al molo, protetta da una tela cerata. È lì ferma da mesi. Poco più grande di un dinghy, ha lo stemma sbiadito della polizia di St Vincent stampato sulla prua e lo scafo in vetroresina coperto di graffi. Nile non ha ancora ricevuto il permesso di salire a bordo dell'*Aqua Dream*, ma ha perso la pazienza. Lo yacht si staglia sempre all'orizzonte, ancorato appena fuori dalla baia. Resta sorpreso quando il motore della lancia parte al primo colpo, come se l'imbarcazione aspettasse solo una nuova avventura.

Nile impiega dieci minuti per raggiungere il panfilo, le cui murate torreggiano sopra di lui quando si accosta. Non c'è segno di vita, tranne la luce gialla che filtra da un paio di oblò; lo scafo è così pulito che scintilla nel crepuscolo. Sul ponte è fissato un Bayrider XR7, identico a quelli che si trovano nel porto di Old Plantation, con una gruetta idraulica per calarlo in acqua. Nile si sta chiedendo se ci sia qualcuno a bordo quando in coperta spunta un uomo sui trent'anni, con la tipica uniforme da membro dell'equipaggio: bermuda blu, T-shirt bianca e scarpe da barca. Non sorride quando Nile gli chiede il permesso di salire a bordo. Visto da vicino è più vecchio di quanto gli fosse parso da sotto. Ha lineamenti cesellati, la pelle irruvidita dalle intemperie e una spruzzata di grigio nei capelli che gli sfiorano le spalle. Ha un viso vagamente familiare e l'istinto dice a Nile che potrebbe essere l'uomo da cui era attratta Amanda Fortini contro ogni buonsenso.

«Sono il capitano di questa imbarcazione» dice l'uomo in tono ruvido e strascicato. «Che cosa vuole?»

Nile sente dei passi e prima che possa rispondere un altro uomo spunta da sotto coperta per osservarlo. Sono entrambi nerboruti come due buttafuori, indossano la stessa uniforme sommaria e lo scrutano come se fosse di una specie aliena. Si sono accorti della pistola che è costretto a portare secondo le regole della polizia locale e una volta tanto lui è contento di essere armato. L'atmosfera è ostile al cento per cento.

«Sono il sergente investigativo Solomon Nile. Devo farvi qualche domanda.»

L'uomo annuisce lentamente. «L'ascoltiamo.»

«Io l'ho già vista a Mustique in passato, vero?»

L'uomo scuote la testa. «È la prima volta che vengo alle Isole Sopravento da quando ho preso il brevetto di comandante.»

«Una giovane donna è scomparsa da Mustique. È stata vista nuotare verso questo yacht venerdì scorso all'alba. Si chiama Amanda Fortini. Uno di voi l'ha vista?»

«Nessuno è mai venuto a nuoto fin qui.»

«In genere gli yacht restano ormeggiati nelle acque locali per una notte o al massimo due e poi salpano per un'altra destinazione. C'è un motivo particolare che vi spinge a rimanere più a lungo?»

«Staremo qui al riparo fin quando non cesserà l'allerta uragano.» Indica delle mute appese ad asciugare su una battagliola. «Abbiamo fatto immersioni per passare il tempo.»

«Chi è il proprietario?»

«Una società che si chiama Aqua Dream. Non conosco nessun nome. Dobbiamo consegnare l'imbarcazione per conto loro a St Kitts.»

«Lei come si chiama, capitano?»
«Dan Kellerman.»
«Ha inviato una lancia a Mustique la mattina di venerdì, Mr Kellerman?»
«Non l'abbiamo usata se non un paio di volte per andare a Lovell a fare provviste.»
«Mustique è un'isola privata. Dovete avere il permesso per scendere a terra.»
«Non vorrà certo che moriamo di fame, vero?»
Nile sbircia da un oblò in una sala da pranzo arredata in modo spartano, con pochi quadri alle pareti. L'arredamento scarno è fuori luogo su un panfilo tanto lussuoso. «Devo dare un'occhiata in giro.»
«Non è possibile, se non ha un mandato.»
Il sergente tenta un approccio diverso. «La donna scomparsa ha ventitré anni, Mr Kellerman. L'ultima volta che è stata vista nuotava verso questo yacht, due giorni fa. Un grosso motoscafo identico al vostro incrociava qui davanti.» Tira fuori la foto di Amanda Fortini e la porge al comandante che si limita a gettarle un'occhiata distratta per poi passarla all'altro uomo, il quale la restituisce in fretta e furia, come se scottasse.
«Non l'abbiamo vista.»
«Potreste risparmiare tempo permettendomi di fare la perquisizione ora.»
«Mi porti il documento giusto e ci penserò.»
Il tizio avanza, come se avesse intenzione di spingere Nile fuori bordo, ma le minacce fisiche sono l'unico campo in cui la sua stazza gli torna utile, perciò resta dov'è.
«Mi rivedrà presto, Mr Kellerman.»
Quando Nile rientra alla stazione di polizia nel suo ufficio ci sono trentadue gradi, così preferisce sedersi su una panchina all'esterno a sfogliare gli appunti. Ha cercato nel database il nome di Dan Kellerman, il comandante dell'*Aqua Dream*, ma non ha trovato nessun brevetto nautico a suo nome. O non mai ottenuto la qualifica di comandante, o ha dato un nome falso. Sta ancora rimuginando sulla questione quan-

do riceve la telefonata del suo superiore di St Vincent. Nile osserva il sole scomparire dietro l'orizzonte mentre l'ispettore Fenton Black gli parla. È un omone benevolo, dal sorriso piacevole, ma oggi il suo tono non ha niente di gentile.

«I genitori di Amanda Fortini mi hanno chiamato, Nile. Non devi più rivolgerti a loro senza il mio permesso. D'ora in poi sarò io a tenerli informati, hai capito? Non devono venire a sapere delle tue difficoltà nelle ricerche della figlia. Ho bisogno di qualcosa di incoraggiante da riferire loro domani.»

Nile gli fornisce un breve resoconto, spiegando di aver contattato tutte le ville di Mustique e di aver parlato con le persone della cerchia di Amanda Fortini. Sembra che possa esserci un coinvolgimento del suo ex fidanzato: ha licenziato il personale e in un impeto di collera ha distrutto dei mobili nella sua proprietà.

«Allora arrestalo. Vediamo di chiudere il caso.»

«Nessuno riesce a trovarlo e penso che la faccenda sia legata all'*Aqua Dream*. Amanda Fortini è stata vista nuotare nella baia dov'è ormeggiato la mattina della sua scomparsa. È possibile che l'equipaggio la tenga prigioniera a bordo. Ho bisogno con urgenza del mandato di perquisizione.»

«Potrebbe non essere possibile.» C'è una lunga pausa prima che Black parli di nuovo. «Non rientra nei miei poteri, Nile. Il mio superiore aspetta l'autorizzazione dall'alto.»

«Che problema c'è?»

«Se ne sta occupando lui, va bene? Che cos'altro hai scoperto?»

«Secondo il pastore locale, Amanda Fortini ha una relazione clandestina. Se riuscissi a identificare il suo nuovo fidanzato magari la troverei con lui.»

«L'isola è lunga quattro chilometri e mezzo, Nile. Quanto potrà essere difficile? Fermalo domani.»

«Farò del mio meglio.»

«Sei consapevole che i Fortini sono una delle famiglie più ricche al mondo, vero?»

«Lo so, signore. Potrei avere qualcuno che mi assista nelle ricerche?»

«Soltanto dopo che sarà passata l'allerta uragano. I voli sono bloccati e la polizia marittima ha fermato tutto il traffico non necessario.»

«È ancora a più di centocinquanta chilometri. Potrebbero essere qui in un paio d'ore.»

«Noi siamo i tutori della legge, ricordi?» Black fa un profondo sospiro. «Non deludermi, Nile. Aspetto risposte per domani.»

L'ispettore Black riattacca senza dire altro, lasciando Nile ad ammirare il tramonto da cartolina che non gli offre alcun conforto. Una volta tornato in ufficio si mette al lavoro con rinnovato zelo. Controlla i nomi di tutti i proprietari di ville ancora presenti su Mustique, quindi li confronta con gli elenchi elettorali in modo da escludere subito quelli troppo vecchi o malati per fare del male a una giovane in ottima forma fisica. Poi esamina anche i registri di viaggio. Più di una dozzina di isolani erano a St Vincent o St Lucia la mattina in cui Amanda Fortini è scomparsa, compreso Phillip Everard, ma nessun altro può essere escluso, a meno che non abbia un alibi.

Lovell ha una popolazione di trecento abitanti, mentre un altro centinaio è sparso sul resto dell'isola. Nile prova una stretta allo stomaco quando ripensa all'allusione di Sacha Milburn secondo la quale gira voce che l'amante segreto di Amanda Fortini possa appartenere alla sua stessa comunità. Sono state proprio le differenze sociali a spingerlo a entrare in polizia invece di continuare gli studi, per cercare di rimediare a tale squilibrio. Scuote la testa incredulo, per aver ritenuto possibile cambiare lo status quo da solo. È tornato a casa spinto dai rimorsi di coscienza, causati da una parte dall'accorata telefonata di Mama Toulaine circa le condizioni di salute critiche di suo padre e dall'altra dalla paura di ripetere lo sbaglio che è costato la vita a una donna; ma il senso del dovere sarà abbastanza forte per tenerlo lì, sul gradino più basso della scala?

Quando Nile guarda l'orologio, sono passate ore e ha il collo indolenzito per essere stato troppo davanti allo schermo del computer. Sono le dieci di sera e dovrebbe tornare a casa per assicurarsi che Lyron abbia messo comodo il padre in veranda. Sta chiudendo l'ufficio quando getta un'occhiata verso nord e si lascia sfuggire di mano le chiavi, che cadono tintinnando per terra. Il sole è tramontato da ore, ma riesce a scorgere una colonna di fumo, con fiamme alte che illuminano il cielo. Cerca le chiavi a tentoni, poi telefona ai pompieri volontari. Corre a rotta di collo verso la dune buggy per scoprire quale villa stia bruciando.

14

Finalmente mi godo la mia prima serata da sola con Lily dopo mesi. Siamo sedute in salotto, accanto alle finestre che si affacciano sul mare. Mi rendo conto che Lily è in ansia, dopo aver ascoltato il mio resoconto sulle nostre ricerche di Tommy Rothmore. Adesso deve preoccuparsi per due amicizie anziché una sola, ma fa del suo meglio per nascondere i propri timori. Ha passato l'ultima mezz'ora a regalarmi storie della barriera corallina.

«Sto pensando di diventare insegnante di immersione libera» dice.

«E che cosa diamine sarebbe?»

«Dex Adebayo era un esperto: è l'immersione in apnea. C'è chi riesce a scendere fino a duecento metri di profondità trattenendo il respiro all'andata e al ritorno.»

«No, tesoro, ti prego. Morirei per l'ansia.»

Mi sorride maliziosa, il suo spirito ribelle ancora intatto. «Potremo allenarci insieme, Vee. In Scozia ti immergevi a cercare le ostriche quando ero piccola. Hai sempre amato l'acqua.»

«Mi piace l'acqua bassa, ma c'è una linea sottile tra coraggio e follia.»

«Sembra la descrizione di Jasper. Lui è la combinazione perfetta di entrambe, vero?»

Sto per rispondere quando Wesley irrompe nella stanza.

Di solito il nostro maggiordomo nasconde le emozioni dietro una maschera di aplomb assoluto, ma stasera la sua tensione è più che evidente.

«È scoppiato un incendio nella villa dei Fortini, Lady Vee.»

Quando Lily e io corriamo alla finestra, vediamo le fiamme danzare al piano superiore della proprietà confinante con la nostra. Poi c'è una detonazione improvvisa, simile all'esplosione di una bomba, e una parte del tetto crolla sputando in aria lingue di fuoco.

«Potrebbe esserci mia sorella lì» borbotta Wesley.

Si precipita fuori e noi lo seguiamo. Corre lungo il muro perimetrale, quindi parte alla volta dell'edificio in fiamme, tallonato da Lily. Io impiego più tempo a scavalcare il muro, e mi strappo anche il vestito di seta, ma non c'è niente che possa rallentarlo. Cerca di forzare una porta, poi lancia un mattone contro una finestra e si intrufola all'interno. Finora lo avevo considerato un maniaco del controllo, non pensavo che fosse il genere d'uomo che si butta nell'inferno. Mi ero dimenticata del suo periodo nell'esercito.

Lily sta già aiutando i pompieri volontari; sei di loro armeggiano con la manichetta mentre l'incendio acquista vigore. Nell'aria riverbera il rumore delle travi che crollano, il ruggito delle fiamme è assordante. Un fumo acre mi riempie i polmoni, mi lascia un sapore acido in bocca, mi fa bruciare gli occhi. Detesto sentirmi così impotente, ma non posso fare molto. Il getto d'acqua viene diretto contro le lingue di fuoco che escono dal tetto dell'edificio, ma sembra inutile. Le fiamme si affievoliscono per un istante, poi tornano ad ardere con più forza di prima. La sagoma di Wesley spunta dietro le finestre del pianterreno. Corre da una stanza all'altra. È stata una follia entrare, ma non posso fare altro che restare a guardarlo.

Quando indietreggio di qualche metro colgo un nuovo suono, irritante e incongruo. Qualcuno ride a crepapelle, mentre Lily compare al mio fianco. È una risata stridula e fuori controllo, come quella dei bambini, piena di ilarità finché la stanchezza non li fa piangere. Il fumo dell'incendio mi impedisce di vedere. Quando si dirada scorgo una figura seduta per terra. Ha i vestiti laceri, il viso impiastricciato di cenere che gli ricopre i capelli, ma riconosco subito Tommy Rothmore. È seduto a gambe incrociate, quasi nascosto tra la vegetazione, rapito dallo spettacolo. Lily e io ci avviciniamo mentre la sua risata si fa più sgangherata. Ha un'espressione folle negli occhi. Non so se ci riconosce. Lily si accovaccia accanto all'amico, ma il suo sguardo è fisso su di me.

«Attenta al fuoco» grida. «Ti brucerà quel bel vestito.»

Lily gli parla con voce pacata, ma non è più possibile raggiungerlo. Ha la camicia bucata e sotto si intravede la pelle bruciata, le sopracciglia sono strinate. Tiene in grembo qualcosa, e per un attimo sembra che culli un neonato, le braccia a cingerlo protettivamente. Quando mi inginocchio di fianco a lui sento che l'alito gli puzza di whisky.

«Vieni con noi, Tommy» dice Lily. «Devi farti medicare.»

«Non sento più nessun dolore, grazie a Dio.» Indica le fiamme e sghignazza di nuovo. «Il falò delle vanità.»

«Andiamo, per favore» insiste Lily. «Ci prenderemo cura di te, tranquillo.»

Lui scuote la testa con impeto. «So dov'è Amanda. Quando chiudo gli occhi vedo il punto esatto.»

«Che cosa vuoi dire, tesoro?» gli chiedo.

Il terreno è cosparso di taniche di benzina e acquaragia, seminascoste nella boscaglia intricata, ma adesso non mi interessa chi abbia appiccato il fuoco alla casa della sua ex ragazza e capisco che per Lily è lo stesso, mentre gli cinge protettivamente le spalle. Lo sguardo di Tommy si è ammorbidito quando parla di nuovo.

«Non piangere, Lily. Detesta le persone infelici.»

«Chi le detesta, Tommy?»

«Amanda, ovviamente.» Scoppia di un altro scroscio di risa, come se non avessimo colto qualcosa di ovvio, poi si alza all'improvviso. L'espressione divertita sul suo viso è stata sostituita dalla paura. «Lei è qui. Non dovete cercarla altrove.»

Mi mette in mano qualcosa, ma sono troppo occupata a osservarlo allontanarsi a grandi passi tra gli alberi per badarci. La sua esile figura somiglia a uno spaventapasseri, gli abiti bruciati che gli svolazzano dietro. Lily lo insegue, ma lui la spinge via e ben presto corre troppo veloce perché qualcuno possa raggiungerlo. Tutta la casa è avvolta dalle fiamme e c'è gente che va avanti e indietro sul prato, usando secchi d'acqua presa dalla piscina, come se quelle poche gocce bastassero a spegnere l'incendio. Grazie al cielo la villa è circondata da terrazzamenti in pietra che contengono il fuoco e gli impediscono di raggiungere gli alberi, altrimenti sarebbe in pericolo anche casa nostra. Le fiamme continuano a uscire dalle finestre del primo piano, le tegole precipitano dal tetto in una lunga cascata. Dalle ville circostanti sono accorsi molti curiosi, per vedere se possono dare una mano o semplicemente per assistere al compiersi della distruzione. Tra di loro c'è José. Il mio giovane giardiniere osserva il grande incendio tenendosi in disparte. Sono troppo lontana per cogliere nitidamente la sua espressione.

Lily è tornata ad aiutare i pompieri, ma io mi sento impotente. Non riesco a togliermi dalla testa il fervore nella voce di Tommy quando ha affermato che Amanda è proprio qui. Possibile che abbia seppellito il suo corpo nel parco, oppure lo abbia portato dentro casa prima di appiccare l'incendio?

Quando scruto di nuovo la folla non vedo traccia di Wesley, e il panico mi induce a stringere più convulsamente l'oggetto che Tommy mi ha messo in mano. È un pezzo di corallo morto, come quello che ho trovato fuori dalla porta di Lily, ma il disegno che vi è inciso sopra è un po' diverso. Con un coltello o uno scalpello qualcuno ha intagliato due frecce incrociate.

15

Quando Nile arriva, Villa Fortini è ormai condannata. L'intera struttura è in fiamme, i pompieri volontari fanno pochi progressi. Il loro mezzo appare minuscolo accanto all'imponente edificio, il getto d'acqua non ha alcun effetto. Sul prato ci sono ancora una ventina di persone; le fiamme che ne illuminano i visi conferiscono loro un aspetto demoniaco. Nile passa in mezzo alla folla, dicendo a tutti di allontanarsi prima che i muri crollino. Qualcuno rischia di restare ferito rimanendo così vicino all'incendio. Ma un'occhiata alle spalle gli rivela la fonte di tale attrazione. È un evento drammatico su un'isola dove ogni giorno trascorre con lo stesso ritmo, sotto un cielo terso, un mare calmo. Al contrario l'incendio è ipnotico, distrugge tutto ciò che incontra.

Nile sta disperdendo la folla quando vede un uomo sdraiato a terra accudito da Lady Veronica e Lily. Avvicinandosi riconosce che si tratta del loro maggiordomo, Wesley Gilbert. Tiene gli occhi chiusi e ha il respiro affannato.

«Che cosa è successo, Lady Vee?»

«Questo sciocco è entrato nell'edificio prima che qualcuno potesse fermarlo.»

«È stata sua sorella Sheba a dare l'allarme» ribatte Nile. «Sta bene. L'ho appena vista.»

Il maggiordomo si mette seduto faticosamente, il respiro ancora affannoso. «Dov'è?»

«Proprio lì.» Nile indica una donna all'estremità opposta dei presenti.

«Grazie a Dio» borbotta Gilbert.

Lo sforzo per respirare gli impedisce di aggiungere altro. Nile lo conosce fin da ragazzo; i modi severi e il passato militare lo fanno sembrare austero, ma oggi rivela la sua fragilità, sebbene stia già cercando di alzarsi in piedi barcollando. Qualcuno deve aver chiamato i soccorsi, perché il dottor Pakefield si avvicina di corsa con la borsa degli strumenti. Costringe Gilbert a sedersi finché il suo respiro non si calma.

Lady Veronica resta accanto a Nile mentre Lily consola l'uomo sconvolto. L'aristocratica sembra fuori posto, l'abito chiaro le dà un aspetto spettrale, mentre l'incendio imperversa con le sue vivide fiamme.

«Tommy Rothmore stava parlando di Amanda poco fa» dice. «Abbiamo tentato entrambe di soccorrerlo, Lily e io, ma è scappato.»

Nile la segue nel parco, allontanandosi dalla villa in fiamme. Sgrana gli occhi alla vista della dozzina di taniche sparse sul prato. Ascolta con attenzione il racconto di Lady Vee, che gli spiega come il giovane fosse ubriaco e vaneggiasse, ridendo a crepapelle dell'incendio. Forse ha nascosto le taniche di benzina in giardino, poi ha aspettato che anche l'ultimo domestico se ne andasse prima di appiccare il fuoco. Dopo aver visto un video di formazione del dipartimento dei vigili del fuoco di Londra, Nile sa per esperienza che un edificio può incendiarsi nel giro di una manciata di minuti. Mobili e tendaggi bruciano in pochi secondi, la pittura prende fuoco sui muri lasciando agli occupanti giusto qualche istante per mettersi in salvo. Una villa con la struttura in legno come quella dei Fortini può ridursi a un guscio annerito in meno di venti minuti.

«Quel ragazzo ha dei problemi mentali» dice Lady Vee. «Ci ha detto di cercare Amanda qui, sulla proprietà. Tommy mi ha dato questo pezzo di corallo, poi è scappato.»

«È simile a quello che ho trovato in camera sua.»

«Ce n'era un altro anche alla nostra villa, l'ho trovato il mattino dopo il mio arrivo.»

«Devo esaminarlo, Lady Vee.»

Il corallo è leggero come una spugna quando Nile lo prende in mano. È diverso da quello trovato sul letto di Amanda Fortini. Questo pezzo è più piccolo, è stato reciso dalla barriera con una lama affilata e ha una superficie così secca che è impossibile immaginarlo vibrante di colori, ondeggiante nelle correnti sottomarine. Ma perché Tommy Rothmore ha inciso su tutti e due frecce incrociate? Sembra un simbolo vudù e gli fa venire in mente l'avvertimento di Mama Toulaine. Se Tommy è responsabile della scomparsa della sua ex, usa il corallo come biglietto da visita, per ragioni che solo lui è in grado di spiegare. Continuando a tenere in mano il regalo d'addio di Rothmore, Nile invita Lady Vee a tornare alla sua villa, per ragioni di sicurezza, promettendole di tenere aggiornate lei e Lily. Il sergente coglie una nota di rammarico sul viso dell'aristocratica quando gli augura la buonanotte. Tommy Rothmore è in guai seri; ha quasi confessato l'omicidio a Lady Vee. Perquisire la proprietà sarà un'impresa colossale. Amanda Fortini potrebbe essere dovunque sotto le macerie, oppure seppellita da qualche parte nel parco in una fossa poco profonda. Gli serviranno altri agenti e attrezzatura per sollevamenti pesanti se vorrà portare a termine il compito, ma potrebbero non arrivare prima di molti giorni.

Nile torna alla villa dei Rothmore in cima alla collina, nella speranza di trovarlo nel padiglione estivo, ma il posto è deserto. Anche se l'isola è lunga solo pochi chilometri, offre molti posti dove nascondersi; inoltre potrebbe esserci qualcuno che gli dà rifugio. Il sergente torna verso Lovell lentamente, fermandosi a sbirciare nelle proprietà vuote. Solo quando raggiunge la casa del dottore vede una cosa interessante. Contro il muro del giardino c'è una fila di taniche di gasolio, identiche a quelle sparse nel giardino dei Fortini. Sta per avvicinarsi alla casa quando il dottor Pakefield esce sul vialetto. Il medico si ferma quando si accorge di Nile che aspetta all'ombra e ha un sussulto.

«Mi ha spaventato, sergente Nile. Era qui per vedermi?»

«Mi spiace di essere arrivato a un'ora così tarda. Ho visto le luci accese e volevo chiederle se qualcun altro avesse avuto bisogno di cure dopo l'incendio, a parte Wesley Gilbert.»

«L'unica vittima grave è la villa.»

«Buono a sapersi. Va a fare una passeggiata?»

«Mi piace fare quattro passi prima di andare a letto. Mi aiuta a dormire.»

«Sa spiegarmi come mai ci sono tutte quelle taniche di gasolio accanto all'ingresso?»

Il dottore lo fissa senza capire. «Appartengono al dottor Bunbury. Forse le usa per la barca.»

«Lei l'ha mai usata finora?»

«Sarebbe una cosa ben strana da fare da solo. Ai miei figli piacerebbe, ma non sono qui.»

«Sa dove la tiene il dottore?»

«Nella rimessa sulla spiaggia sotto la villa. Le spiace se adesso faccio la mia passeggiata? Domani devo alzarmi presto.»

Nile lo lascia andare via. È mezzanotte passata, ma il dottore sembra ansioso di scappare; la sua figura esile si muove così rapida che pare si stia riscaldando per uno scatto da velocista. L'istinto spinge Nile a scendere in spiaggia per controllare il motoscafo del dottor Bunbury. Nella rimessa non ci sono luci, ma qualcosa attira la sua attenzione quando la luna rischiara l'interno. È un modello più vecchio degli altri due, ma lo scafo è ancora in ottime condizioni, perché tutti sanno che è il vanto del dottore. Quando tocca la prua, però, le sue dita tastano un profondo graffio sulla vernice. Non c'è modo di dimostrare che il dottor Pakefield abbia preso il motoscafo per raggiungere Britannia Bay la mattina della scomparsa di Amanda Fortini, ma sicuramente è stato usato di recente. Di sicuro il proprietario avrebbe eliminato ogni traccia di danno, anziché lasciarlo in bella mostra.

16

Lunedì, 16 settembre 2002

Sento odore di fumo prima ancora di aprire le tende alle otto del mattino. Il sole è già alto in cielo, ma quando guardo la villa dei Fortini la scena è apocalittica, i muri esterni anneriti di fuliggine. Solo la canna fumaria centrale è ancora intatta; si erge come un soldato su un campo di battaglia circondato da commilitoni caduti. Sono ancora turbata dal comportamento di Tommy Rothmore e la sua risata folle mi riecheggia nelle orecchie.

Quando esco trovo Lily in terrazza, che guarda le macerie.

«Non riesco a crederci, Vee. Prima Amanda scompare, poi la sua villa finisce in fumo. Chi la odia a tal punto da fare una cosa del genere?»

«Tommy era fuori di sé ieri notte. Mi è parso che si vergognasse di qualcosa, prima di scappare via.»

Il lampo di paura negli occhi di Lily mi conferma che ritiene Tommy il probabile colpevole, ma è troppo sconvolta per parlarne. Lily è diventata così indipendente che a volte dimentico il trauma che ha vissuto da bambina. La villa dei Fortini era uno dei pochi posti dove si sentiva al sicuro dopo la morte della madre. Adesso è distrutta e la sua amica più cara è scomparsa. Può darsi che Tommy cercasse di confessare le sue azioni ieri notte, ma preferisco spostare la conversazione su un argomento più innocuo.

«Wesley ha pagato un prezzo molto alto per il suo atto di coraggio. Respirare tutto quel fumo non gli ha fatto bene.»

«Lui è invincibile, Vee. Non c'è niente che possa abbatterlo.»

«È così che lo vedi?»

Lei risponde sorridendo. «Era terribilmente severo quando ero bambina, ma gli brillavano sempre gli occhi. Spero che stia meglio.»

«Anch'io. Andrò da lui dopo colazione. Gli avevo detto di prendersi un giorno di riposo, ma si è presentato lo stesso al lavoro.»

«Capisci quello che voglio dire? Quell'uomo è immortale.» La sua allegria si spegne bruscamente. «Vorrei trovare un modo per aiutare Amanda e Tommy. Mi sento così impotente.»

«Solomon ha promesso di tenerci informate. Ci dirà lui di che cosa ha bisogno» ribatto. «Ti prego, smettila di andare su e giù, cara. Distruggerai quelle povere espadrillas.»

La cameriera ci serve la colazione, preparata da Wesley con la sua solita cura dei dettagli nonostante il dramma della notte appena trascorsa. Ci sono fettine di banana e cocco grattugiato, brioche, marmellate fatte in casa e un vassoio dell'ottimo formaggio di capra dell'isola. Lily tuttavia sembra interessata esclusivamente alla caffettiera. Solo adesso mi torna in mente il corallo che ho trovato di sopra in corridoio, così vado a recuperarlo dal vaso di fiori.

«Questo era fuori dalla tua camera domenica mattina, Lily. Sei stata tu a mettercelo?»

«Perché dovrei portare a casa un pezzo di corallo?»

«Pensavo volessi mostrarmi in quali condizioni versa la barriera.»

«Già lo sai, Vee. Tu e Jasper siete i miei sponsor principali. Qualcuno ci ha inciso un disegno. Credi che sia una ragnatela?»

«Potrebbe essere» rispondo, toccandolo di nuovo. «Più che altro mi preoccupa chi ce lo ha lasciato. È spuntato la notte in cui ho visto José.»

«Parliamone al sergente Nile. Ti ho detto che Keith Belmont si è offerto di farmi una generosa donazione? Il suo avvocato mi ha fatto avere un contratto di quindici pagine da leggere, riguardo al potenziale ruolo di Keith.»

«Pensaci bene prima di accettare, tesoro, è un personaggio sfuggente. Ma dimmi piuttosto come vanno gli innesti.»

«Hanno attecchito all'ottanta per cento» risponde. «Ma la tempesta potrebbe distruggere tutto, se verrà da questa parte. Tutti gli impianti non ben radicati saranno spazzati via.»

«Mi ero quasi dimenticata dell'uragano. Il mare è così placido.»

«Il servizio meteo dice che si sta avvicinando. Ma c'è sempre calma prima della tempesta, non si dice così?»

Sono sollevata quando mi annuncia di voler fare delle riparazioni alla barca invece di uscire in mare. Più tardi tornerà a casa a preparare la richiesta di finanziamento alla Oceanographic Society. Per la prima volta la vedo rilassarsi quando mi spiega che un anno di sovvenzioni le permetterebbe di assumere altri subacquei per riportare in vita la barriera. La tensione riaffiora in lei quando torna a parlare di ieri notte.

«Credo che Tommy mi ritenga responsabile per la fine della sua relazione, non so perché. Anche Sacha si comporta in maniera strana. Andavamo d'amore e d'accordo all'inizio dell'estate, ma adesso il nostro gruppo si è diviso.»

«Non avvicinarti a lui nel caso tu lo veda, d'accordo? Chiama subito Solomon Nile.»

«Non riesco a credere che Tommy farebbe del male a qualcuno, ma seguirò il tuo consiglio. È chiaro che non è in sé.»

«Ce l'hai il numero di Solomon?»

Lei si versa dell'altro caffè. «Me lo ha dato la prima volta che ci siamo visti.»

«Un bel ragazzo, non trovi? Se si togliesse gli occhiali sarebbe un vero schianto.»

L'espressione di Lily si indurisce. «Non l'ho guardato; voglio solo che Amanda venga ritrovata.»

«Perché oggi non rimani qui con me? Potrai sistemare la barca domani.»

«A stare ferma impazzirei e il motore ha bisogno di una

revisione. La *Revival* deve essere affidabile, così potrò iniziare la seconda fase di innesti prima che i coralli rilascino le uova.»

Lily mi dà un bacio sulla guancia, poi scompare dentro casa. È sempre molto attaccata a me come da bambina, ma può essere irremovibile. Ammiro la sua tenacia, anche se preferirei tenerla al sicuro qui con me.

Raduno i piatti della colazione, poi li porto di sotto in cucina dove Wesley sta lucidando i calici da vino. Mi guarda inorridito quando mi vede con un vassoio pieno di stoviglie.

«Ma che cosa fa, Lady Vee? Questo è compito della cameriera» dice, togliendomelo dalle mani.

Mi sistemo sullo sgabello accanto al tavolo. «Scusa se ieri notte ho alzato la voce con te. Ma mi hai fatto prendere un bello spavento.»

Il maggiordomo continua a strofinare il bicchiere che regge in mano fino a farlo risplendere. «Niente di cui preoccuparsi. È tutto a posto.»

«Saremmo stati tutti terribilmente sconvolti se ti fossi fatto male.»

«Non ho mai corso un vero pericolo.» La sua voce è vagamente più indulgente di prima.

«Sei svenuto per il fumo che hai respirato.»

«Il dottore dice che sto benissimo. Me la sono vista molto più brutta nell'esercito.»

«Non sono molti quelli che correrebbero dentro un edificio in fiamme per salvare qualcuno. Secondo me sei un eroe. Prenditi qualche giorno di vacanza e riposati come si deve.»

«E chi penserebbe a lei?» Posa il bicchiere, poi si gira verso di me. «Ieri notte non avevo scelta. Mia sorella ha tre bambini, vanno ancora a scuola. È sempre l'ultima a uscire dalla villa dei Fortini.»

Lo osservo stupita; è il discorso più lungo che abbia mai fatto il mio maggiordomo. Vorrei che abbassasse la guardia più spesso, ma la riservatezza lo circonda come un campo elettrico. Non rivela mai niente della sua vita privata, sebbene conosca la mia in tutti i dettagli.

«Sono fortunata ad avere te qui a Eden House, Wesley. Non ti ringrazio mai abbastanza.»

Si concede un sorriso. «Una volta l'anno è più che sufficiente.»

«Sei insostituibile.»

«La ringrazio, Lady Vee. Faccio solo il mio lavoro» dice, tornando impettito.

«Posso chiederti qualcosa su Amanda Fortini?»

«Prego.»

«Ho l'impressione che ti turbi. C'è un motivo particolare?»

Lui resta in silenzio, a pensare. «Non mi aspetto di essere trattato alla pari da tutti i vostri ospiti; lei e Lord Blake siete diversi dagli altri, ma Miss Amanda non mi guarda mai negli occhi. Quando le porto un drink è come se fossi invisibile. Dopo tutti questi anni scommetto che non sa nemmeno come mi chiamo.»

Sento la sua rabbia vibrare nell'aria. «È un comportamento inaudito, Wesley. Mi spiace molto, non lo sapevo.»

«I suoi figli e Miss Lily sono sempre molto rispettosi; gli ha insegnato le buone maniere. E adesso, se non le dispiace, devo finire di lucidare i bicchieri, e poi l'argenteria.»

Il telefono sta squillando quando salgo nell'atrio. All'altro capo della linea sento una voce femminile in preda al panico interrotta da violenti singhiozzi e capisco che è Giovanna Fortini. Non sembra importarle niente che la sua villa sia stata rasa al suolo da un incendio. Perdere mattoni e intonaco è niente a paragone della scomparsa della figlia. Posso solo ricordarle che la polizia la sta cercando ovunque. Non le dico che le forze locali si riducono a un agente soltanto. La preoccupa di più non poter raggiungere l'isola per iniziare le ricerche di Amanda, dato che voli e traghetti sono sospesi, ma non c'è niente da fare mentre l'uragano Cristobal si avvicina, danzando a un ritmo che nessun altro può sentire.

17

Il sergente Nile ha fatto diramare un annuncio alla radio locale che trasmette in tutte le Isole Sopravento. Verrà ripetuto ogni ora, per avvertire la popolazione di Mustique della scomparsa di Amanda Fortini e chiedere la collaborazione di chi avesse visto lei e Tommy Rothmore, ma sono le dieci del mattino e non si è fatto vivo ancora nessuno. Quando getta un'occhiata oltre la porta aperta dell'ufficio, non c'è traccia dei fratelli Layton. Forse sono impegnati a svolgere qualche lavoro, tanto per cambiare, ma siccome non gli dicono mai niente dei loro spostamenti rimarrà un mistero.

Lascia l'ufficio per riprendere le ricerche di Tommy Rothmore, ma proprio mentre sta chiudendo la porta suona il telefono. È qualcuno che chiama dalla villa di Keith Belmont, per denunciare un'intrusione durante la notte, quando una persona è stata vista fuggire dal complesso. La notizia fa digrignare i denti a Nile. Vorrebbe sbraitare che i reati minori non sono la sua priorità: una donna è scomparsa e c'è un potenziale assassino in libertà, ma si morde la lingua. Se rifiuta di occuparsi della faccenda, Belmont potrebbe lamentarsi con i suoi superiori a St Vincent.

Nile impiega dieci minuti a raggiungere con la sua dune buggy la villa di Belmont che è nascosta dietro una palizzata alta diversi metri. Dopo aver annunciato il proprio arrivo al citofono, osserva la targa con il nome fissata al muro: la villa si chiama Blue Heaven, dal nome della band di Belmont. Nile non è un appassionato di hard rock, ma i Blue Heaven hanno avuto enorme successo trent'anni prima e i loro fan sono rimasti fedeli fino allo scioglimento del gruppo l'anno precedente. La vita privata di Belmont è stata sotto i riflettori almeno quanto la sua musica; il recente matrimonio con una ragazza di sedici anni ha riempito le prime pagine dei giornali. Da qualche parte Nile ha letto che l'ultimo tour mondiale dei Blue Heaven ha incassato più di cinquecento milioni di dollari, anche se i membri della band passavano tutto il tempo libero a litigare. In qualunque altra occasione una visita alla villa di Belmont stuzzicherebbe la sua indole curiosa, ma non è il momento giusto. Nile ribolle d'impazienza mentre aspetta che il cancello si apra per dargli accesso all'impero della rockstar.

Si aspettava una dimora sontuosa, traboccante di sfarzo, con una piscina olimpionica, invece la casa di Belmont è un miracolo di linee pulite e acciaio lucido. Anche il giardino che la circonda è minimalista; il terreno è coperto di ghiaia bianca con qualche scultura e qualche pianta di cactus sparse qua e là.

Non c'è nessun domestico ad aspettarlo mentre percorre il vialetto, ma la porta d'ingresso è socchiusa. L'unico indizio a segnalare che il frontman dei celeberrimi Blue Heaven vive lì è una Fender Stratocaster appesa al muro. Nile si avvicina ad ammirarla; la chitarra ha un'aria vissuta, piena di ammaccature e graffi, oltre a qualche adesivo delle città toccate in tour dalla band.

«Da come osserva la mia chitarra preferita, lei deve essere un musicista. L'ho comprata a un banco dei pegni di Nashville quarant'anni fa.»

Nile si gira di scatto e vede un ometto esile di mezza età che lo osserva. Indossa una maglietta nera, un paio di Levi's scoloriti e dei Birkenstock, e tiene i capelli grigi raccolti in una coda. Non c'è niente che proclami il successo di Keith Belmont, a parte i lineamenti noti in tutto il mondo, che sembrano scolpiti dal fianco di una montagna. Appare determinato a mantenere le distanze e non si prende la briga di avvicinarsi al visitatore.

«Che cosa suona lei?» domanda a Nile.

«La batteria, ma ho smesso tempo fa.»

«Non si perde mai la mano. Grazie per essere venuto. Volevo mostrarle i danni prima di ripulire tutto. Posso offrirle qualcosa? Un succo, del tè freddo?»

«Un bicchiere d'acqua sarebbe perfetto, grazie.»

Nile resta sorpreso di essere servito nella cucina di Belmont. La mano del padrone di casa trema leggermente quando fa scivolare il bicchiere verso di lui. Perché un personaggio che ha suonato di fronte a centinaia di migliaia di fan dovrebbe essere nervoso, a meno che non abbia qualcosa da nascondere? Osservandolo da vicino Nile si accorge che Belmont ha lasciato la propria faccia al naturale, consumata come la sua chitarra, con profonde rughe incise nella pelle. Non ci sono segni evidenti che sia rimasto scioccato o turbato dall'intrusione.

«Lei abita qui tutto l'anno, Mr Belmont?»

«Niente formalità, per favore. Può chiamarmi Keith.» Si accomoda su uno sgabello da cucina e indica a Nile di fare lo stesso. «Sono qui da sei mesi, ho fatto un paio di puntate in Gran Bretagna. Ero particolarmente scosso dopo un divorzio brutale, ma lei è troppo giovane per sapere certe cose.»

«Sono abbastanza vecchio da sapere che le separazioni sono dure.»

Belmont si massaggia la nuca come se volesse sciogliere la tensione. «Continuo a ripetermi che il matrimonio è una pessima idea, ma è già accaduto tre volte.»

«Quattro potrebbe essere il numero fortunato.»

«Escludo categoricamente che succeda di nuovo.»

Nile finisce di bere l'acqua e posa il bicchiere sul bancone. È una conversazione surreale: quel tipo ha suonato al Madison Square Garden e alla Albert Hall, e adesso gli confida particolari intimi. Nile non è in grado di dire se la schiettezza di Belmont sia reale o sia semplicemente l'ennesima messa in scena a uso del pubblico.

«Potrei vedere i danni, per favore?»

Quando il musicista lo accompagna in salotto c'è puzzo di alcol, il mobile bar è rovesciato e ci sono bottiglie rotte sparse sul pavimento. La porta a libro è stata sfondata con una mazza che è ancora per terra e un fiume di vetri infranti ricopre le piastrelle di pietra. Le tele alle pareti sono state strappate, un televisore a schermo piatto è a pezzi sul pavimento. Anche i mobili sono stati danneggiati, c'è un divano sventrato con l'imbottitura che fuoriesce dagli squarci.

«Sono stati rubati molti oggetti?»

«Praticamente niente, a quanto posso dire. Ha devastato il salotto e se n'è andato; penso che si trattasse di una persona sola. L'ho visto di sfuggita mentre scavalcava il muro posteriore.»

«Il suo personale non ha sentito niente?»

«Ho solo un assistente. Viene dalle nove alle cinque, dal lunedì al venerdì. Nel fine settimana me la cavo da solo.»

«Quindi è stato lei a telefonare prima? Pensavo che avesse uno staff.»

«Un entourage, intende?» Belmont fa un risolino sarcastico, la voce improvvisamente carica di amarezza. «Non sopporto quella merda. Stare da solo mi aiuta a riflettere, finalmente.»

«Sa a che ora è successo?»

«Intorno alle tre di notte. Di solito dormo bene, ma sono stato svegliato dai rumori, così mi sono infilato qualcosa e sono corso di sotto. Quel tipo non ha avuto il tempo di sgraffignare niente. Poi sono tornato a letto e ho dormito fino a stamattina.»

Nile lo guarda stupito. «Dei ladri devastano casa sua e lei torna a dormire?»

«Ho visto cose ben peggiori.»

«È sicuro che fosse solo una persona?»

«Ho notato soltanto lui, e i danni qui dentro non sono niente paragonati a come ho ridotto certe camere d'albergo. Da giovane mi piaceva fracassare le cose; forse l'intenzione era la stessa anche in questo caso.»

«Le spiace se do un'occhiata fuori?»

«Si accomodi.»

Nile avanza tra i vetri rotti, cercando di capire come sia fuggito l'intruso. Il giardino è circondato da una recinzione dipinta di bianco, alta almeno tre metri, perciò chiunque abbia vandalizzato il salotto di Belmont deve essere una persona agile. Ci sono tracce evidenti dove si è arrampicato in tutta fretta quando il musicista è sceso di sotto, ma Nile non capisce la reazione di Belmont. Anche la persona più razionale di questo mondo sarebbe troppo scossa per tornare a letto dopo aver subito un furto con scasso di tale brutalità, sapendo che i ladri potrebbero tornare da un momento all'altro.

Keith Belmont fa cenno a Nile di avvicinarsi e il sergente immagina che abbia altre informazioni da dargli sul furto, invece lo conduce in uno studio di registrazione. L'unico segno di vanità personale del musicista è una collezione di dischi d'oro e di platino che occupa la parete di fondo.

«Sono contento che non abbiano portato via questi. Ci sarei rimasto malissimo, anche se all'epoca li davo tutti per scontati.»

«È un risultato straordinario.»

«Quello che conta è sempre il prossimo album. Registrerò dei pezzi da solo quest'anno.» L'espressione di Belmont resta impassibile. «Mi può suonare qualcosa?»

«Dovrei andare.»

«Non si faccia implorare. Ci vorranno al massimo due minuti.»

Nile intuisce che rifiutarsi gli farebbe perdere ancora più tempo, ma si sente comunque a disagio. È da tempo che non prende più in mano le bacchette e le percepisce come un corpo estraneo. All'inizio il ritmo è esitante, ma la memoria lo aiuta a tirare fuori qualche battuta di reggae seguita da una lunga rullata.

Alla fine Belmont accenna a un sorriso. «Ma dove ti nascondevi? Ho perlustrato tutta l'isola in cerca di un batterista decente. Passa sabato sera, ci sarà qualcuno per una jam session e qualche birra.»

«Mi rincresce, ma sarò al lavoro, Mr Belmont...»

«... Keith. Ho bisogno di te, amico. Non accampare scuse.»

«Avrà saputo della scomparsa di Amanda Fortini; sono molto impegnato nelle indagini.»

Il musicista lo guarda. «Quella ragazza è un tesoro. Ho visto il fumo dalla sua villa ieri notte.»

«La conosceva bene?»

«Viene qui a fare yoga tutte le settimane e ogni tanto giochiamo a tennis. Sai che cosa è successo?»

«Devo parlare con il suo ex ragazzo.»

«Tommy Rothmore è davvero a terra. L'ho invitato a lezione di yoga, ma non ce la faceva. Non riesce a stare seduto fermo per più di cinque minuti.»

«Se lo vede mi chiami subito, per favore. Intanto scriverò un rapporto sull'effrazione, per i periti dell'assicurazione.»

Mentre tornano in salotto, Nile nota qualcosa sul pavimento. È un pezzo di corallo, come i due che ha visto in precedenza, ma quando si accuccia a esaminarlo meglio vede che reca un'incisione diversa. Questa volta si tratta di una semplice U.

«È suo?»

Belmont si inginocchia accanto a lui. «È corallo, ma non appartiene alla mia collezione. È un materiale che mi affascina. Ho fatto un corso da sub, perciò ho potuto vederlo da vicino. Ho collezionato frammenti da tutte le parti del mondo, ma i miei sono raccolti in maniera sostenibile.»

«Da dove deriva il suo interesse?»

«Il corallo è qualcosa di unico su questo pianeta. È in grado di rigenerarsi da un'unica cellula, ha migliaia di sottospecie e può abbattere alcuni dei veleni peggiori che riversiamo in mare.» Scuote la testa disgustato. «Qualche idiota lo ha staccato di netto con un machete, maledizione.»

«Lei possiede un Bayrider XR7, vero? L'ho visto al porto.»

«E questo che cosa c'entra?»

«Probabilmente niente, ma le capita di usarlo per andare fino alla barriera?»

«Di solito uso la canoa se voglio andare a fare un'immersione. Così Lily Calder ha smesso di tormentarmi incolpandomi di contribuire al buco nell'ozono.»

«Quando è stata l'ultima volta che ha usato il motoscafo?»

«Settimane fa. Perché?»

«Un'imbarcazione proprio come la sua è stata vista a Britannia Bay venerdì mattina presto, quando Amanda Fortini era in acqua prima di scomparire.»

«Ero qui da solo. Ho la brutta abitudine di alzarmi tardi.»

Il musicista osserva Nile raccogliere il corallo con espressione indecifrabile. Belmont rinnova il suo invito per la jam session del sabato sera, ma Nile non gli garantisce che ci sarà. Gli consiglia di chiudere bene la villa e di prendere in considerazione l'idea di trasferirsi da amici o al Firefly finché il colpevole non sarà arrestato. Solo una volta che il cancello si è chiuso con un *clic* alle sue spalle, Nile si rende conto che uno dei pochi accenni di emozione mostrati dal musicista è affiorato quando ha parlato del corallo. Il loro dialogo gli ha confermato che Belmont possiede le competenze necessarie per raccogliere il corallo che continua a spuntare su tutte le scene del crimine.

18

Jasper è insolitamente calmo quando mi chiama al mattino. Mio marito dà il meglio di sé quando ha qualcosa che lo distrae, e nel frattempo si è dato da fare per trovare i costumi adatti per i nostri ospiti e farli custodire all'aeroporto. Saranno consegnati qui una volta che l'allerta uragano sarà cessato. Il mio timore più grande è che la festa di Lily possa essere eclissata dalla scomparsa di Amanda, ma Jasper sembra contento di avere una distrazione.

«Preferisco occuparmi della festa piuttosto che parlare con quei dannati architetti.»

«Vedrai che riuscirai a convincerli, tesoro.»

«Non ci scommetterei; non stanno mai ad ascoltare» mi risponde con voce che freme di indignazione.

«Per favore, non angustiarti troppo.»

Da parecchi anni la salute mentale di Jasper è un po' precaria. Faccio del mio meglio per proteggerlo dallo stress, ma non è sempre possibile. I miei sette decenni di vita mi hanno insegnato molte preziose lezioni, alcune spiacevoli, altre salutari. Ho imparato che l'esercizio fisico mi fa dimenticare l'ansia per mio marito, così mi costringo a fare trenta vasche in piscina. Dopo la fatica iniziale, diventa un piacere. L'incendio di ieri notte e l'umore mutevole di Jasper sono ricordi lontani mentre galleggio sull'acqua di schiena, ascoltando i colibrì e il mio respiro regolare.

Ho quasi finito quando Phillip arriva in terrazza. Si offre di aiutarmi a decidere dove sistemare i nostri ospiti, tra la sua villa, la mia e i due hotel dell'isola. Sembra uscito da una commedia di Noël Coward, con i pantaloni a vita alta e la camicia bianca inamidata.

«Tuffati anche tu» gli grido.

«Non posso, al dottore verrebbe un colpo.»

«Guastafeste.»

«Nuotare mi farebbe male al timpano.» Phillip si tasta l'orecchio, poi mi fa cenno di continuare, così completo un'altra vasca. Quando mi fermo ho la pelle arrossata. Mezz'ora nell'acqua mi è bastata per il momento a curare i mali della vita. Mi avvolgo un asciugamano intorno al corpo e raggiungo Phillip.

«Assomigli a una ninfa acquatica che scivola sulle onde» mi dice.

«Più che altro di questi tempi sembro un coccodrillo.»

«Che sciocchezze, vorrei sempre fuggire via con te.» Il mio vecchio amico sorride, ma mi rendo conto che è preoccupato.

«Che cosa succede, tesoro? Non sei lo stesso da quando sono tornata.»

«Avrei dovuto parlartene prima.» Ha una breve esitazione. «La settimana scorsa mi ha chiamato Tommy, era sconvolto dopo la rottura con Amanda. Avrei dovuto ascoltarlo con più attenzione. Non sono arrivato a dirgli che ci sono tanti altri pesci nel mare, ma sono stato troppo distaccato.»

«Magari era depresso da un sacco di tempo e la separazione da Amanda gli ha dato il colpo di grazia.»

«Avrei dovuto pensarci.» Phillip posa di nuovo lo sguardo su di me. «Secondo te le ha fatto del male?»

«Qualunque cosa sia successa, non è colpa tua.»

«Non dovresti liquidare la cosa in maniera tanto sbrigativa.» Allunga un braccio e mi tocca la mano. «Quel ragazzo si era rivolto a me in cerca di consigli, ma gli anni che passano non mi hanno reso più saggio. Essere respinto mi fa male esattamente come da giovane. Avrei dovuto offrirgli più consolazione, ma mi costa già tanta fatica mantenere in carreggiata me stesso.»

«Non essere così duro nei tuoi confronti; non ti ci vedo a comportarti male con qualcuno. Hai dato tanto sostegno a me e Jasper nel corso degli anni.»

«Sei un vero tesoro, Vee. Se potessi tornare indietro a un periodo qualunque della tua vita, quale sceglieresti?»

«Quando i figli erano piccoli, credo. E tu?»

«Subito dopo la scuola di recitazione, quando guadagnavo una miseria e recitavo negli spettacoli off-Broadway. Stanotte ho sognato che ero in un minuscolo teatro a fare *Il giardino dei ciliegi*. Assolutamente splendido.»

«Magnifico, ti ci vedo nei panni di un giovane attore di teatro.»

Gli do un bacio sulla guancia e lo lascio a sorseggiare un tè alla menta mentre salgo a vestirmi. Preferisco sempre i colori chiari per combattere il caldo di Mustique e stamattina scelgo dei calzoni di lino bianchi, una camicia azzurra e una collana di agata. Il mio amico sembra soddisfatto del mio aspetto, del resto per lui un passo falso nell'eleganza è paragonabile a un peccato mortale, ma l'incendio alla proprietà dei Fortini getta un'ombra sulla nostra conversazione. Nell'aria aleggia ancora un odore di legno bruciato ed è difficile credere che quella sontuosa dimora sia ridotta in cenere. Mi sforzo di pensare alla festa di Lily, invece di angosciarmi per qualcosa a cui non posso rimediare.

«Verranno all'incirca centocinquanta persone. Metà di loro arriveranno con voli privati.»

«Non starai esagerando?» dice socchiudendo gli occhi.

«Grazie al cielo Josephine e Georgia arriveranno la settimana prossima a darci man forte. Possono ospitare venti persone ciascuna nelle loro ville, il Firefly ne accoglierà quattordici e altre trenta potranno andare al Cotton House. Sono sicura che il resto potremmo suddividerlo tranquillamente tra le ville degli amici, che ne pensi?»

Stiamo parlando di organizzare un comitato di accoglienza all'aeroporto e decorare il terminal come un cielo stellato, in modo che gli ospiti si trovino immersi nel tema della festa fin dall'atterraggio, quando scorgo qualcuno avvicinarsi di corsa dal prato. Con espressione torva José Gomez mi afferra per un polso e mi fa alzare. Mi trascina verso i gradini, come se volesse disperatamente mostrarmi qualcosa.

«Che cosa ci fai qui, José? È il tuo giorno libero.»

Dalla sua bocca esce un suono gutturale, ma lui continua a trascinarmi verso la scalinata che scende alla spiaggia, finché Phillip corre in mio aiuto.

«Smettila subito» ordina al giardiniere. «Si può sapere che cosa succede?»

Il giovane indietreggia, con espressione terrorizzata, finché non compare Wesley.

«Va' a casa, José» gli dice brusco il mio maggiordomo, e finalmente il ragazzo si decide a lasciarmi. «Ne parliamo domani.»

«Che cosa gli è successo?» chiede Phillip. «Si è comportato esattamente allo stesso modo con me la settimana scorsa, mentre facevo colazione.»

José si sta già allontanando tra gli alberi. Non so ancora chi si sia introdotto in casa mia a lasciare il corallo morto davanti alla porta della camera di Lily, ma il comportamento di José è così strano che non posso fare a meno di pensare che sia coinvolto. Ha avuto molte occasioni di osservare Amanda nel giardino vicino, e so che ha pedinato Phillip e me. Il mio sguardo si posa di nuovo sulla villa dei Fortini, mentre Wesley e Phillip parlano del comportamento del giardiniere. Lo scheletro bruciato dell'edificio è più cupo che mai, i ricordi delle feste e dei balli in piscina in quel grande giardino ridotti in cenere.

«Sarà meglio che avvisi Solomon» dico a Phillip.

«Ottima idea, bisogna andare a fondo della questione.»

Entro in casa e compongo il numero di cellulare del nostro sergente, ma non risponde.

19

Sono le undici passate quando Nile riceve un messaggio vocale di Lady Vee che gli riferisce dello strano comportamento del giardiniere, ma lavorando da solo non ha tempo di risponderle. C'è un problema più grosso da affrontare, prima di poter raggiungere Eden House. Qualcuno ha visto un peschereccio alla deriva al largo di Old Plantation Bay e il servizio di soccorso marittimo di St Vincent non può intervenire con una tempesta in arrivo. Nile è seccato da questa nuova emergenza, ma non può far finta di niente. Le correnti trascineranno la barca in mare aperto se non interviene subito. Quando arriva al porto non riesce a vedere la sagoma dell'imbarcazione dal molo, il che indica che potrebbe essere già stata spinta a molte miglia dall'isola.

Gira la chiavetta dell'accensione tre volte prima che la lancia della polizia si metta finalmente in moto. Mentre solca lentamente le onde, all'improvviso un grosso motoscafo attraversa la baia a tutta velocità. La sua scia provoca onde artificiali che increspano la superficie dell'acqua; sulla prua sono scritte le parole *Aqua Dream*. Nile è colto da una vaga inquietudine, quasi sicuro che la misteriosa imbarcazione sia collegata alla scomparsa di Amanda Fortini, ma il rifiuto del suo capo di procurargli un mandato di perquisizione gli impedisce di agire. Aumenta a sua volta l'andatura e scruta l'oceano verso l'orizzonte, ma non c'è segno della barca alla deriva, solo il motoscafo che torna a gran velocità. Sembra che Kellerman gli voglia sbandierare in faccia la sua libertà, come una spudorata provocazione.

Nile impiega mezz'ora a individuare il peschereccio alla deriva. L'imbarcazione è simile a quella che usava il padre, un dinghy artigianale, dipinto di un giallo vivace, senza alcuna protezione dal sole e con un piccolo motore fuoribordo. Hosea parla ancora dei tempi in cui i pescatori prendevano solo quanto serviva per sfamare loro e i vicini e ributtavano il resto nell'oceano. Di questi tempi i pescherecci di St Vincent imbarcano tonnellate di pesce ogni giorno con le reti a strascico, lasciando giusto le briciole all'esigua flotta di Lovell. Nile legge il sollievo del vecchio dal suo linguaggio del corpo, le mani alzate in un saluto. È uno degli amici più cari di suo padre, Claude Boulez, ma questo non basta a fargli superare il malcontento. Dovrebbe essere alla ricerca di Amanda Fortini e del suo folle ex fidanzato, invece che soccorrere pescatori alla deriva. Il vecchio è a torso nudo, indossa un paio di pantaloncini logori e nemmeno un cappello per proteggersi dal sole.

«Che combini, Papa? Non potevi farti trainare da un'altra barca da pesca?»

Boulez gli fa cenno di avvicinarsi e Nile si rende conto che ha avuto una buona mattinata. La cesta ai suoi piedi è piena di platesse, snapper coda gialla e pesci scoiattolo. L'uomo dovrebbe essere più che soddisfatto, invece ha lo sguardo vacuo.

«Devi vedere che cosa mi ha rotto il motore.»

«E perché? Puoi ripararlo una volta tornato in porto.»

Il vecchio lo incenerisce con lo sguardo. «Sali subito a bordo, Solomon.»

Nile sbuffa tra sé, ma accontenta il vecchio Boulez. A Lovell esiste ancora la cultura del rispetto, e i vecchi sono liberi di consigliare i giovani. Se l'anziano di un villaggio fa una richiesta, tu sei tenuto a ubbidire, e il distintivo da poliziotto di Nile non cambia le cose. Con la fune da ormeggio lega insieme le due barche, poi sale su quella da pesca. Papa Boulez dimostra tutta la sua età visto da vicino. Ha il petto ricoperto di peli bianchi aggrovigliati, gli occhi lattiginosi ed è pelle e ossa.

«Che cosa è successo, Papa?»

Boulez scuote la testa. «Ho visto delle procellarie tuffarsi tutte insieme. Ho pensato che avessero trovato un banco di cernie, così sono venuto subito qui.»

«Che cosa hai trovato?»

«Qualcosa di molto grosso che non sono riuscito a issare a bordo. Non sono più così forte da tirare la rete a mano.»

«Uno squalo?»

«Porta sfortuna parlarne in mare.» Il vecchio chiude gli occhi. «Da' un'occhiata tu stesso.»

Nile lo supera, la barca ondeggia sulle onde e il sole gli arroventa la nuca. Sudando copiosamente raccoglie la rete, una mano dopo l'altra, e una mezza dozzina di snapper rossi gli cadono ai piedi. C'è qualcosa di pesante impigliato sul fondo, e quando affiora il cuore gli accelera all'impazzata. Dapprima compare la pianta di un piede, intrappolata nella rete da pesca. Nile fa un profondo respiro e issa la rete con tutte le sue forze, finché il corpo di un uomo scivola nella barca a faccia in giù con un tonfo. Il cadavere porta una camicia a righe azzurra e jeans strappati, al polso ha ancora un Rolex. La vista di Nile si annebbia quando lo gira: la faccia di Tommy Rothmore è quasi irriconoscibile. Uno degli occhi verde chiaro è stato strappato dall'orbita, la pelle è cosparsa di tagli e Nile è costretto a guardare l'orizzonte per calmare la nausea.

Papa Boulez si inginocchia a pregare accanto al cadavere. Nile vorrebbe avere la sua stessa fede, ma oggi non ci sono segni dell'esistenza di un dio. C'è solo l'oceano spietato, mentre Mustique scompare dalla vista. Quando guarda verso est, i suoi occhi si posano sull'*Aqua Dream*, ormeggiato a poca distanza, di cui riesce a vedere tutti gli oblò. Amanda Fortini è scomparsa alla sua ombra e ora il suo ex è stato appena ripescato dallo stesso tratto di mare. All'improvviso si scatena un gran chiasso sopra di lui; gli uccelli si stanno radunando di nuovo, proprio sopra il corpo di Rothmore, sperando in un pasto gratis.

SECONDA PARTE

Bollettino meteo tropicale

National Hurricane Center, Miami, FL

Lunedì, 16 settembre 2002

Per Atlantico settentrionale e Mar dei Caraibi

Il National Hurricane Center emette un'allerta
per l'uragano Cristobal, attualmente stazionario
sopra Cuba. Pericolo di danni a cose e persone.
Venti fino a centocinquanta chilometri l'ora
con previsione di onde anomale.

Rotta rilevata: sud; livello di rischio attuale: moderato

20

Phillip è tornato a casa per la siesta quando Jasper mi richiama. Non faccio in tempo a salutarlo che sento la disperazione nella sua voce.

«Quei dannati muratori lavorano a passo di lumaca. Ho bisogno di te qui, Vee. Le cose vanno a rotoli.»

«È lo stesso anche a Mustique. Amanda non è stata ancora ritrovata e non c'è traccia neppure di Tommy Rothmore. Sono passati tre giorni dall'ultima volta che è stata vista e pare che lui abbia appiccato il fuoco alla sua villa.»

«Buon Dio, dici sul serio? Quel ragazzo è miliardario, vero?»

«Che differenza fa?»

«Ha il mondo ai suoi piedi.»

Jasper dimentica il suo malumore quando lo distraggo con le informazioni sull'indagine che stuzzicano la sua curiosità. Uno dei pregi di mio marito è che, sebbene si adombri in fretta, di rado tiene il broncio. Pone domande precise, come Hercule Poirot, e sono sollevata di sentire che il suo tono è tornato deciso quando ci salutiamo.

Pochi istanti dopo il telefono squilla di nuovo. La voce di Solomon Nile è controllata; in sottofondo sento schiamazzare dei gabbiani quando mi chiede un favore. Vuole che l'unica ambulanza presente sull'isola sia mandata al porto di Old Plantation. Capisco che si tratta di una cosa seria quando mi fa un'altra richiesta.

«Porti con lei il dottor Pakefield, per favore, Lady Vee.»

Provo un tuffo al cuore; il tono grave di Nile suggerisce che abbia trovato un cadavere, non una persona viva. Impiego dieci minuti a convincere la segretaria del centro medico che c'è urgente bisogno del sostituto, anche se sta facendo visite a domicilio, ma il mio tono energico alla fine sortisce l'effetto desiderato. Simon Pakefield mi aspetta fuori dalla struttura quando arrivo con la mia buggy. Non lo vedo dal giorno dell'incendio alla villa dei Fortini; mi rivolge un saluto educato, ma ha l'aria stanca, come se fosse turbato da qualche preoccupazione privata, anche se non è il momento adatto per riflettere sul suo stato d'animo. Insieme svuotiamo l'ambulanza, accatastando scatole di medicinali e bendaggi nel piccolo atrio del centro medico. È una delle tipiche usanze eccentriche dell'isola che l'ambulanza serva da pick-up e spesso sia guidata di persona dal dottore. La mia richiesta di dirigerci subito al porto di Old Plantation lo disorienta. Ci mettiamo in viaggio a velocità moderata, perché cercare di guidare spediti su alcune delle strade più dissestate dell'isola potrebbe spezzare un semiasse. Nessuno di noi ha voglia di chiacchierare. Sappiamo entrambi che la richiesta urgente di un'ambulanza in genere non preannuncia niente di buono.

Quando raggiungiamo il molo Solomon è a bordo di un vecchio peschereccio e sta parlando con Claude Boulez. Lo conosco da anni, perché di solito porta il pesce alla villa e vende aragoste o tranci di pesce spada a Wesley. Di solito Boulez è tutto sorrisi, ma oggi mi saluta a stento prima di allontanarsi.

«Che cosa è successo, Solomon?» domando. «Si tratta di Amanda?»

«Aspettiamo di essere al centro medico per parlare, Lady Vee.»

Nile rivolge qualche parola sottovoce al dottor Pakefield e i miei timori vengono confermati quando sollevano dalla barca un voluminoso fagotto avvolto in una tela cerata. La forma è inconfondibilmente quella di un corpo umano.

Quando salgo sul sedile del passeggero, mi aggrappo al cruscotto come se fosse un'ancora di salvezza. I due uomini restano in silenzio durante il viaggio di ritorno e io assisto ammutolita mentre trasferiscono il cadavere all'interno del centro.

«Aspetti fuori, per favore» mi dice Solomon. «Non è un bello spettacolo.»

«Ti serve un testimone per identificare la vittima.»

«Dovrebbe essere un parente, qualcuno di famiglia.»

Io lo guardo. «Per me tutta la gente di quest'isola è una famiglia allargata. Non posso andarmene e basta.»

Nile fa un profondo sospiro prima di lasciarmi entrare nella stanza dove la faccia del cadavere è già scoperta. Per fortuna sono vicino alla parete, perché devo appoggiarmi per rimanere in piedi. Sono sempre stata forte di stomaco, ma le ferite del giovane riempiranno i miei incubi per settimane. Riconosco subito i capelli biondo cenere di Tommy Rothmore, ma i suoi lineamenti sono irriconoscibili. Persino il nostro riservato sostituto sembra turbato alla vista della violenza con cui è stata troncata una giovane vita.

Solomon scatta foto con il cellulare mentre il dottore toglie il telo. Tommy porta un paio di jeans logori ed è a torso nudo. Ha una corporatura molto snella, somiglia più a un ragazzo che a un uomo. Adesso i Rothmore dovranno affrontare lo strazio della perdita di un figlio e il mio cuore soffre per loro. Ho temuto che potesse togliersi la vita fin da quando l'ho visto tanto sconvolto ieri notte.

Il dottor Pakefield si infila un camice bianco e dei guanti chirurgici per esaminare il corpo, mentre Nile torreggia sopra la barella come un gigante intrappolato in un montacarichi. Il sergente è indaffarato a prendere appunti sul suo taccuino.

«Quando lo ha trovato?» chiede il dottore.

«Una barca da pesca lo ha agganciato con la rete due ore fa.»

«Occorrerà che venga un patologo da St Vincent quando l'uragano sarà passato, ma posso già dirle che è morto annegato. Ha i polmoni pieni d'acqua. Se il suo cadavere fosse stato gettato in mare non sarebbe così. I morti non respirano.»

«Deve essere stato trattenuto da qualche parte» osserva Nile. «C'è una corda legata alla caviglia.»

Il sostituto esamina le gambe del cadavere, sollevando i jeans strappati, e io provo un tuffo al cuore. Attorno alla caviglia destra di Tommy è avvolta saldamente una corda con l'estremità sfilacciata, i polpacci sono coperti di tagli e graffi. Sto iniziando ad accettare l'orribile morte del giovane, ma devo costringermi a guardare il corpo martoriato senza trasalire. Da una ferita sulla gamba spuntano schegge bianche lunghe e sottili, simili a dita smembrate.

«Sembra che l'abbiano legato sul fondo del mare» osservo. «Quei frammenti nelle ferite sono schegge di corallo morto, vero?»

Nile annuisce concorde. «Per sicurezza, ne prenderò uno come campione.»

«Ci sono troppi detriti in mare, non possiamo dimostrare come si è procurato quelle ferite» ribatte il dottore. «Per il momento dobbiamo tenere il cadavere qui. Abbiamo una cella frigorifera nella struttura.»

In silenzio guardo Nile infilare un pezzo di corallo in un barattolino di plastica, poi aiutare il dottore a sistemare il cadavere di Tommy in un sacco. La sua testa si piega di lato, come se volesse disperatamente rendere l'ultima testimonianza. Mi tremano le mani quando il suo occhio superstite mi fissa, quasi implorandomi di trovare il suo assassino, e io prometto a me stessa che farò del mio meglio. Quando il dottor Pakefield richiude il sacco, la breve vita del ragazzo si conclude. Il suo corpo viene spinto sulla barella nella stanza accanto, dove viene aperto un alloggiamento nel muro. I due uomini maneggiano rispettosamente il cadavere, ma è sempre un abbandono. Adesso non c'è più nessuna prova della sua esistenza, a parte il numero uno scritto sullo sportello metallico e una folata di aria gelida.

Saluto Solomon e il dottore subito dopo. So che le notizie viaggiano veloci sull'isola e voglio che Lily venga a saperlo da me, non da un'altra fonte. Nonostante il desiderio di Solomon di tenere nascosta la morte di Tommy finché i suoi genitori non saranno informati, è assai difficile che succeda, così salgo sulla mia buggy e parto per Eden House a tutta velocità.

21

Nile odia l'odore degli ospedali da quando suo padre lo costrinse a dare un ultimo saluto alla madre da bambino. Ha rimosso il ricordo, a parte il puzzo di medicinali e disinfettante, lo stesso che aleggia nel corridoio anche oggi. Preferirebbe che il dottor Bunbury fosse tornato dalle vacanze, perché i modi riservati di Pakefield gli impediscono di ottenere risposte chiare. Quell'uomo ha passato troppo tempo al chiuso: non c'è traccia di abbronzatura sull'incarnato pallido. Sembra sempre profondamente a disagio, ma non si può arrestare una persona solo perché ha un'aria colpevole.

«Possiamo andare a parlare nel suo studio per favore, dottore? Devo avere la conferma di alcuni particolari.»

Pakefield precede Nile lungo il corridoio, poi si siede alla scrivania con espressione grave, come se stesse per comunicare una diagnosi fatale.

«Mi sento a disagio» dice a bassa voce. «La settimana scorsa Tommy è venuto qui da me. Soffriva di ansia, insonnia e pensieri intrusivi. Gli ho prescritto un leggero antidepressivo e gli ho suggerito di provare una terapia, ma forse ho trascurato qualcosa.»

«In che senso?»

«Gli psicofarmaci possono provocare un comportamento delirante in alcuni pazienti. Può sembrare assurdo, ma potrebbe essersi suicidato, no?»

«E la corda che aveva intorno alla caviglia? I graffi che ha sui piedi e sui polpacci inducono a pensare che abbia cercato con tutte le forze di liberarsi dalla barriera.»

«Continuo a pensare che Tommy si sia tolto la vita. A volte i suicidi si riempiono le tasche di sassi; potrebbe essersi legato un masso alla gamba e poi essersi tuffato da una barca. Un dinghy può andare alla deriva per miglia, spinto dalla corrente.»

«È molto improbabile, dottore. A quest'ora lo avremmo trovato.»

«Questo è un sollievo. Sarebbe stato terribile pensare che si fosse fatto del male a causa delle sue condizioni psichiche.»

L'umore del dottore si rasserena all'istante, la sua espressione imbronciata scompare.

«Le spiace se le chiedo che cosa l'ha portata alle Isole Sopravento?»

«Ho insegnato presso la clinica universitaria più grande di Londra, dove ho lavorato per anni come vicedirettore, poi ho avuto voglia di un cambiamento.»

«Ha rinunciato a una carriera avviata per diventare medico condotto qui?»

«Mia moglie e io volevamo che i nostri figli vedessero il mondo.» Pakefield sbatte rapidamente le palpebre. «Mi scusi, ma che importanza può avere la mia storia professionale per la morte di Tommy Rothmore?»

«Mi perdoni, nessuna. Ero solo curioso.»

«Capisco. Però adesso dovrei telefonare al coroner e scrivere il rapporto.»

La testa di Nile è piena zeppa di informazioni quando esce dallo studio. L'idea di un ragazzo che si lega un peso al corpo per affrettare la propria morte sembra innaturale, quali che siano le sue condizioni mentali. Ma quando telefona al suo capo a St Vincent, l'ispettore Black sposa la teoria di Pakefield. Avere una storia credibile da dare alla stampa e alla famiglia sembra sollevarlo: il ragazzo si è tolto la vita dopo aver ucciso la sua ex, per vendicarsi di avergli spezzato il cuore. Il corpo di Amanda Fortini non è ancora stato rinvenuto, ma la collera di Tommy per essere stato respinto da lei è di dominio pubblico. Può darsi che l'abbia uccisa e poi gettata in mare prima di togliersi la vita.

«Il dottore mi sembra una persona assennata, Nile. Fagli mettere questo nel suo rapporto.»

«Sono solo congetture, signore, ed entrambi concordiamo sul fatto che probabilmente Rothmore è stato rapito mentre era ubriaco, poi legato da qualche parte e lasciato annegare. A quanto pare è stato trascinato sulla barriera; gli abbiamo trovato schegge di corallo nelle ferite.»

Black scaccia l'idea infastidito. «Non c'è mai stato un omicidio su Mustique, Nile. Telefona ai genitori, poi annuncia il tragico ritrovamento. Mr Thomas Rothmore si è tolto la vita e Miss Amanda Fortini è scomparsa, presumibilmente deceduta. Gli abitanti dell'isola possono trarre le loro conclusioni e il caso è chiuso.»

«Il cadavere è stato trovato nei pressi dell'*Aqua Dream*. Ho sempre bisogno con urgenza del mandato di perquisizione, signore.»

«Puoi scordartelo» risponde Black. «Il CEO di Aqua Dream Ltd ha amici altolocati e l'equipaggio gode dell'immunità diplomatica nelle nostre acque. Non ti avvicinare, hai capito? Mi aspetto che tu obbedisca ai miei ordini; sarai licenziato se sali a bordo. Fai in modo che la storia del suicidio arrivi alla radio oggi, Nile. E vai in giro casa per casa, la gente sull'isola ha bisogno di sapere che è tutto finito, prima che scoppi il panico.»

Il sergente si mette in tasca il telefono, poi getta un'altra occhiata al panfilo immobile all'orizzonte, ossessionato dalla sua presenza. Imbocca un sentiero alle spalle del centro medico, che conduce in un folto d'alberi, ciò che rimane della giungla tropicale che un tempo ricopriva l'isola. La luce è verde mentre passa tra gli alberi e la temperatura si abbassa rapidamente. Si siede su un tronco caduto a guardare il sole del tardo pomeriggio che filtra tra le foglie di banano. Nile si calma concentrandosi sui nomi degli alberi che il padre gli ha insegnato a riconoscere da bambino:

incenso, maclura tinctoria, mamoncillo e cordia. È contento di inspirare i profumi della giungla invece degli odori chimici e pungenti del centro medico. Sopra la sua testa volano colibrì e tiranni tropicali, un corvo delle palme gracchia in lontananza. La bellezza dell'isola è immutata. È sempre più convinto che Rothmore sia stato tenuto legato per ore prima di essere ucciso. Sta per andarsene quando sente un fruscio tra gli alberi. Istintivamente balza in piedi e segue il rumore, ripensando a ciò che gli ha detto Lily circa il sospetto di essere stata seguita, ma chiunque lo stia pedinando si sposta veloce. Gli uccelli protestano per l'improvviso trambusto, ma non c'è nessuno nei paraggi.

Nile emerge dagli alberi senza sapere come proseguire le indagini di propria iniziativa. La pancia però gli dice di fidarsi dell'istinto; il rimorso per non averlo fatto quando era in Inghilterra continuerà a tormentarlo per sempre. Ubbidisce all'ordine ricevuto dal suo superiore e prepara un comunicato radiofonico per annunciare la morte di Rothmore e l'inspiegabile scomparsa di Amanda Fortini, ma non andrà a casa di nessuno finché non saprà la verità. Sfoglia le pagine del taccuino pieno di appunti. Sacha Milburn è l'unica persona a Mustique che in passato abbia avuto screzi con entrambi i suoi ex amici. Ha litigato con Amanda, poi ha fatto infuriare Tommy Rothmore, suggerendogli di confidarsi con il prete dell'isola. La ragazza dovrebbe essere gravemente disturbata per uccidere il suo ex, ma a lui è sembrata un'anima tormentata.

Il sergente sa dove vive perché la villa dei genitori sorge nei pressi di Lovell. Da ragazzo si girava sempre ad ammirarla quando camminava sulla spiaggia per andare a scuola e arrivava immancabilmente con le scarpe piene di sabbia. La casa si protende dal fianco della collina, sembra magicamente sospesa nel nulla. Non si affretta, perché è troppo tardi per aiutare Rothmore e la stessa persona potrebbe avere ucciso anche Amanda Fortini. Per ora può soltanto scoprire il movente e dimostrare al suo capo tanto sicuro di sé che si sbaglia.

Il sentiero che porta a villa Stargazer si snoda su per la collina, con un semplice corrimano a proteggere i passanti da un precipizio di trenta metri. Nile si sente più sollevato quando arriva sulla terrazza, circondata da parapetti di vetro alti fino alla vita che permettono agli ospiti ubriachi di ammirare la costa senza il rischio di precipitare dalla scogliera. Nile vede quattro grandi telescopi sistemati agli angoli del belvedere, mentre accanto alla piscina c'è un mosaico con i segni dello zodiaco. Le finestre al piano superiore sono aperte, con le tende chiare che sventolano fuori, sul tavolo esterno c'è un bicchiere con del ghiaccio che si scioglie. Nile riconosce su un altro tavolo esterno il quaderno con la copertina rossa e la penna che Sacha Milburn stava usando l'ultima volta che si sono incontrati. È possibile che contenga informazioni preziose, ma trattiene l'impulso di sfogliarne le pagine.

Quando la giovane finalmente compare, sembra a disagio. È vestita ancora in maniera scialba e anonima e i capelli rossi avrebbero proprio bisogno di un pettine.

«L'ho vista dal piano di sopra» dice. «È successo qualcosa?»

«Ha sentito la radio locale oggi, Ms Milburn?»

Lei scuote la testa. «Ho passato la mattinata a scrivere.»

«Temo di avere brutte notizie. Tommy Rothmore è stato trovato morto qualche ora fa.»

Nile osserva la sua reazione, ma rimane sorpreso dalla compostezza della giovane. Tiene la testa alta e trattiene le lacrime, ma la voce le trema.

«Sapevo che sarebbe successo qualcosa di terribile, l'ho persino scritto qualche giorno fa.»

«Esiste la possibilità che si sia tolto la vita.»

«Non ci credo. Tommy non era un codardo. L'ultima volta che abbiamo parlato mi ha detto che essere respinto da Amanda non lo avrebbe distrutto.»

«Mi ha colpito qualcosa che ha detto al Firefly, Ms Milburn, sul fatto che sia di dominio pubblico che Amanda Fortini di notte si recava a Lovell. È vero?»

Lei lo guarda aggrottando la fronte. «L'ho vista con i miei occhi. Qualcuno deve tenere traccia di quello che succede sull'isola.»

«Quello è il mio lavoro, Ms Milburn.»

«Io l'ho fatto per tutto l'anno. Potrebbe definirmi la coscienza di Mustique. L'ho vista che ci andava dopo aver incontrato qualcuno sulla spiaggia.»

«Intende dire che spia le persone?»

«Tengo solo d'occhio quello che succede.» Ha un'espressione di sfida. «I telescopi non servono solo per guardare le stelle, sono ottimi anche per osservare le persone. Registro ogni cosa e l'annoto.»

«Ha detto che sta scrivendo un libro per bambini.»

«Possiamo definirla una parabola sul bene e sul male. C'è chi non ha rispetto per gli altri; chi infrange la legge e dice bugie, sergente. Io stessa sono stata trattata male. La cosa non le interessa?»

«Che cosa vuole dire, Ms Milburn?»

«Alcuni abitanti dell'isola sono stati sempre gentili con me, come Mama Toulaine e Dex Adebayo, mentre ad altri non interessa quello che provo.»

«Io sto indagando su un reato particolare, Ms Milburn. Significa che sto cercando un assassino, non voglio sorvegliare i comportamenti di persone innocenti, né spiarle.»

Lei fa una risata lenta. «Ho osservato quel grosso yacht nella baia, l'*Aqua Dream*.»

«Che cosa ha visto?»

«L'equipaggio scende sull'isola quasi tutte le sere. Bevono in un bar di Lovell, anche se nessuno li ha invitati qui.»

«Mi sembra che le piaccia vigilare.»

Fa un sorriso teso. «La gente mi affascina, soprattutto le persone come Tommy e Amanda.»

«In che senso?»

«Persone belle. Da bambina non mi rendevo conto di quanto fossero diversi, ma adesso lo vedo. Si muovevano nel mondo con assoluta disinvoltura.» La sua voce ha una nota malinconica.

«Questa volta non è stato così» risponde Nile. «Posso usare uno dei suoi telescopi?»

«Si accomodi pure.»

Nile si avvicina a quello puntato sulla periferia di Lovell, dove la spiaggia è punteggiata di dinghy colorati simili a un banco di pesci. L'ingrandimento è tale che Nile riesce a leggere il nome scritto su ciascuna barca e a notare la vernice che si stacca dagli scafi. Quando una donna passa con un sacchetto pieno di verdure, scorge le perline che ha tra i capelli. Un simile livello di precisione lo mette a disagio. I telescopi si trovano lì da quando è stata costruita la casa. Forse i Milburn lo hanno visto andare a scuola a piedi tutti i giorni, ma soprattutto Sacha ha sbirciato nella vita privata altrui. Continua a parlare mentre guarda attraverso il telescopio.

«Quando ha visto Amanda andare a Lovell?»

«Martedì e giovedì della settimana scorsa, nel tardo pomeriggio, l'ho scritto sul quaderno. Incontrava una persona sulla spiaggia, poi facevano il giro del promontorio insieme.»

«Conosce questa persona?»

«Lavora al Basil's Bar. Non so come faccia di cognome, ma si chiama Lyron.»

Nile gira la testa di scatto, la vista annebbiata dopo aver guardato dentro la lente. «Ne è sicura?»

«Al cento per cento; l'ho visto tantissime volte. È stato sgarbato con Tommy la notte in cui era ubriaco, finché Dex non lo ha riaccompagnato alla villa.»

«Perché non lo ha detto prima?»

«Non pensavo che fosse importante.» La voce della ragazza si smorza.

«Potrebbe cambiare tutto. Grazie del suo tempo, Ms Milburn.»

Nile torna sulla spiaggia con passo malfermo, poi l'istinto prende il sopravvento. Si mette a correre sulla sabbia, diretto a Britannia Bay.

22

Lily è ancora sconvolta. L'ho fatta tornare alla villa per darle la notizia della morte di Tommy e da allora non ha quasi aperto bocca. Ha già dovuto affrontare tante perdite, ma stavolta non posso fare niente per proteggerla. È sera, il sole sta tramontando all'orizzonte e io mi sforzo di apparire calma, anche se non riesco a togliermi dalla mente l'immagine del viso sfigurato di quel ragazzo. Sono terrorizzata all'idea che gli amici di Lily vengano aggrediti uno dopo l'altro, mettendo in pericolo anche lei. Continuo a non capire come sia possibile che qualcuno sia entrato nella villa per lasciare un pezzo di corallo fuori dalla sua stanza, e l'accanita indipendenza di Lily la rende vulnerabile. È così abituata a badare a se stessa che cercare di proteggerla potrebbe farla allontanare ulteriormente. La nostra conversazione gira inutilmente in tondo.

«Raccontami di nuovo i particolari, Vee. Non ha senso.»

«Te l'ho già detto, tesoro. Un pescatore ha trovato Tommy impigliato nella sua rete a strascico. Aveva una corda legata intorno alla caviglia, era a piedi scalzi. La parte inferiore delle gambe era coperta di graffi, e nei tagli c'erano schegge di corallo. Sembravano pezzetti di gesso, acuminati.»

Lily alla fine alza la testa. «Quelle schegge bianche si chiamano dita di morto; sono affilate come rasoi quando si calcificano. A volte mi capita di tagliarmi quando innesto i campioni nelle zone sbiancate della barriera.»

«Che cosa vorresti dire, Lily?»

«Sembra che il suo corpo sia stato ancorato alla barriera con la corda che aveva intorno alla caviglia.»

«Anch'io penso che sia stato legato in qualche modo al corallo, ma perché qualcuno avrebbe dovuto fare una cosa del genere?»

«Potrebbero aver fatto la stessa cosa ad Amanda; devo andare a cercarla.» Lily è pallida e sfinita, ma si alza in piedi.

«Non ora, per favore. Sta venendo buio e hai sentito il bollettino meteo alla radio; l'uragano Cristobal potrebbe raggiungere la Giamaica stanotte se mantiene la rotta.»

«È ancora a molti chilometri di distanza e la porzione più grande di corallo sbiancato è vicino a riva. Mi immergerò domani, ma devo preparare la barca.»

«Verrò con te, e dovrebbe esserci anche Solomon.»

Sto ancora ragionando con lei quando sento dei passi sul sentiero, una lenta andatura maschile sulla ghiaia.

«Non ho voglia di vedere nessuno, Vee. Se hai bisogno di me, mi trovi al porto.»

Lily scappa via diretta al sentiero che porta verso la spiaggia. Spero di vedere Solomon Nile, ma in cima alla scala spunta Keith Belmont. In genere trovo tutti simpatici, a meno che non siano sgarbati, ma l'attempata rockstar mi innervosisce. È uno dei pochi abitanti dell'isola abbastanza maleducato da arrivare senza farsi annunciare, ma mi sforzo comunque di sorridergli. Ho letto un'intervista che ha rilasciato diversi anni fa, dove affermava di essere andato a letto con un migliaio di fan e di aver provato ogni droga disponibile durante i suoi anni più sfrenati. Devo trattenere un moto di avversione quando mi bacia sulla guancia. Keith ha il fascino di un venditore di auto usate in cerca di un affare. Tiene i capelli grigi raccolti in una coda spelacchiata, ha profonde rughe intorno alla bocca e i suoi occhi verde fango studiano le mie reazioni. Sono sicura che il mio disgusto sia evidente, per quanto cerchi di mascherarlo. Non ho intenzione di discutere con lui della morte di Tommy Rothmore, ammesso che ne sia al corrente.

«Piacere di vederti, Keith. Posso offrirti qualcosa da bere?»

«Un succo, volentieri. Sono settimane che non tocco più alcol.»

Quando compare Wesley, ordino una vodka e tonic per me e qualcosa di analcolico per il mio ospite, che si guarda intorno come se facesse un inventario, dall'ibisco in fiore alle espadrillas di Lily lasciate accanto alla porta.

«Lily è qui, Vee? Volevo parlarle.»

«Temo che sia uscita, ma mi ha commosso sapere che hai intenzione di sostenere il suo progetto.»

«Sta facendo davvero un ottimo lavoro con il suo Reef Revival, ma se vuole ottenere finanziamenti più sostanziosi deve avere l'appoggio di qualcuno con un profilo più visibile. Dovrà fare dei cambiamenti prima che io entri nel progetto.»

«Dubito che accetterà. Lily lavora giorno e notte, è affezionata al sistema che ha creato.»

«Questo va bene, ma io mi riferisco alla pubblicità. Se lo chiameremo Keith Belmont Coral Project otterremo l'appoggio dei media. Io farei un investimento sostanzioso per farlo partire, compresa una campagna mediatica.» Mentre parla tira fuori un pacchetto di sigarette. «Ti spiace se fumo?»

«Figurati, dirò a Wesley di portare un posacenere quando torna.»

Keith tira una lunga boccata di sigaretta con un lampo negli occhi che mi rende riconoscente che nessuna delle mie figlie sia finita nella sua catena di montaggio di mogli. Penso a tutte le volte che Lily si sacrifica a compilare domande per le sovvenzioni quando preferirebbe stare sulla barriera. I soldi di quest'uomo la libererebbero dalle scartoffie, ma vale la pena pagare un simile prezzo?

«Perché il corallo ti interessa tanto, Keith?»

«Che tu ci creda o no, ho una coscienza. Se riuscirò a curarlo, avrò fatto qualcosa per il pianeta, avrò lasciato il segno. Puoi considerarlo un risarcimento per tutti i voli privati che ho preso e le mie macchine ciuccia-benzina.»

«Potresti limitarti a sovvenzionare il suo progetto, invece di assumerne la direzione.»

«Io sono un leader, Vee. Non è nel mio stile rimanere in secondo piano.» Il suo sorriso mi ricorda quello di un coccodrillo che pregusta il pasto. «Manderei in pensione quella sua vecchia bagnarola e ne comprerei una nuova. Quel relitto è pieno di ruggine. Abbiamo bisogno di un sistema GPS che funzioni e di più spazio per i sub.»

«La *Revival* apparteneva a sua madre Emily. È l'unico legame che ancora rimane tra di loro.»

«È molto commovente, ma la barriera ha bisogno di un intervento rapido, per poi spostarci su un'altra isola e ricominciare daccapo. Lily dovrebbe firmare domani, prima che cambi idea. Il mio avvocato vuole definire i dettagli.»

«Sta ancora esaminando tutte le clausole del contratto.»

«Sarebbe pazza a rifiutare una generosa donazione.» Il suo sguardo acuto mi scruta di nuovo in faccia. «Hai sentito di Tommy Rothmore?»

«Proprio adesso. Una cosa terribile, vero?»

«Secondo te c'entra qualcosa con la scomparsa di Amanda?»

«Non ne ho idea, ma nutro una completa fiducia nel nostro sergente.»

«Solomon Nile? Mi sembra un ragazzo volenteroso, ma piuttosto inetto.»

«Che cosa te lo fa dire?»

«Ho subìto un furto questa settimana. Lui non aveva idea di che cosa cercare e aveva una fretta indiavolata di andarsene.»

«È molto impegnato, Keith. Amanda Fortini è scomparsa da giorni.»

Il sorriso del musicista è tirato quando soffia fuori un'altra boccata di fumo. Non so se sia venuto qui a fare il bullo con Lily o a raccogliere pettegolezzi, ma bussa alla porta sbagliata. Non gli rivelerò neppure un particolare, per non mettere a repentaglio l'indagine di Nile.

«Che cosa hai fatto di bello da quando sei tornato a Mustique, Keith?»

Accetta il cambio d'argomento con una smorfia e si lancia in una descrizione di nuotate quotidiane, alimentazione sana e purificazione dell'anima. A quanto pare ha trascorso settimane in un ritiro yoga balinese e ne è uscito trasformato. Da allora ha evitato caffè, alcol e droghe. Ha persino riscoperto la fede religiosa abbandonata negli anni più sfrenati. Sembra ammirevole e non mi è sfuggita neppure la grossa croce d'oro che porta al collo, ma quella facciata non mi convince. Il suo sguardo è gelido come permafrost quando i nostri occhi si incrociano di nuovo, e lui rivela finalmente la vera ragione della sua visita.

«Fai in modo che Lily si decida, Vee. Voglio solo darle una buona occasione.»

«Non posso influenzarla; è lei a decidere in autonomia.»

Il sorriso da rettile di Keith ricompare. «Dille di chiamarmi, per favore, prima che ritiri l'offerta.»

Lascia cadere la cicca sulle piastrelle di marmo, poi la schiaccia con il tacco. Il cuore mi batte in gola in maniera fastidiosa quando finalmente se ne va. Keith Belmont ha intravisto il modo di ripulirsi la coscienza da qualunque peccato abbia commesso, ma spero che Lily abbia il buonsenso di rifiutare. Potrà anche avere il carisma per incendiare uno stadio pieno di fan adoranti, ma un incontro a quattr'occhi con lui è come conversare con un serpente a sonagli.

23

Quando il sergente Nile arriva al Basil's Bar il locale è vuoto, tranne qualche villeggiante rimasto bloccato sull'isola in attesa che passi la tempesta. Sembrano contenti di prolungare la vacanza, trangugiano un cocktail dopo l'altro, esaltati dall'inaspettato tempo libero. Scorge Dexter Adebayo in un angolo e rimane sorpreso da quanto è invecchiato. Si capisce che usa ancora il bar come ufficio, tiene documenti e telefono sul tavolo, ma è quasi irriconoscibile rispetto al tipo spensierato che gli ha insegnato a immergersi quindici anni prima. Ha lo sguardo vacuo, come se fosse profondamente abbattuto. Nile gli sorride, pur essendo preoccupato.

«Piacere di vederti, Dex. Come vanno le cose?»

«Come al solito, Solomon. Pensavo che fossi rimasto in Gran Bretagna, a mettere a frutto quel tuo cervellone.»

«L'ho fatto, a dire il vero, ma la situazione è cambiata» risponde Nile accomodandosi su uno sgabello. «Devo farti una domanda al volo. Quando è stata l'ultima volta che hai fatto un giro con il tuo XR7?»

Dexter fa una risata lenta. «Se fosse mio lo avrei già tirato in secco, ma il bar ne possiede la metà. Lo noleggia ai turisti quando non serve a me per portarli a fare immersioni.» Consulta i documenti e si sofferma a studiarne uno. «Gli ultimi a noleggiarlo sono stati una famiglia francese che alloggiava al Cotton House, dieci giorni fa. Registro tutte le volte i nomi per l'assicurazione, in caso di danni.»

«Grazie, Dex. Ci vediamo. Devo parlare con mio fratello.»

Quando Nile si gira, Lyron sta lucidando un tavolo con espressione annoiata. Apre la bocca per protestare quando il fratello lo prende per un gomito e lo spinge verso l'uscita.

«Non posso andare via, Sol. Devo restare fino a mezzanotte.»

«Adesso vieni con me» gli sibila Nile.

«Perché? Papà sta male?»

Nile continua a fissare truce il fratello, finché si decide a seguirlo in spiaggia. Il sergente si sorprende a pensare che, a prescindere da tutto, Mustique è sempre stupenda. Il sole al tramonto tinge il cielo di viola e oro, ma lo spettacolo non basta a sbollire la sua violenta collera.

«Ti dichiaro in arresto» dice brusco a Lyron.

«Stai scherzando?»

«Sai benissimo perché sono qui. Pensavo che mi avresti aiutato, invece hai distrutto tutto quanto.»

«Non capisco.»

«Non sei obbligato a parlare, ma quello che dirai potrà essere usato contro di te in tribunale, nel caso si arrivi a un processo.»

Il sorriso di Lyron svanisce. «Cosa cavolo pensi che abbia fatto?»

«Ti hanno visto in spiaggia, due volte, con Amanda Fortini, dopo che avevi negato di conoscerla.»

«Se pensi davvero che potrei fare del male a una donna sei pazzo.»

Lyron fissa il fratello a bocca aperta, ma Nile non ci bada. Lo afferra per un polso e lo trascina lungo la spiaggia fino alla stazione di polizia, dove i fratelli Layton giocano a carte. I due uomini scattano in piedi quando Lyron tira un pugno e si mettono con la schiena contro il muro. Il colpo arriva dritto alla mandibola di Nile, facendogli volare via gli occhiali, poi il suo gancio destro colpisce Lyron alla spalla. La zuffa continua e sono necessari diversi pugni decisi prima che finisca. Nile spinge il fratello esausto in una cella di custodia e chiude a chiave la porta. Il nuovo detenuto prende a pugni il muro, scuote le sbarre ed esige a gran voce un avvocato, ma Nile torna nell'atrio. I fratelli Layton lo guardano con rinnovato rispetto.

«Ancora qui, ragazzi? Volete anche voi la vostra parte?» Loro scuotono la testa all'unisono. «Come al solito sarò io a sistemare questa merda, ma tu devi darmi le chiavi della motocicletta, Charlie. Potrò girare l'isola più velocemente che con la buggy. Non so quando potrò restituirtela.»

Charlie Layton ubbidisce senza protestare e Nile resta da solo in ufficio, in attesa che gli strepiti del fratello si plachino. Per fortuna gli occhiali sono solo rigati e non rotti. Sono le otto di sera quando finalmente torna la calma e Nile apre la porta della cella. Il fratello è seduto sul materasso con la testa tra le mani.

«Adesso ti piangi addosso?»

Dopo un po' Lyron alza lo sguardo. «Sai che cosa significa essere tuo fratello?»

«Di cosa stai parlando?»

«Il primo giorno di scuola gli insegnanti mi dissero quanto eri dotato. Hai preso sempre il massimo dei voti e hai vinto medaglie nella corsa e nel nuoto. Non c'è una cosa al mondo in cui io sia migliore di te.»

«Non dire certe stronzate.»

«È la verità.»

«Pensavo che mi avresti sostenuto nel mio lavoro quando sono tornato a casa. Avevi un tale potenziale da bambino.»

«Tu però non mi hai mai aiutato. Te ne sei andato senza più farti vedere per anni.»

Queste parole feriscono Nile, ma lui preferisce ignorarle. Appoggia per terra il registratore, poi inizia a parlare.

«Registro questa conversazione con mio fratello, Lyron Edward Nile, perché non c'è un secondo agente a fare da testimone. Ti ricordo nuovamente, Lyron, che qualunque cosa dirai potrà essere usata contro di te in tribunale se si dovesse arrivare a un processo.» Quando suo fratello alza di nuovo la testa, Nile si accorge che ha pianto, ma non può permettersi di badarci.

«Parlami del tuo rapporto con Amanda Fortini.»

«Viene a bere al Basil's, tutto qui. Abbiamo parlato qualche volta, quando ho servito dei cocktail a lei e ai suoi amici.»

«Come mai siete stati visti insieme due volte sulla spiaggia di Old Plantation all'imbrunire?»

«Parlavamo, nient'altro. Non ho tempo per avere una ragazza.» Lyron lo fissa impassibile.

«Dov'eri quando è stato appiccato il fuoco alla villa dei Fortini?»

«A lavorare, come sempre. Puoi chiedere al mio capo.»

«Lo farò, stai tranquillo. Come mai circola voce che tu sia uno spacciatore?»

Lyron rimane in silenzio un momento di troppo. «Chi ti ha detto una simile porcata?»

«Non ha importanza. Stanotte perquisirò la tua camera.»

«D'accordo. Tanto sai dove abito.»

I due uomini si guardano con ostilità, ma Nile sa di essere in vantaggio. Non è lui quello dietro le sbarre, con le nocche sbucciate dopo aver preso a pugni il muro.

«Lyron Nile nega entrambe le accuse. Rimarrà in custodia per ventiquattr'ore, mentre cercherò prove per entrambi i capi d'accusa.»

Nile spegne il registratore con un gesto brusco del pollice, poi torna a fissare Lyron. Il fratello ha ricominciato a piangere tenendosi il viso tra le mani, come un bambino, sempre troppo facilmente influenzabile.

«Calmati prima di fare la tua telefonata. Ne hai una soltanto, perciò usala bene. Ricordati che mi ci vorranno dieci minuti per andare a casa e perquisire la tua stanza.»

Nile porge il telefono al fratello e lo lascia da solo. Quando torna dopo cinque minuti, Lyron si rifiuta di guardarlo negli occhi.

Il sergente è turbato quando esce e lascia il fratello a riflettere sul futuro. Il padre avrà bisogno di molto tempo per trascinarsi dentro casa, perciò rallenta l'andatura, imbocca la strada più lunga in mezzo a un gruppo di palme da datteri, mentre la notte scende sull'isola. Poco dopo si mette seduto su un masso e guarda la sabbia sotto i suoi piedi. Non è difficile comprendere la rabbia del fratello; è difficile guadagnarsi da vivere a Mustique. Nile ha sempre pensato che il fratello fosse abbastanza assennato da tenersi fuori dai guai, ma forse non è così.

È passata mezz'ora quando finalmente arriva a casa. Il padre è in piedi accanto al braciere di lato alla casa, appoggiato al bastone, a guardare le fiamme che salgono dal fusto di metallo bucato ai lati. Nile aspetta per un po', mentre la cenere scivola per terra.

«Hai acceso un falò, papà?»

La faccia dell'anziano genitore sembra più vecchia mentre controlla le fiamme e lascia Nile a compiere un dovere professionale che vorrebbe evitare. È tormentato dai rimorsi quando entra in camera del fratello. Il pannello di sughero è pieno di foto di famiglia. Ce n'è una di lui il giorno della laurea, di loro due che corrono sulla spiaggia, poi di Lyron sulle spalle di Nile quando aveva due anni. Fruga dentro le scarpe del fratello, sotto il letto e nelle tasche degli abiti, per poter compilare il rapporto con la coscienza pulita. Raccoglie il pezzo di corallo che è sempre sul davanzale, poi torna subito alla centrale, per non affrontare le domande del padre.

24

La visita di Keith Belmont mi lascia un cattivo sapore in bocca, forse perché è tanto ansioso di impossessarsi dell'impero di Lily. Lei mi è sempre sembrata troppo assennata per farsi distrarre dai soldi legati a tanti cavilli, ma non posso esserne certa. La prospettiva di proseguire il lavoro ancora per tanti anni potrebbe essere irresistibile. Quando Wesley esce di casa per vedere se mi serva qualcosa, lo informo che prenderò la buggy per andare al porto di Old Plantation.

«Forse dovrei accompagnarla, Lady Vee?»

«Sono troppo vecchia per avere uno chaperon, Wesley.» Lo sguardo del mio maggiordomo mi dimostra che è al corrente della morte di Tommy Rothmore, ma la sua innata discrezione gli impedisce di parlarmene.

«Sono sicuro che Lord Blake preferirebbe che stasera lei rimanesse a casa, dov'è al sicuro.»

«Non posso lasciare che Lily torni a casa da sola.»

Wesley si piazza tra me e la porta d'ingresso, bloccandomi il passaggio, come se volesse rinchiudermi e poi gettare via la chiave. La sua indole protettiva è così soffocante che provo sollievo quando gli auguro la buonanotte. Le luci esterne si riflettono sulla superficie della piscina quando attraverso la terrazza e illuminano le orchidee tropicali che José cura tanto amorevolmente. Mi rendo conto che il rifugio creato da Jasper e me è minacciato. Raccolgo il pezzo di corallo lasciato fuori dalla camera di Lily, casomai Solomon fosse giù al porto, poi mi affretto verso la buggy.

Mi dirigo a sud lungo la strada litoranea. Una musica blues riempie l'aria mentre supero il Basil's Bar e la distesa di Britannia Bay. Le luci si affievoliscono quando entro in un fitto di alberi. Di solito mi piace immergermi nella parte più selvaggia dell'isola, ma l'agitazione m'impedisce di rilassarmi: sussulto bruscamente quando un uccello serpente mi vola sopra la testa, sfiorando il tettuccio della buggy. L'aria è appiccicosa sulla pelle, fatico a respirare e mi sento meglio solo quando finalmente raggiungo Old Plantation Bay. La vecchia barca della madre di Lily, la *Revival*, si staglia illuminata nel buio. Avvicinandomi vedo attrezzi sparsi in coperta, mentre lei strofina la fiancata dello scafo. I passi la fanno girare di scatto, il sorriso le affiora sul viso solo quando mi riconosce.

«Qualcuno mi ha lasciato un altro messaggio, Vee. "Vattene da Mustique o muori come il corallo", uguale all'altra volta.»

«Perché non sei tornata subito a casa?»

«Ho tutto il diritto di stare qui. Non permetterò a nessuno di minacciarmi, Vee.»

«È sciocco per entrambe correre rischi inutili.»

La stanchezza di Lily è visibile quando si mette seduta su una panchina del molo accanto a me e mi appoggia la testa alla spalla. Provo un impeto di collera quando le prendo la mano. Questa ragazza si è costruita una vita dal nulla, con grande determinazione, ma qualcuno l'ha presa di mira e non può essere stato Tommy Rothmore, perché il suo corpo era nella cella frigorifera del centro medico quando è stato compiuto lo sfregio. Nella mia mente affiora il viso consumato dall'età di Keith Belmont; potrebbe essere stato lui a lasciare il messaggio sulla barca di Lily, prima di venire a trovarmi. Ma perché un uomo che afferma di condividere la sua attività di conservazione dovrebbe lasciare una minaccia tanto malvagia?

«Hai parlato con Solomon del messaggio?»

«Ho intenzione di andare da lui domattina.»

«Verrò con te. Non voglio lasciarti da sola.»

Lei alza la testa e mi guarda, più calma di prima. «Tommy e io eravamo coetanei, Vee. Da bambino lo adoravo, ma nelle ultime settimane abbiamo scambiato giusto due parole. Mi sento in colpa per essermi schierata dalla parte di Amanda quando si sono lasciati.»

«Gli sarebbe passata, sapeva che gli volevi bene. Era normale che stessi vicina alla tua migliore amica.»

«Se Amanda fosse al sicuro, non ci spaventerebbe in questo modo. Domani andrò a cercarla.» Il suo sguardo si sposta verso le luci lontane all'orizzonte.

«Domani voglio organizzare una funzione commemorativa alla Bamboo Church e poi una veglia. Potrà celebrarla il pastore Boakye. Per il funerale di Tommy aspetteremo l'arrivo della famiglia, ma è giusto ricordare la sua vita su Mustique subito. Merita un saluto speciale.»

«È una bellissima idea, Vee.»

All'improvviso affiora alla mente il ricordo del funerale di Emily. La piccola Lily era stata un angelo, seduta tra Jasper e me alla Bamboo Church e poi al cimitero di Mustique, a osservare la posa di una lapide in memoria, sebbene il corpo di sua madre non fosse stato ritrovato. Temevo che una perdita così atroce la potesse traumatizzare per sempre, ma è una guerriera, come me, è questo spiega l'adorazione che provo per lei. Affronta ogni sfida con incrollabile energia.

«Non sei obbligata a portare a termine il lavoro di tua madre, Lily. Questo lo sai, vero? Ci sono tanti altri progetti di conservazione marina ai quali potresti contribuire.»

Le tremano le labbra quando sorride. «Porto sempre a termine quello che ho cominciato di mia iniziativa.»

«In questo caso hai una nuova aiutante. Ti do una mano a pulire la barca.»

«Vestita così?» Soffoca una risata.

Lily ha ragione; porto una mise tutt'altro che pratica: un prendisole con un motivo liberty e un paio di fragili sandali bianchi.

«Sotto ho il costume. Hai qualcosa da mettere sopra?»

«Vedo di trovarti qualcosa.»

Torna con un paio di calzoncini e una maglietta macchiata d'olio. La principessa Margaret scoppierebbe a ridere se mi vedesse vestita come una monella, mentre strofino lo scafo di una barca, ma lavorare insieme incoraggia Lily ad aprirsi. Capisco il desiderio di Keith Belmont di essere coinvolto nell'impresa quando lei mi parla delle sue ambizioni. Se il suo sistema di trapianto porterà a rigenerare la barriera, potrebbe essere utilizzato in tutto il mondo e lei diventerebbe famosa nel mondo scientifico. Forse Keith vuole superare la sua fama effimera e una collezione di matrimoni falliti e legare il proprio nome a qualcosa di positivo e durevole.

«Sono molto fiera di te, Lily. Lo sai questo, vero?»

«Non sarei mai arrivata fino a qui senza di te e Jasper.»

«Sei un tesoro a dire così, ma non hai bisogno di noi che facciamo il tifo dalla prima fila.»

Lavoriamo fino a eliminare anche l'ultima traccia di vernice, poi posso abbandonare la tenuta che mi ha prestato e riprendere il mio vestito.

«Che ne dici di fermarci a bere qualcosa al Basil's sulla via del ritorno?»

Lily scuote la testa. «Sono troppo stanca. Penso che andrò subito a letto.»

«Anch'io. La visita di Keith Belmont mi ha sfinito.»

«Che cosa voleva esattamente?»

«La tua firma sul suo contratto. È disposto a offrirti un mucchio di pubblicità e di denaro, a patto che l'iniziativa porti il suo nome.»

Lily fa un sorriso ironico. «Ammetto che ero tentata, ma non posso lavorare per una persona con le idee tanto confuse. Un attimo prima parla di volersi purificare l'anima, poi cerca di rimorchiare una ragazzina al Firefly.»

«Chi precisamente?»

«Qualunque donna sotto i venticinque; più è giovane, tanto meglio.»

Mi giro a guardarla. «Ha fatto la corte anche ad Amanda?»

«È stata la prima quest'estate. L'ha invitata a yoga e lei ha dovuto dirgli chiaramente di non essere interessata per fare in modo che smettesse di mandarle dei fiori. L'unica ragazza che non ha invitato fuori a cena è stata Sacha.»

«Keith è rimasto offeso dal rifiuto di Amanda?»

«Non saprei. Non è il tipo da mostrare i suoi veri sentimenti.»

«Ha flirtato anche con te?»

«È venuto a fare qualche immersione con me. Ha una passione sincera per il corallo, ma mi fa venire i brividi.»

All'improvviso tutto diventa chiaro. «Potrebbe esserci lui dietro tutta questa storia, no? Era attratto da te e Amanda. Lei è scomparsa e tu hai trovato questi messaggi minatori.»

«Ma perché avrebbe aggredito Tommy?»

«E dài, Lily, devi ammettere che la cosa risulta un po' sospetta.»

«Penso che sia meglio informare Solomon della nuova minaccia. Gli scrivo subito.»

Mentre viaggiamo tra gli alberi dirette verso casa, sono contenta che Lily non stia tornando a piedi da sola. La folta vegetazione e i miasmi che salgono dal terreno mi fanno tornare in mente che una volta nelle radure più appartate venivano eseguiti riti vudù. Vorrei che i fari della buggy fossero più potenti. Il comportamento di Lily intanto è cambiato: è diventata taciturna con l'infittirsi delle tenebre e pochi minuti dopo mi chiede di fermarmi.

«L'ho sentito di nuovo, Vee» bisbiglia. «Questo è il punto dove sono stata seguita l'altra volta.»

Quando guardo alle nostre spalle vedo solo le ombre scure degli alberi che ci circondano.

«Ripartiamo.» Poco dopo il rumore di passi aumenta fino a diventare nitido oltre il ronzio del motore. Freno di nuovo, poi parlo a voce alta. «Fatti vedere, chiunque tu sia.»

Una figura maschile alta compare sul sentiero e io stringo la mano di Lily. Se ha intenzione di farci del male, in due ci difenderemo meglio.

«Sono soltanto io, Lady Vee. Torno a casa dal lavoro.» È

Dexter Adebayo. È quello di sempre, la corporatura massiccia e i rasta grigi fino alle spalle, ma la sua espressione è più cupa. «Mi sono fermato a fumare nel bosco, dopo aver bevuto un paio di drink. Mia moglie non vuole che fumi a casa.»

«Ci hai fatto spaventare, Dex» dice Lily.

«Scusate, non volevo, ma ricordate che l'unica cosa da temere è la paura stessa. L'ha detto Franklin D. Roosevelt, e i presidenti americani non mentono mai, giusto?» Finalmente la faccia del barista si rischiara in un sorriso. «Ora sarà meglio che torni a casa, prima che mia moglie chieda il divorzio.»

Lily aspetta che i suoi passi si siano allontanati prima di scoppiare in una risata argentina. Si è convinta che i rumori che ha sentito in precedenza fossero quelli di Dexter che camminava nel bosco in cerca di un punto dove accendersi una sigaretta, ma io non ne sono altrettanto sicura. Lily torna seria quando tira fuori di tasca il cellulare.

«Solomon è ancora in ufficio, Vee. Ci sta aspettando.»

La giungla è piena di strani echi mentre ci dirigiamo verso sud.

25

Nile fissa lo schermo del computer mentre aspetta le visitatrici. Ha compilato un elenco di tutti gli abitanti di Mustique che avrebbero potuto rapire i giovani ereditieri Fortini e Rothmore. Il buonsenso gli dice che l'omicida è un uomo robusto abbastanza forzuto da atterrare Tommy Rothmore.

«Fammi uscire, bastardo!» grida Lyron oltre la porta che divide l'ufficio dalle celle.

Nile non gli risponde neppure. Pur avendo stabilito definitivamente la sua innocenza, prova ancora una tale delusione verso il fratello che non ha voglia di intavolare un'altra conversazione. Il capo di Lyron al Basil's ha confermato che era al lavoro quando la villa dei Fortini è stata incendiata, ma deve ancora imparare parecchie lezioni. Ai vecchi tempi facevano tutto insieme, ma adesso Lyron sembra più incline a bazzicare St Vincent in cerca di guai.

Nile scorre l'elenco di dettagli salienti legati al caso. I coralli trovati su tutte le scene del crimine e nella casa delle vittime devono avere un significato; è l'unica forma diretta di comunicazione del colpevole. L'ipotesi dell'ispettore Black che si tratti di delitti passionali potrebbe essere corretta: forse Tommy Rothmore ha ucciso la sua ex ragazza, quindi ne ha gettato il corpo in mare e poi si è suicidato tormentato dai sensi di colpa, ma è una teoria che lo mette a disagio. La barca di Lily Calder è stata deturpata da un altro messaggio identico al precedente: "Vattene da Mustique o muori come il corallo". Poi c'è stata l'intrusione a casa di Keith Belmont, con il pezzo di corallo lasciato anche lì. Se il killer è già morto, chi continua a perseguitare l'élite dell'isola?

Quando Nile guarda di nuovo fuori dalla finestra, Lady Vee sta scendendo dalla buggy con un pezzo di corallo tra le mani, preceduta da Lily. Nile non può permettersi di farsi distrarre da quella ragazza, ma è umano anche lui. Dai calzoncini spuntano un paio di gambe che non finiscono più, eppure lei sembra del tutto priva di qualsiasi vanità e non dà segno di aver notato l'effetto che ha su di lui. Le due donne stanno entrando nell'edificio mentre Lyron protesta di nuovo a gran voce per essere liberato. Meglio concentrarsi sui pezzi di corallo che ha collezionato a casa di Amanda Fortini e alla villa di Keith Belmont e che ora sono sulla sua scrivania.

«Hai arrestato qualcuno?» si informa Lady Vee.

Lui ha una breve esitazione prima di rispondere. «Mio fratello Lyron. Sono sicuro che non sia coinvolto, ma per stanotte lo tratterrò qui. Deve darsi una calmata.»

«Non deve essere facile per nessuno dei due.» Lo sguardo calmo di Lily si posa su di lui.

«Lasciamo perdere. Mi faccia vedere quel corallo, per favore, Lady Vee.»

Lei glielo porge. «L'ho trovato domenica mattina fuori dalla camera di Lily.»

«È diverso da quello che era a casa di Keith Belmont.» Nile esamina le tre incisioni: una ragnatela, due frecce incrociate e una coppa o una U capovolta. «So che sono simboli Obeah, ma non ne conosco il significato esatto.»

«Io continuo a non capire perché l'assassino lasci sulla scena dei pezzi di corallo» mormora Lily. «Non ha senso. Una volta sbiancato, il corallo non si riprende più, a meno di un intervento umano per far ripartire il ciclo di crescita.»

Lady Vee tiene per sé i propri pensieri, mentre esamina a testa china i biglietti da visita del killer.

«Ritieni che possa esserci qualcuno sull'isola contrario al

tuo lavoro sulla barriera, Lily?» chiede Nile. «L'anno scorso hai fatto cambiare una legge, se non sbaglio. I pescatori non possono più usare le reti a strascico all'interno delle insenature e in certi mesi non possono pescare affatto.»

«La maggior parte di loro mi ha sostenuto. La barriera corallina è la loro fonte di sostentamento; se la danneggiano, i pesci scompaiono.»

«Questo è vero, ma forse ha un impatto anche sulle attività illegali. Le imbarcazioni sono molto più limitate nei loro spostamenti adesso.»

Lady Vee alza gli occhi verso di lui. «Continuo a credere che sia coinvolto Keith Belmont. Stasera mi ha fatto una visita piuttosto minacciosa, invitandomi a non immischiarmi negli affari di Lily. A me sembra abbastanza spietato da uccidere qualcuno, e la sua ultima ossessione è il corallo.»

«Questo non fa di lui un assassino, Lady Vee. Se ha inscenato l'intrusione a casa sua per crearsi un alibi, è stato davvero abile. Il suo stupore alla vista del corallo fuori dalla porta sembrava sincero.»

«Potrebbe essere stato lui a scrivere quelle minacce sulla barca di Lily, per intimidirla e convincerla a cedergli la fondazione, e quest'estate ha fatto la corte sia ad Amanda che a Lily.»

«Belmont è sulla mia lista dei sospettati, ma non abbiamo prove concrete che abbia rapito Amanda e Tommy. La risposta potrebbe essere in questi pezzi di corallo. Uno è stato lasciato fuori dalla tua camera due sere fa, Lily. Può dirmi chi ha le chiavi di casa sua, Lady Vee?»

«Jasper, Lily e io, i nostri figli e il maggiordomo, ovviamente.»

Il sergente scarabocchia sul suo taccuino. «Ho bisogno di parlare con Wesley.»

«È al nostro servizio da decenni. È sempre stato leale. Preferirei che lo lasciassi in pace.»

«Potrebbe avere qualche idea su chi ha rubato le chiavi di casa vostra.»

«Scommetto che poi interrogherai anche Phil Everard.»

Nile alza le mani per negare. «Quando Amanda è scomparsa si trovava a St Lucia, quindi è scagionato. Il nostro killer deve essere al posto giusto al momento giusto.»

Lady Vee alza la testa di colpo, l'espressione sbigottita. «Credo di aver capito, finalmente. È tutta una questione di posto, giusto? Usa il corallo per fornirci informazioni dettagliate su dove trovare le sue vittime. Ha spiegato il suo metodo a Tommy, prima di ucciderlo.»

«Che cosa intende dire, Lady Vee?» domanda Nile.

«Tommy mi ha consegnato quel pezzo di corallo la notte dell'incendio alla villa di Amanda. Me l'ha messo tra le mani e mi ha detto di cercare il suo corpo lì. Io pensavo si riferisse ai giardini della villa, invece parlava della barriera.»

L'espressione di Lily si anima all'improvviso. «Appartiene alla famiglia Staghorn. Ce n'è solo una colonia a nord di qui; è in un punto pericoloso, a L'Ansecoy Bay. Corrisponde a quello trovato sul letto di Amanda, ha lo stesso identico disegno di frecce incrociate.»

Nile immagina già l'espressione scettica sul viso dell'ispettore Black quando gli riferirà che l'assassino di Tommy Rothmore potrebbe aver annegato le sue vittime e aver lasciato i corpi sott'acqua, attaccati a particolari letti di corallo. Del resto ha visto lui stesso la fune intorno alla gamba della vittima. Qualcuno sull'isola potrebbe essere tanto squilibrato da commettere una serie di omicidi fuori dal comune.

«Se è così, il nostro assassino ha accesso a una barca e all'attrezzatura da immersione ed è abbastanza forte da sopraffare un giovane atletico» dice Nile. «Se l'uragano ritarda potremmo immergerci a L'Ansecoy Bay domattina presto, per cercare Amanda. È l'unico modo per dimostrare la teoria.»

«Tu sei in grado di farlo?» domanda Lily.

«Dex Adebayo mi ha insegnato diversi anni fa, poi ho preso il brevetto BSAC in Gran Bretagna.»

«Allora possiamo immergerci insieme con il *buddy system*.»

Lady Vee torna ad alzare la testa. «Volete che porti Phillip? Non è granché come velista, da quando il problema al timpano ha compromesso il suo equilibrio, ma può aiutarmi sulla barca.»

«Ottima idea, Lady Vee. Vediamoci al porto domattina alle otto.»

Nile rimane chino sulla scrivania fino a mezzanotte, molto dopo che le due collaboratrici improvvisate sono andate via; è consapevole che il tentativo dell'indomani potrebbe non condurre a nulla, ma è sempre meglio che non fare niente come i fratelli Layton. Vuole controllare le fedine penali di tutti gli abitanti di Mustique, ma è un'impresa che gli fa venire il mal di testa. Il segnale Internet è debole e il software dell'archivio di polizia è così antiquato che occorrono ore per ottenere i risultati delle ricerche basilari. Sta per mollare tutto quando la finestra sopra la scrivania si spalanca di colpo facendo entrare una folata d'aria fresca. L'uragano dà i primi segnali, proprio quando invece avrebbe bisogno di condizioni di calma.

Un rumore improvviso spinge Nile ad aprire la porta dell'ufficio. C'è odore di fumo e Nile vede una bottiglia incendiaria che rotola sul pavimento e accende una sottile striscia di benzina. L'istinto lo induce ad afferrare l'estintore per soffocare le fiamme prima che l'intero edificio diventi un inferno come Villa Fortini. Poi corre fuori, ma c'è solo il vento che sta rinforzando. Chiunque abbia lanciato la bottiglia nella buca delle lettere è riuscito a scappare senza essere notato.

Lo shock arriva quando torna dentro. La benzina versata dentro la centrale di polizia dall'esterno è un'ulteriore conferma dell'innocenza del fratello. Dimostra che il killer lo sta osservando da vicino, pur essendo passata da un pezzo la mezzanotte. Gli torna in mente l'ossessione di Sacha Milburn di tenere d'occhio tutti gli abitanti di Mustique. Per quanto sia un'ipotesi azzardata, gli sembra plausibile che possa essere stata lei ad appiccare il fuoco alla villa di Amanda Fortini, dopo aver passato la vita a sentirsi sottovalutata e con la convinzione che abbia maltrattato Tommy. Ma sarebbe tanto pazza da incendiare anche la stazione di polizia?

Nile abbandona l'idea di tornare a casa. Nonostante la delusione verso Lyron non può lasciare il fratello in un edificio a cui hanno appena tentato di dar fuoco. Torna in ufficio e spegne il computer, poi cerca di mettersi comodo sulla sedia, ma è una battaglia persa.

26

Martedì, 17 settembre 2002

Mi sveglio presto e mi domando se sto perdendo il senno. Ieri sera mi sembrava logico cercare il cadavere di Amanda sulla barriera, ma con la luce del giorno ho qualche dubbio in proposito. Potrei trascinare tutti in un'impresa assurda, ma Lily pare decisa ad andare avanti quando ci vediamo di sotto a colazione. Sono preoccupata all'idea che lei e Solomon si immergano sul letto di corallo dove crescono le dita di morto, nella parte più pericolosa della costa, ma quando lei decide di fare una cosa è impossibile dissuaderla.

Quando saliamo sulla buggy poco dopo, il tempo sembra cambiato. Dal mare soffia una brezza tiepida e le nuvole sono tornate a muoversi in cielo, preannunciando la tempesta. Lily non appare preoccupata dalle condizioni meteo mentre superiamo la villa del dottor Bunbury. L'edificio a due piani sembra trapiantato direttamente dalla Gran Bretagna, con i suoi mattoni imbiancati e le nuove staccionate di legno. Il dottor Pakefield e già fuori sul prato ad allenarsi, con una serie brutale di salti e affondi sotto il sole. C'è qualcosa di autopunitivo nel suo programma. È così impegnato da non accorgersi di noi. Ha degli aloni di sudore sulla maglietta quando mi fermo.

«Un duro allenamento con questo caldo, Simon» gli dico.

Lui si gira di scatto verso di noi. «Mi tengo in forma, Lady Vee. È la mia unica possibilità; non so nuotare per salvarmi la vita.»

«È un peccato in un posto come questo.»

Il dottore si sforza di sorridere, schermandosi gli occhi con la mano.

«Spero che parteciperai alla cerimonia in ricordo di Tommy stasera, Simon.»

«Temo che avrò da fare al centro medico.»

«Ti prego di venire, è una consuetudine isolana salutare chi non c'è più.»

«Farò il possibile, lo prometto.»

Si gira prima che possa aggiungere altro e comincia una serie di flessioni a terra. Non so perché, ma le persone enigmatiche mi attirano sempre. Quando guardo alle mie spalle, Pakefield è sempre impegnato nel suo micidiale allenamento, mentre Lily sembra del tutto concentrata sull'impresa che l'aspetta.

Percorro la stessa strada di ieri, ma oggi l'isola appare più ospitale; i fitti boschetti non mi spaventano mai quando il sole fa capolino tra i rami e i parrocchetti si lanciano richiami sopra le nostre teste. Decido impulsivamente di fare una breve sosta a Britannia Bay, rimpiangendo di non avere in programma una gita in canoa anziché un'immersione. Mi piace la sabbia tra le dita dei piedi, a differenza della principessa Margaret, che odiava con tutta se stessa quella sensazione ruvida. Dovevo sempre avere a disposizione asciugamani e acqua tiepida, in modo che potesse immergervi i piedi dopo ogni nuotata. Stamattina in spiaggia c'è solo una mezza dozzina di persone, che passeggiano sulla battigia come se l'isola fosse il luogo più sicuro al mondo.

Solomon e Phillip ci aspettano sul molo al porto di Old Plantation. Solomon sembra ansioso di cominciare, mentre il mio vecchio amico ha l'aria preoccupata. Di questi tempi preferisce restare sulla terraferma, ma mi fa piacere condividere con lui la responsabilità della *Revival* mentre Nile e Lily sono sott'acqua. I modi di Lily stanno già cambiando. È più sicura ora che è al comando, parla in tono deciso.

«Vee e Phil, per favore indossate i giubbetti salvagente. Se scuffiamo nessuno verrà a salvarci.»

La baia appare calma all'inizio, ma quando usciamo in mare aperto le onde diventano più alte. Phillip si aggrappa spaventato, ma io sono comunque grata della sua presenza. Qualcuno dovrà controllare il cavo di sicurezza una volta raggiunta L'Ansecoy Bay.

«Hai una muta della mia misura?» domanda Nile a Lily.

«Ho fatto immersioni per tutta l'estate con muscolosi giovanotti dell'università delle Indie Occidentali, quindi hai un'ampia scelta.» Gli sorride. «Puoi arrivare fino a venti metri di profondità, ma resta agganciato al cavo. Se anneghi la mia assicurazione salta per sempre.»

Mi piazzo al timone mentre la *Revival* veleggia verso nord. Il vento è leggermente più forte di ieri sera e ci spinge a velocità esaltante. Grandi onde colpiscono lo scafo da tutte le direzioni, e io sono contenta del mio piede marino. Anche Nile è a suo agio, in fondo è cresciuto sulla barca da pesca del padre.

In una giornata tranquilla, la navigazione fino alla punta più settentrionale di Mustique sarebbe un piacere, ma continuo a essere tormentata dal dubbio che stiamo commettendo un errore. Cerco di concentrarmi sul paesaggio. Quando superiamo Endeavour Bay scorgo alcuni villeggianti nei pressi del centro di sport acquatici. Due appassionati di windsurf solcano le acque a velocità impressionante, le vele rosse che sfrecciano sulle onde gonfiate dalle raffiche.

Una volta oltrepassata Honor Bay, giungiamo in vista di Point Lookout. Le acque si fanno più agitate quando tocchiamo la punta settentrionale dell'isola. È il tratto di mare più pericoloso di Mustique: nella stagione degli uragani spesso si creano onde altissime dove il Mar dei Caraibi incontra l'Atlantico, ma oggi le condizioni sono accettabili. Con il bel tempo L'Ansecoy Bay è un luogo magnifico per fare un picnic, con un ottimo panorama su Bequia e St Vincent. Inoltre fa parte della storia dell'isola. Trent'anni fa una nave da crociera francese, la SS *Antilles* naufragò sulla barriera corallina. L'equipaggio e i passeggeri vennero tratti in salvo e portati a riva prima di essere caricati dalla *Queen Elizabeth,* ma la nave non ebbe un destino altrettanto fortunato. Lo scafo in fiamme fu abbandonato dopo diversi tentativi di recupero. Il suo scheletro arrugginito ora fa parte della barriera, ma è proibito immergersi qui e capisco anche perché. Le onde fanno rollare violentemente la *Revival* da una parte all'altra, creando un notevole disagio, ma il loro assalto sembra più giocoso che malvagio. Il mio nervosismo aumenta guardando l'acqua scura. Ben presto Lily sarà invisibile sotto la superficie, pronta ad affrontare qualunque pericolo per trovare la sua amica.

27

Sono almeno dieci anni che Nile non usa un autorespiratore. Dovrà fare appello alla memoria e alle istruzioni per non mettersi nei guai. Il bel viso di Phillip Everard è teso quando Nile si chiude la zip della muta presa in prestito. La sua andatura appare più salda quando dà una mano a gettare l'ancora, in piedi accanto a Vee, che prende il timone.

Seduta sulla battagliola Lily aspetta che lei e Nile siano completamente equipaggiati, poi controlla un'ultima volta la pressione delle bombole d'ossigeno.

«Le correnti là sotto sono molto forti, quindi resta agganciato al cavo di sicurezza. Non lasciarti trascinare dalla risacca; diversi sub sono morti così.»

«Lo so. Conosco la situazione.»

«Come vuoi.» Gli rivolge un sorriso tirato. «Stiamo infrangendo la legge, sergente. L'agenzia marittima ha vietato le immersioni qui senza un'autorizzazione scritta.»

«Non ha importanza. Tanto potrei essere licenziato comunque.»

Il sorriso di Lily si allarga di qualche centimetro, poi si tuffa all'indietro. Nile si sente girare la testa quando entra in acqua a sua volta. Il mondo sottomarino è troppo bello per essere pericoloso, con la sua luce turchese soffusa, ma forze invisibili lo spingono fuori rotta. Scende in verticale a testa in giù, tenendo d'occhio le pinne di Lily, ma persino i pesci faticano; un banco di cernie lo circonda fino a che un gorgo le trascina via verso nord. Vorrebbe fermarsi ad ammirare questo nuovo universo dove niente è sicuro o prevedibile. Il suo corpo tanto ingombrante sulla terraferma qua sotto diventa un pezzo di legno in balia delle correnti.

Lily si spinge avanti nuotando apparentemente senza sforzo. Nile è consapevole che la sua decisione di immergersi sta mettendo in pericolo anche lei e questo gli crea un certo disagio. Il relitto della *Antilles* compare davanti a loro, ma la barriera potrebbe non offrire indizi circa il destino di Amanda Fortini. Nile vede bene che lo scafo si è fuso con l'ecosistema marino, la sagoma ammorbidita da fitti accumuli di cirripedi, alghe e corallo rosa spumoso. Lily c'è già sopra e cerca indizi della presenza del killer. Quando Nile le si avvicina, lei unisce l'indice e il pollice per chiedergli se sia tutto a posto. Lui ricambia con lo stesso gesto, anche se tutto quello che riesce a vedere è il relitto spezzato della SS *Antilles*, la nave da crociera che un tempo aveva promesso il lusso a ricchi crocieristi francesi, ma si era avvicinata troppo a Mustique, nella speranza di scorgere i suoi famosi residenti.

Nile scorge qualcosa di luccicante sul fondale, ma quando si avvicina seguendo il cavo di sicurezza si accorge che sono solo pezzetti di vetro bruciato, levigati dalle correnti dopo il naufragio della *Antilles*. Sbircia dallo squarcio nello scafo, finché uno snapper rosso, spaventato dall'ospite inaspettato, gli sfreccia davanti rischiando di strappargli dal viso la maschera. Continuando a guardare all'interno, Nile scorge una sagoma nera legata a un pezzo di ferro arrugginito. Agendo d'istinto, stacca il moschettone dal cavo di sicurezza per avvicinarsi, ma all'improvviso viene catturato da un vortice. Le correnti rischiano di trascinarlo via e Lily non si è accorta che è in difficoltà. Cerca di resistere, ma l'acqua è più forte di lui e lo strattona, poi lo sbatte di nuovo contro il relitto, muovendosi a un ritmo vertiginoso. Se non riesce ad aggrapparsi a qualcosa di solido, la corrente lo trascinerà nelle profondità del mare. Il suo cuore torna a calmarsi solo quando afferra saldamente la catena dell'ancora.

Pochi istanti dopo Lily spunta al suo fianco. Scuote la testa di fronte a quell'errore elementare, poi aggancia di nuovo il moschettone di Nile al cavo. L'espressione di lei si illumina quando le indica l'interno del relitto; l'incidente di poco prima è dimenticato mentre osservano insieme dallo squarcio nello scafo. Lily si tocca l'orologio, ma Nile non vuole lasciare lì quella misteriosa sagoma nera. L'afferra attraverso l'apertura e dopo diversi violenti strattoni riesce a liberarla. Quando finalmente l'oggetto nero emerge, si accorgono che si tratta di un sacco simile a quello in cui riposa il corpo di Tommy Rothmore al centro medico. L'espressione di Lily si irrigidisce dietro la maschera.

Tornano in superficie, portandosi dietro il sacco. La prima cosa che Nile vede affiorando è Phillip Everard che allunga una mano per aiutarlo a salire a bordo. L'attore sembra più in forma di prima, ma turbato dal loro ritrovamento.

«È Amanda?» mormora.

«Per scoprirlo devo prima guardare all'interno.»

Nile aspetta che Lily sia salita a bordo e ne avverte la tensione mentre chiede a tutti e tre di fare un passo indietro. Se il sacco contiene un corpo, lui non può prevederne le condizioni. Ha il respiro affannato quando apre la zip di pochi centimetri. Dall'interno esce un fiotto d'acqua. Si sente raggelare alla vista di una ciocca di capelli biondi che spunta dall'apertura. È un colore inconfondibile, ma lui sbircia lo stesso dentro il sacco, per averne la certezza. Amanda Fortini non è più una bella ragazza della buona società; ha la pelle chiazzata, gli occhi azzurri lattiginosi. Sta per richiudere il sacco quando un pezzo di corallo con incise due frecce incrociate rotola sulle assi del ponte. Il killer deve averlo infilato nel sacco per dimostrare di avere la situazione sotto controllo. A Nile non interessa quale sia il significato dei simboli; sono solo una provocazione, l'assassino si prende gioco di lui in una lingua incomprensibile. Richiude il sacco stringendo i denti.

«Torniamo a riva» ordina.

Phillip Everard si è lasciato cadere sul sedile di prua, con Lady Vee che gli tiene la mano. Quando Nile raggiunge Lily nella cabina di pilotaggio, lei è troppo impegnata a mantenere la rotta in mezzo alle onde per parlare, ma il suo turbamento è evidente. Ha appena ritrovato il corpo della sua più cara amica ancorato alla barriera che sta tentando di preservare. Ha il viso rigato di lacrime ma sbatte le palpebre per fermarle. Nile vorrebbe offrirle consolazione, ma il mare è troppo agitato e lei deve concentrarsi. Il sergente si dirige a prua per telefonare all'ispettore Black. È costretto a urlare la notizia della morte di Amanda Fortini perché il vento porta via le sue parole prima che arrivino dall'altra parte.

28

Phillip ha l'aria esausta quando la *Revival* torna nel porto di Old Plantation, perciò Lily si offre di accompagnarlo a casa in macchina. Sento Solomon ringraziare entrambi per il loro aiuto, ma mi soffermo a riflettere ancora sul coraggio di Lily mentre esamino il sacco nero lasciato sul ponte della barca. Molte persone sarebbero crollate al pensiero che un'amica è morta in circostanze tanto orribili, lei invece ci ha riportati a riva navigando in acque agitate senza un lamento, resa più matura della sua età dal precedente lutto. Per la prima volta da quando siamo tornate a Mustique sono scossa da un brivido; sebbene il vento sia sempre tiepido, ho i vestiti bagnati dagli spruzzi delle onde.

«Può venire al centro medico, Lady Vee?» domanda Solomon. «Vorrei confrontare i miei appunti con lei più tardi.»

Mi fa piacere essere coinvolta nelle indagini, anche se l'idea di vedere il corpo di Amanda mi terrorizza. L'unica ambulanza di Mustique sta già arrivando, guidata da Simon Pakefield. Il medico sembra distaccato come al solito, ma le sue condizioni mentali sono l'ultima delle mie preoccupazioni. È possibile che Amanda Fortini sia rimasta in fondo all'oceano dal momento della sua scomparsa quattro giorni fa, e ci servono maggiori dettagli per cercare di capire chi ce l'ha messa.

Nessuno parla mentre l'ambulanza fa ritorno verso il

centro medico. L'abituale silenzio del dottore mentre guida mi inquieta: mi sono resa conto che parla di rado se non ha fatti da riferire. È chiaro che prende seriamente il suo lavoro, ma un medico più comunicativo potrebbe offrire sostegno emotivo.

Una volta che il corpo è stato portato all'interno del centro medico, Nile racconta quanto accaduto. Il dottore sembra scioccato dalla notizia, ma mantiene il suo contegno professionale e rivolge un cenno a Solomon dopo aver aperto il sacco.

«Si metta guanti e camice, per favore. Mi serve aiuto per spostarla sul tavolo.»

Nile sceglie il camice più grande tra quelli appesi alla parete, e io noto una mano di Amanda che sporge dal sacco, come se cercasse di aprirsi un varco con le unghie per uscire. Il nostro nuovo sergente ha un attimo di esitazione, ma poi riprende il controllo delle proprie emozioni.

«Si sieda se si sente svenire, sergente.»

Nile scuote la testa. «Procediamo pure. Sto bene.»

In un attimo i due uomini sollevano il corpo di Amanda sul tavolo e allora capisco la reazione di Solomon. Non sono in grado di dire in che misura i danni siano dovuti alla violenza. Può darsi che i lividi verdastri che coprono gran parte della pelle siano stati causati dal tempo trascorso in acqua; le carni sono gonfie, un bikini rosso le stringe sulle cosce. Il viso della giovane non è più sottile e delicato, c'è una brutta ferita alla tempia destra, i lineamenti sono sfigurati. Solo i capelli hanno mantenuto il loro splendore, con quella tinta bionda costosa.

«Bastardo» sibilo sottovoce.

«Condivido appieno» dice il dottore. «Il corpo sembra quello della vittima di un incidente stradale; qualcosa l'ha travolta sul fianco destro con grande violenza. Mi basta guardarla per capire che ha il cranio fracassato, le costole fratturate e il bacino rotto. Penso che sia morta all'istante.»

«Potrebbe essere stata colpita da un motoscafo a tutta velocità?» chiede Nile.

«È possibile, sì.»

Mi sento invadere dalla collera mentre tutti osserviamo il corpo di Amanda. Qualunque errore abbia commesso, non si meritava una morte così violenta. La spiegazione più ovvia è che sia stata falciata dal motoscafo avvistato nel porto da Mama Toulaine. Non riesco a immaginare che qualcuno su quest'isola, compreso Keith Belmont, sia tanto squilibrato da uccidere in questa maniera e poi ancorare il corpo sul fondale dell'oceano.

«Mi dica qualcosa del sacco» chiede Nile.

Il dottore alza gli occhi. «Sul retro c'è stampato il simbolo del centro medico, ma temo di non poterle dire quando è stato prelevato.»

«Perché no?»

«Sono un sostituto, ricorda? Non ho avuto motivo di controllare le scorte del centro medico. Non ci sono stati morti qui di recente, a parte il giovane Rothmore.»

«Chi potrebbe averne sottratto uno dal magazzino?»

Il dottore scuote la testa. «Vorrei poterglielo dire, ma non abbiamo un sistema di videosorveglianza. Questo posto è aperto tutto il giorno, per consentire ai pazienti di ricevere le cure.»

«Sono sicura che potremo ottenere quest'informazione da un'altra fonte» intervengo. «Dobbiamo tenere segreta la scoperta finché non verrà informata la famiglia, giusto? Penso che dovremo annunciare la morte di Amanda alla funzione commemorativa che abbiamo organizzato per Tommy Rothmore oggi pomeriggio.»

«È una sua decisione, Lady Vee.» Il medico si sfila i guanti e li butta nel lavandino. «Che disgrazia. Gli abitanti sono già abbastanza scossi per la morte di Tommy senza bisogno di un altro omicidio.»

Simon Pakefield guarda prima Solomon poi me, come se fossimo due potenziali assassini. Il silenzio si fa più teso mentre Nile lo aiuta a riporre nel sacco il cadavere martoriato della giovane per poi spingere la barella nella stanza adiacente. Quando Amanda viene sistemata nella cella frigorifera, c'è solo un sottile strato di metallo a separarla da Tommy Rothmore, due vittime riunite nella morte, anche se la loro storia d'amore è terminata da diverse settimane.

Sono troppo attonita per piangere, e il viso di Solomon è inespressivo mentre fissiamo il cassetto che custodisce il corpo della ragazza. La fune tranciata intorno alla caviglia di Rothmore adesso acquista più senso; il killer potrebbe averlo legato in un altro punto della barriera, e il moto ondoso ha fatto sfregare la corda contro le punte aguzze del corallo consumandola a poco a poco. Guardo l'unica finestra della stanza; è di vetro smerigliato, per proteggere l'intimità dei morti, e stempera il sole di mezzogiorno riducendolo a un pallido chiarore.

29

Nile è affascinato dalla reazione di Lady Vee di fronte al cadavere di Amanda Fortini. I suoi modi sono bruschi e risoluti quando si mettono seduti su una panchina a un centinaio di metri dal centro medico, dove nessuno può sentirli. È colpito dalla capacità della donna di mettere da parte le emozioni personali per concentrarsi sul compito di ottenere giustizia per la vittima.

«È qualcuno che sa immergersi e ama il pericolo» dice. «Avrebbe potuto lasciare Amanda in un posto molto più sicuro, invece ha optato per la baia più difficile da raggiungere.»

«Ha scelto un luogo denso di storia; ancora oggi si parla molto del relitto della *Antilles.* Mio padre ricorda di quando era uscito in barca per controllare che i passeggeri fossero al sicuro.» Nile chiude gli occhi per schermarli dal riverbero del sole e cerca di immaginare il killer che si immerge fino alla barriera trascinandosi dietro il sacco con il corpo. «Continuo a credere che sia coinvolto l'*Aqua Dream.*»

«Ne sei sicuro? Continuiamo a parlare di un killer maschio, ma potrebbe anche trattarsi di una donna, no?»

«Dovrebbe avere una notevole forza fisica. Chiunque sia il colpevole, ha aggredito due persone giovani e in forma, poi ne ha trascinato i corpi su una barca e li ha inabissati nella barriera.»

«Ho capito il tuo ragionamento, ma deve essere qualcuno

che conosce profondamente l'isola. Mustique sorge sul corallo. Ha scelto una parte del DNA dell'isola da usare come indizio. Oggi voglio scoprire esattamente il significato di quei simboli. Farò visita a tuo padre, Solomon, prima della messa per Tommy, ma prima andrò in chiesa a parlare con il pastore Boakye.»

Nile la guarda allontanarsi, con i suoi vestiti pastello, la quintessenza di una lady inglese all'estero. Non avrebbe mai immaginato che sarebbe diventata la sua maggiore alleata professionale su Mustique, ma la saggezza e la perspicacia di cui è dotata fanno di lei una partner ideale. È accolta calorosamente in tutte le case dell'isola.

Quando rientra al centro medico e parla con l'infermiera part-time è assalito dalla consueta frustrazione. La giovane gli riferisce che il magazzino è sempre chiuso a chiave, ma Nile ne dubita. Di sicuro ci sono state occasioni in cui si è alzata dalla sua postazione, lasciando a un visitatore occasionale il tempo di rubare un sacco e fuggire da una delle uscite antincendio senza essere notato.

Tiene a bada la collera quando esce dalla struttura intorno alle due del pomeriggio. Sa che il suo momento di debolezza nell'ambulatorio è stato provocato dal fatto che la vista del corpo di Amanda Fortini gli ha ricordato fin troppo bene quello della donna che non era riuscito a salvare a Oxford. Guarda verso l'*Aqua Dream*, che si staglia all'orizzonte, immobile. L'ispettore Black lo ha avvertito di non avvicinarsi, ma il rispetto del protocollo non ha protetto né quella donna anni prima e neppure Amanda Fortini adesso. Stavolta deve seguire l'istinto, prima che vada perduta un'altra vita. Torna verso il porto a passo spedito. Dopo diversi tentativi il motore della lancia della polizia finalmente parte e lui si stacca dal molo, su onde più lunghe e agitate di prima. Non sono ancora abbastanza alte per surfare, ma l'uragano comincia a far sentire la sua presenza. Quel braccio del Mar dei Caraibi reagisce alla perturbazione in avvicinamento alle Isole Sopravento e questo offre a Nile un ottimo pretesto.

Non c'è traccia di Dan Kellerman quando raggiunge lo yacht, perciò ci gira intorno scattando fotografie con il cellulare. Si avvicina abbastanza da accostare l'obiettivo a ogni oblò per riprendere gli interni. Scatta fotografie anche al motoscafo fissato in coperta. Non ci sono tracce evidenti del fatto che abbia causato danni a persone, ma un nuotatore non potrebbe mai sfuggire al suo potente motore. È tentato di salire la scaletta e tornare a bordo ma all'improvviso spunta il comandante, infuriato alla vista del cellulare di Nile.

«Si può sapere che cosa diavolo è venuto a fare?»

«Buongiorno, comandante. Le spiace se la raggiungo?» lo saluta Nile da sotto con un sorriso smagliante.

«Le ho già detto che nessuno può salire su questa barca senza un mandato.»

«Sono venuto qui semplicemente a offrirle riparo. Le do il permesso di avvicinarsi all'isola. Scelga la baia che preferisce e si metta al sicuro se la tempesta dovesse colpirci. È libero di rimanere ormeggiato finché non sarà passata.»

Il comandante lo fissa con sguardo truce. «Stava scattando delle fotografie?»

«Proprio così. Sono appassionato di vita marina. Lo sapeva che l'anno scorso è stato avvistato uno squalo balena da queste parti?»

«Stia zitto, idiota. La farò licenziare per questo.»

«Si metta al sicuro, comandante. Come le ho detto, ha il permesso di andare a riva se l'uragano venisse da questa parte.»

Nile è soddisfatto quando torna al porto; se non altro ha una testimonianza fotografica della disposizione interna dello yacht. Prende la moto di Charlie Layton dalla stazione di polizia e si dirige verso Lovell. L'abitazione di Wesley Gilbert è la più alta di tutto il villaggio e svetta su decine di casette dai colori brillanti che digradano verso la spiaggia. A confronto la dimora di Gilbert appare austera, adatta a un ex soldato con le sue pareti blu scuro e la palizzata bianca.

Il cameriere di Lady Vee ha la radio accesa quando Nile raggiunge la proprietà. Dalla porta giungono le note di un flamenco spagnolo, basso e armonioso, perfettamente ritmato. Solo avvicinandosi ulteriormente Nile si rende conto del proprio errore. Gilbert stringe al petto una chitarra e suona a occhi chiusi. Nile aspetta che finisca prima di annunciare la propria presenza.

«È davvero bravo, Papa.»

«Dovrei esercitarmi di più.» Gilbert non sembra affatto stupito dall'arrivo di un visitatore. Appoggia lo strumento al muro, poi lo invita a entrare. «Non chiamarmi Papa per il momento. Wesley va benissimo finché non andrò in pensione.»

Nile sorride, ma i modi di Gilbert non lo autorizzano a rilassarsi. L'uomo lo sta esaminando come un preside che passi in rassegna una serie di punizioni.

«Non sei venuto qui a scambiare due chiacchiere innocenti, vero, Solomon?»

«Devo scoprire che cosa sta succedendo nella villa di Lady Vee. L'ondata di violenza è in qualche modo collegata al progetto di tutela del corallo di Lily Calder.»

«Vuoi una birra mentre parliamo?»

«Sarebbe fantastico, grazie. È il suo giorno libero?»

«Lady Vee ci ha mandati tutti a casa; alcuni di noi danno una mano a preparare la veglia per Tommy Rothmore. In pratica partecipa quasi tutto il personale di servizio dell'isola.»

Nile si guarda intorno mentre Gilbert va a prendere da bere. I mobili sono di semplice legno scuro, le pareti decorate da quadri che raffigurano la lussureggiante vegetazione dell'isola intrecciata ai fiori bianchi delle piante vespertine. Riconosce la mano di Mama Toulaine, ma non si sarebbe mai aspettato di vedere le sue opere a casa di Wesley Gilbert. Nile segue all'esterno il maggiordomo che ha preso due bottiglie di birra e una ciotola di nachos. Gilbert si siede su una sdraio e appoggia i piedi alla balaustra, con aria rilassata.

«Come posso aiutarti, Solomon?»

«Sicuramente quest'estate ha visto molto spesso Tommy Rothmore e Amanda Fortini. Ha notato qualcosa di strano a Eden House?»

«Io non osservo mai troppo da vicino. Lavoro come maggiordomo di Lady Vee e Lord Blake, e devo mantenere la massima discrezione.»

«Le regole ora sono cambiate, Wesley. Abbiamo appena trovato il cadavere di Amanda.»

Gilbert spalanca gli occhi. «Sono desolato. Era così giovane, vero?»

«Aveva compiuto ventitré anni da pochi mesi.»

«Tommy e Amanda erano destinati a ereditare immense fortune. Il denaro era stato loro offerto su un piatto d'argento e secondo me può essere una benedizione e una maledizione insieme.» Parla con voce neutra, sta constatando un fatto, non vuole criticare le differenze economiche. «Tommy ha smesso di venire a Eden House subito dopo essersi lasciato con Amanda.»

«Secondo lei per quale motivo sono stati presi di mira?»

Gilbert beve un sorso di birra. «Certe persone a volte non si rendono conto.»

«Che cosa vorrebbe dire?»

«Sono troppo raffinati per schioccare le dita, ma se sei un cameriere, un cuoco o una domestica sei invisibile. C'è chi detesta essere ignorato.»

«Anche lei?»

«Non potrei fare il mio lavoro se fossi così suscettibile. Fare il maggiordomo non è stata la mia prima scelta dopo l'esercito, ma è un lavoro adatto a me.» Gilbert sostiene lo sguardo di Nile. «Perché Lady Vee e Lord Blake mi trattano bene. Non saranno la coppia più ricca di Mustique, ma sono quelli con più classe. E hanno passato questi valori a Lily.»

È una conversazione inconcludente che innervosisce Nile. Sperava di ottenere delle risposte, non una dichiarazione di lealtà professionale. Le domande successive rovineranno l'atmosfera rilassata, ma non c'è altro modo.

«Chiunque sia il responsabile, lascia dei pezzi di corallo nelle case, e deve essere una persona conosciuta, a meno che non riesca a passare attraverso i muri. Sabato sera qualcuno è entrato a Eden House senza rompere un vetro né forzare una porta. È salito al primo piano e ha lasciato un pezzo di corallo davanti alla porta di Lily. Deve essere qualcuno che ha la chiave e conosce la disposizione della casa.»

«Le uniche persone con tali prerogative sono i parenti di Lady Vee e il sottoscritto. Vuoi sapere se ho delle copie e le ho distribuite? Lo avrei già fatto, nel caso avessi voluto fare del male alla famiglia.»

«Che mi dice di José Gomez? Lady Vee l'ha visto nel suo giardino a mezzanotte.»

«José è sordo, non stupido. Non farebbe del male a nessuno.»

«Dove era sabato sera e domenica mattina, Wesley?»

«Sapevo che prima o poi ci saresti arrivato.» Gilbert abbozza un sorriso. «Dopo il lavoro sono andato dritto da Patti Toulaine e ci sono rimasto fino alle otto del mattino successivo.»

«Sapevo che era amico di Mama Toulaine, non che foste una coppia.»

«Sei stato via molto tempo, Solomon. Patti è troppo indipendente per convivere, ma stiamo insieme da anni.»

«Questo spiega quei bei quadri alle pareti. Chi altro sarebbe potuto entrare a Eden House di notte?»

Gilbert si fa pensieroso. «Non posso garantire per la famiglia di Lady Vee. Uno di loro potrebbe essere stato distratto, così qualcuno ha fatto una copia delle chiavi.»

«Che mi dice degli amici? Lady Vee non ha problemi ad avere gente in casa, vero?»

«I Blake organizzano molte cene.»

«Che ne pensa di Phillip Everard? È amico dei Blake da molti anni.»

Gilbert scoppia in una sonora risata. «Quel tizio ha una mezza cotta per Lady Vee e non farebbe del male a una mosca. È così premuroso verso gli altri da ricordare persino il mio compleanno. L'anno scorso mi ha regalato un orologio di Cartier. Si trovava a St Lucia ad aiutare Lord Blake quando è scomparsa Amanda, vero?»

«Mi domando semplicemente chi possa aver preso in

prestito una chiave e poi essere stato così avventato da lasciarla in giro.»

Nile ringrazia Gilbert prima di andare via. È contento che l'alibi del maggiordomo lo scagioni, ma ha bisogno di informazioni certe. È sorpreso che Mama Toulaine abbia scelto un tipo così introverso come partner, ma quel pomeriggio la sua vera personalità è uscita allo scoperto. Gilbert ha accennato al fatto di essere ignorato dai giovani che ha servito per tutta l'estate, a parte Lily Calder, ed è possibile che qualcuno con un'indole meno pacifica si sia offeso. Finora Nile era convinto che José Gomez fosse estraneo alla vicenda, troppo infantile per nutrire una rabbia omicida, ma il giovane giardiniere ha un comportamento bizzarro da settimane.

Nel giro di breve tempo Nile raggiunge la spiaggia in cerca di José. L'abitazione dei Gomez è una baracca sghemba costruita su palafitte per proteggerla dai marosi, dall'aria assai fragile. Molti degli scalini di legno che portano in veranda sono spezzati, tutta la struttura ha bisogno di manutenzione. Nile aspetta diversi minuti dopo aver bussato, ma la casa è deserta.

30

Sono ancora abbattuta quando salgo sulla buggy per andare a Lovell, ma ho promesso di far visita a Hosea Nile e non posso tirarmi indietro, sebbene non riesca a pensare ad altro che alla morte di Amanda Fortini. Il tempo torna indietro a un periodo più lieto alla vista delle casette di Lovell incastonate nella collina, con i loro colori pastello che splendono al sole caraibico. Quando Jasper mi portò qui la prima volta quarant'anni fa, la comunità viveva in condizioni diverse, senza acqua corrente, senza elettricità né assistenza sanitaria. Adesso ci sono una scuola, una chiesa e una biblioteca. Mi rendo conto che la comunità è a suo modo prospera dai giardini pieni di alberi di lime e banani e dai gerani in fiore accanto alle porte.

La casa di Hosea Nile sorge al centro di Lovell, affacciata sul mare. Lo trovo seduto in veranda con Mama Toulaine. Si alza lentamente al mio arrivo. Cerco di mascherare lo sgomento alla vista di quanto è dimagrito e di come gli trema la mano quando stringe la mia. Mama Toulaine resta in disparte, ma è un piacere vedere anche lei. L'artista ha un aspetto radioso e un portamento regale con un vestito color pavone decorato da un ricamo scarlatto. Mi bacia sulla guancia prima di prendere la tortiera che le porgo e lasciarmi da sola con Hosea in veranda. È molto diverso dal giovane pescatore sicuro di sé che passava giornate a mostrarci le diverse insenature dalla sua barca, all'epoca in cui la giungla era così fitta da rendere inaccessibile gran parte della costa. Sembra contento di avere visite, ma parla lentamente e si distrae con facilità, il suo sguardo attratto in continuazione dal mare.

È Mama Toulaine a condurre la conversazione quando torna con delle fette di torta sui piattini. Forse è la mia immaginazione, ma la pittrice sembra angosciata da qualcosa, sebbene la notizia della morte di Amanda non sia stata ancora comunicata. Non riesco a capire se sia preoccupata per Hosea oppure abbia crucci personali.

«Che dice Solomon del suo nuovo lavoro?» chiedo.

Hosea ci mette un'eternità a rispondere. «Sarebbe dovuto rimanere a Oxford. È stato il suo senso del dovere a riportarlo qui.»

«Una qualità ammirevole in un ragazzo. Ho sempre creduto nella lealtà.»

«Anch'io, Lady Vee, ma uno dei miei figli ne ha troppa, l'altro troppo poca.»

La tristezza sul suo viso mi induce a cambiare argomento. Hosea ha sempre avuto il talento infallibile di leggere il mare; sostiene che l'uragano Cristobal potrebbe impiegare ventiquattro ore a scegliere su quale isola scatenarsi. C'è tempo per montare i pannelli antitempesta alle finestre e di sigillare ermeticamente le abitazioni. Sono passati decenni dall'ultima volta che una tempesta tropicale ha causato seri danni a Mustique. Di solito i tifoni ci sfiorano, mentre sradicano alberi e abbattono edifici alle Bahamas.

Hosea si stanca in fretta e comincia a biascicare, sebbene sia arrivata solo da mezz'ora.

«Perché non vai a coricarti un po' prima che ti vengano a mancare le forze?» gli suggerisce Mama Toulaine.

Quando Hosea accetta, lei lo aiuta ad alzarsi; la sua andatura vivace si è ridotta a un incespicare a causa del Parkinson e io rimango seduta in silenzio, senza poter fare niente. Dopo qualche minuto Mama Toulaine ritorna con espressione grave.

«Verrà alla funzione commemorativa, Mama?» le chiedo.

«Certo, rendo sempre omaggio quando un'anima ci lascia. È un'usanza Obeah.»

«Volevo chiederle appunto di questo. L'Obeah è una specie di stregoneria, giusto?»

Lei scuote la testa con fermezza. «È una religione come il vostro cristianesimo. Ha migliaia di seguaci a St Lucia e anche qui a Mustique. In cielo c'è posto per tantissimi dèi.»

«Non volevo offenderla; sto solo cercando di capire meglio.»

«La magia Obeah può essere usata per scopi buoni o cattivi, ma poche persone hanno il dono come me.» Quando si gira a guardarmi di nuovo ha un'espressione inquietante. «Hosea è preoccupato per suo figlio Lyron, per questo è stanco. Non voleva essere maleducato lasciandola qui fuori da sola.»

«Mi ha fatto molto piacere vederlo, non servono scuse.» Lo sguardo mi cade su due simboli sbiaditi disegnati sul dorso delle sue mani, identici alle incisioni sui pezzi di corallo. «Le spiace se le chiedo qual è il significato di quei tatuaggi, Mama?»

«La vita e la morte.» Toulaine solleva le mani per mostrarmi i simboli. «La coppa aperta è il dio della vita; è l'acqua e il vino che non finiscono mai. Le frecce incrociate simboleggiano Gede, il dio della morte. Sorveglia il crocevia tra questo mondo e l'altro, vestito da becchino, con la sua banda di portantini. Il nostro destino è nelle sue mani.»

«È affascinante. Ci sono altri simboli Obeah?»

«Per la maggior parte provengono dal mondo naturale. Crediamo che gli uccelli siano messaggeri spirituali. Se vedi un gufo bianco, la morte o la malattia colpiranno la tua comunità entro tre giorni.»

«Qual è il significato della ragnatela?»

«Anch'essa significa sventura, simboleggia la confusione. Se trovi una ragnatela significa che qualcuno ti vuole intralciare.»

«E le frecce incrociate sono molto potenti?»

Mama annuisce lentamente. «Il simbolo peggiore. Le frecce indicano che Gede verrà a prenderti presto, se hai commesso qualcosa di male.»

«I giovani non capiscono mai quanto sia stretto il legame tra la vita e la morte, vero?»

«Pensano di vivere in eterno, ma anche lei ha i suoi problemi, Lady Vee. Glielo sento nella voce.»

«Non ne abbiamo tutti, forse?»

La pittrice ride piano. «A volte la preveggenza è un fardello.»

«Non la invidio. È già abbastanza difficile gestire il presente. Quante persone a Mustique praticano l'Obeah?»

«Dex Adebayo è stato cresciuto secondo questa dottrina, come me, ma ce ne sono molti altri. Anche qualche proprietario delle ville crede nei nostri riti.»

Il viso di Mama esprime così tanta saggezza che vorrei confidarmi con lei, ma devo restare sul vago. «C'è qualcuno che fa del male a giovani membri privilegiati della comunità lasciando simboli Obeah.»

«Osservi le persone più vicine a lei. Per esempio il dottor Pakefield. Di notte è salito a bordo di quel grande yacht che macchia l'orizzonte, come un'ombra.»

«Per quale motivo lo avrebbe fatto?»

«Può scoprirlo da sola.» Mama Toulaine mi guarda nuovamente negli occhi, in profondità, come se mi leggesse dentro l'anima, poi sussulta e il sorriso le si spegne sulle labbra.

«Che cosa ha visto?»

«Niente che possa esprimere a voce alta. Lei ama quella sua ragazza, perciò la tenga al sicuro. Mi ha capito?»

«Forte e chiaro, Mama.»

Dopo queste parole la conversazione diventa impacciata. Qualunque cosa l'artista abbia visto scritto nei miei occhi, l'ha fatta ammutolire.

31

Nile non prova nessun entusiasmo per il compito che lo aspetta in ufficio quel pomeriggio, ma non può rimandare. La sua unica speranza è che la breve detenzione abbia migliorato l'atteggiamento del fratello. Lyron è in piedi sotto la finestra, lo sguardo calmo mentre fissa oltre le sbarre. Quando la porta si apre il ragazzo mantiene le distanze, senza mostrare però alcuna tendenza ostile. Si siede sulla panca fuori dalla stazione di polizia e Nile si unisce a lui. I due fratelli osservano il mare tingersi lentamente di grigio.

«Che tu ci creda o no, aspettavo il tuo ritorno» borbotta Lyron.

«Anch'io. Pensavo che saremmo andati a St Vincent in cerca di ragazze.»

«A che scopo? Tanto non ti si filano mai.»

Nile non riesce a trattenere un sorriso. «Le solite vecchie battute.»

«Io ho il sex appeal, tu il cervello.»

«È il momento di andare avanti, Lyron. Sei abbastanza intelligente da diventare pilota. Se ti servono i soldi per l'addestramento, ti aiuterò a trovarli.»

«Prima devo passare l'esame di ammissione.» Il fratello più giovane fa una pausa prima di parlare di nuovo. «C'è qualcosa che ti tormenta, vero Sol? Non è che sei stato cacciato dalla Gran Bretagna?»

«Ho commesso un errore. Proprio come te. Sono alla ricerca di un modo per conviverci.»

Lyron gli rivolge un'occhiata calma. «Hai ricordato altre cose del passato, vero?»

«Che cosa vuoi dire, Ly?»

«Io ti ho cambiato la vita, non è così? Nostra madre è morta per colpa mia.»

«Dici sul serio?»

Lyron prende a calci un sasso. «È così, non posso cambiare le cose.»

«Te lo sei portato dentro per tutto questo tempo?» Nile vorrebbe negare su due piedi l'accusa, ma a poco a poco la verità viene a galla. «Ti odiavo quando avevo sette anni, ma ho smesso ben prima di compierne otto. Come puoi essere arrabbiato con un bambino che sta imparando a camminare?»

Lyron si raddrizza sulla panchina. «Ne sei proprio sicuro?»

«Certo.»

«E mi aiuteresti a entrare alla scuola di volo?»

«Ti darò l'equivalente di qualunque cifra tu metta da parte, a patto che resti lontano dai guai. Se hai bisogno di soldi, chiedimeli. Okay?»

Lyron annuisce lentamente, poi si alza, ma il sergente non può riaccompagnarlo a casa. Dà una pacca sulla spalla del fratello, poi si gira, riconoscente di aver potuto chiarire le cose tra di loro.

In sella alla motocicletta di Charlie Layton, Nile è di nuovo concentrato sul caso mentre si dirige verso la villa di Lady Vee. Non bada alle raffiche di vento che scuotono i rami degli alberi e spingono la moto lateralmente, rischiando di mandarla fuori strada. Il suo unico desiderio è scoprire come sono morte le due vittime, per liberarsi la coscienza del loro peso.

Lascia la moto fuori da Eden House. Ha la pelle appiccicosa per l'aria umida. Scorge le rovine di Villa Fortini, a un centinaio di metri di distanza, e pensa alla perdita ben più grave che la famiglia ha subito oggi: la madre di Amanda è scoppiata a piangere al telefono quando è stata informata della morte della figlia. Anche i danni collaterali sono pesanti: la villa ridotta a un cumulo di macerie, vetro fuso e alberi rovinati dall'incendio.

Lily Calder ha ritrovato la calma quando Nile la vede sulla terrazza di Lady Vee. Si alza dalla sdraio con un unico movimento fluido, come una ginnasta, e il suo sguardo turchese lo esamina con attenzione.

«Sei da sola?» le domanda.

«Vee è andata alla commemorazione dopo essere stata a trovare tuo papà.»

«Saresti dovuta andare con lei. Non è sicuro stare da sola.»

«Sarò circondata da persone per il resto della giornata.»

Si mettono a sedere insieme al tavolo esterno. «Ti senti bene, Lily?»

«Più o meno» risponde, ma il suo sorriso è incerto. «A parte il fatto che ho appena perduto due dei più cari amici d'infanzia.»

«Detesto dirtelo, ma potresti essere il prossimo bersaglio del killer.»

«Che cosa intendi?»

«Sei l'esperta di corallo sull'isola, lui ti ha lasciato minacce di morte sulla barca e sta eliminando le persone che ami. Si è persino intrufolato in casa tua di notte per lasciarti il suo biglietto da visita fuori dalla porta.»

«Non ha senso. Non ho nemici qui.»

«Amanda e Tommy probabilmente pensavano la stessa cosa.»

Lei rabbrividisce nella brezza. «Lo dici per spaventarmi?»

«Al contrario, in realtà. Voglio che tu sia al sicuro.»

«Anch'io.» Finalmente il suo sorriso si allarga. «Ci sono tante altre barriere che hanno bisogno del mio aiuto. Sicuramente avrai dei sospetti, Solomon. Secondo te chi è stato?»

«L'ultima volta che Amanda è stata vista, stava nuotando verso l'*Aqua Dream*. Non sono autorizzato a salire a bordo, ma qualche ora fa sono stato lì e ho scattato delle foto. I due membri dell'equipaggio godono dell'immunità diplomatica, perciò non possono essere incriminati.»

Lei scuote la testa incredula. «Posso vedere le foto?»

Gli si mette accanto per sbirciare le foto che Nile ha sul cellulare. Una mostra il motoscafo Bayrider issato sul ponte, pronto per essere calato in acqua con la gruetta idraulica, mentre nelle altre si vede l'interno dello yacht. Le cabine fotografate da Nile attraverso gli oblò sono sorprendentemente modeste per un panfilo tanto lussuoso, con un semplice arredamento di legno, pavimenti di linoleum grigio e nessuno sfarzo. Contro la parete di una di esse si vedono attrezzature da sub e bombole d'ossigeno.

«Non c'è nessun elemento che faccia pensare che abbiano fatto del male a qualcuno» borbotta lei.

«Forse li hanno sepolti subito sulla barriera.»

Lily chiude gli occhi di scatto. «Quei bastardi potrebbero averla tenuta lì. Dio solo sa quanto ha sofferto prima di morire.»

«Il dottor Pakefield ritiene che sia morta all'istante, in acqua.»

«Una piccola consolazione.»

«Parlami di Amanda. So che mi sfugge qualcosa; devo capire il legame tra lei e Tommy.»

«Era una ragazza spiritosa, gentile e generosa, ma non sempre brava a capire gli altri.»

«Vuoi dire che era arrogante?»

«Amanda adorava la sua vita, mentre Tommy era più prudente. Entrambi erano molto narcisisti. Questo può indurti a ignorare i segnali di avvertimento, giusto?»

Nile scuote la testa. «Il mio capo vuole che tutti credano che l'abbia uccisa Tommy e poi si sia tolto la vita.»

«Era troppo mansueto per farlo, anche se soffriva molto.» Gli occhi di Lily si rannuvolano e Nile si morde la lingua; aveva dimenticato la storia del suicidio di sua madre.

«Scusa, sono stato indelicato.»

«Di solito non mi turba, ma oggi è l'anniversario della sua morte. Cerco di tenermi sempre occupata, invece di starmene seduta a casa a commiserarmi.»

«So che cosa significa. Anche mia madre è morta giovane.»

Rimane sorpreso dalla partecipazione che vede nei suoi occhi. Gli posa la mano sul polso per un attimo, come una farfalla che gli sfiora la pelle, poi si alza in piedi di scatto.

«Sono quasi le cinque, non devo fare tardi alla commemorazione per Tommy.»

«Vuoi un passaggio?»

«Grazie. Vado a prepararmi.»

Lily corre via, salendo i gradini due alla volta. Quando torna in terrazza cinque minuti più tardi indossa un vestito nero corto, tacchi alti e grandi occhiali scuri che le nascondono gli occhi. Dovrebbe salire a bordo di una limousine, e non farsi dare un passaggio su una vecchia motocicletta, ma la cosa non sembra disturbarla. Quando Nile mette in moto, le mani di Lily si stringono intorno alla sua vita come se fosse la cosa più naturale del mondo.

32

Il tempo funziona in maniera diversa su Mustique. Gli eventi iniziano sempre più tardi dell'orario previsto, persino le funzioni commemorative. Sono una delle prime ad arrivare alla Bamboo Church alle cinque del pomeriggio, ma ero ansiosa di sfuggire all'inquietante conversazione con Mama Toulaine. Ammiro i quadri che dipinge, ma la sua aura soprannaturale mi innervosisce: ho l'impressione che riesca davvero a scorgere i pericoli della vita meglio di noi.

La chiesa sorge su una spianata nell'entroterra di Lovell. Non ci sono vetrate artistiche, soffitti a volta o campanili, ma la costruzione in legno è spesso immortalata sulle foto dei turisti. Dal mio posto vedo perfettamente l'albero elefante. La sua forma maestosa si inclina verso il mio banco, come se volesse allungare la proboscide. Su Mustique tutto cresce a dimensioni smisurate grazie al clima, compreso il millepiedi che striscia sul banco davanti a me mentre gli altri fedeli cominciano ad arrivare. Anche l'assassino di Tommy e Amanda potrebbe farsi vedere. Deve essere ancora sull'isola, perché nessuno può andarsene. È l'occasione ideale per osservare eventuali comportamenti rivelatori.

Quando vedo il pastore Boakye mi affretto a raggiungerlo per parlargli. Anche se è arrivato da poco sull'isola, è già popolare; ha sempre un'aria curata, con l'acconciatura a treccine e l'espressione seria. Mi dà l'impressione che sia una forza positiva, pronta a prendere sotto la sua ala i giovani sbandati. Il sorriso gentile mi assicura che gran parte dei problemi si possono risolvere, ma la sua espressione è grave quando lo informo della morte di Amanda Fortini. Voglio che lo annunci all'inizio della funzione, in modo da poter commemorare entrambi i giovani.

«Com'è possibile che accada una cosa del genere in un luogo tanto tranquillo, Lady Vee?» mormora.

«Non saprei, padre, ma vorrei che finisse.»

«Una grande tragedia per le loro famiglie. Pregherò per entrambi, glielo assicuro.»

Ho sempre trovato consolazione nel frequentare la chiesa, ma pregare per Amanda e Tommy mi sembra troppo poco e troppo tardi mentre torno al mio posto.

Sacha Milburn percorre di fretta la navata senza accorgersi di me. Indossa un vestito blu accollato che le dà l'aria di una istitutrice vittoriana, con l'orlo a sfiorare il pavimento. Capisco che ha pianto, ma mi è rimasto impresso il suo comportamento al Firefly. Era una ragazza così dolce, d'estate giocava sempre con Lily, ma adesso sembra tormentata e ansiosa, come se faticasse a trovare la strada nel mondo degli adulti. Si tampona gli occhi mentre si siede nel banco dall'altra parte della navata e all'improvviso mi tornano in mente tutti i lutti che ho subìto. L'ultimo funerale a cui ho partecipato è stato quello della principessa Margaret. Aveva organizzato di persona ogni dettaglio della cerimonia, esigendo che fosse celebrata in forma privata nella cappella di San Giorgio al castello di Windsor, solo con i parenti e gli amici stretti, senza testimoni esterni della nostra sofferenza. Chiudo gli occhi per ricordare momenti più felici alla Bamboo Church: i matrimoni celebrati nelle perfette giornate estive con lancio di riso sugli sposi.

Provo sollievo alla vista di Phillip, che deve aver superato il mal di mare. È impeccabile, con un abito di lino scuro, e come sempre sa che cosa fare per consolarmi e mi prende subito la mano.

«Porto buone notizie da St Lucia. Jasper sta facendo progressi, finalmente. L'ho sentito molto ottimista al telefono poco fa» bisbiglia.

«Grazie al cielo. Lo richiamerò più tardi.»

Sono troppo impegnata a osservare la gente che arriva per prestare completa attenzione alla voce di Phillip. Metà dei fedeli sono di Lovell e tra di loro scorgo Dex Adebayo, che indossa una delle sue sgargianti camicie hawaiane con un allegro motivo di fenicotteri in volo, ma l'espressione è meno festosa e il linguaggio del corpo rivela che è teso. Possibile che lo abbia frainteso in tutti questi anni? Forse è arrivato a odiare i giovani villeggianti abbienti a cui dà lezioni di sub, che possono partire quando vogliono per nuove avventure mentre lui è bloccato in questo posto? Alla fine anche il dottor Pakefield entra in chiesa; si siede da solo in un banco, ha un'aria severa che spaventa la gente. Devo riferire a Nile della sua visita notturna all'*Aqua Dream*, di cui non ha fatto parola. Il medico avrebbe potuto rivolgere contro la gioventù dell'isola tutta la propria collera nascosta. Non sarebbe il primo dottore che toglie vite invece di salvarle.

La mia attenzione torna a concentrarsi su Phillip; cerco di immaginarlo nei panni dell'assassino, come ho fatto con tutti gli altri membri della comunità. È uno dei miei amici più vecchi, sempre spassoso da frequentare, ma incredibilmente permaloso. Il poveretto soffre in maniera indicibile quando le sue esibizioni sono criticate. Una sensibilità che è insieme una benedizione e una maledizione per lui. Ha la capacità innata di immedesimarsi, sa cogliere ogni vibrazione intorno a lui, come una corda di violino troppo tesa. So che in passato la sua bisessualità gli ha creato problemi e che ha avuto un'infanzia terribile, ma nei trent'anni della nostra amicizia mi ha sempre offerto un sostegno incondizionato. Si trovava a St Lucia con Jasper la mattina della scomparsa di Amanda Fortini, perciò è un sollievo per me poterlo cancellare dall'elenco di sospettati che ho compilato nella mia testa.

Mi guardo alle spalle quando il pianista comincia a suonare una melodia in sordina. Tutto il personale della mia villa è presente alla cerimonia. Wesley è molto elegante con il suo vestito nero mentre accompagna José Gomez verso uno dei primi banchi, per tenerlo d'occhio casomai dovesse comportarsi male, seguito dalle due cameriere. L'atteggiamento del mio maggiordomo non è cambiato nel corso degli anni. Ha sempre avuto una grandissima dignità, ha servito la famiglia in maniera professionale, mantenendo il proprio riserbo. La nostra recente chiacchierata in cucina è stata la conversazione più intima che abbiamo mai avuto.

José Gomez è tutta un'altra cosa. Il giovane giardiniere all'apparenza ha l'animo gentile, ma ultimamente si comporta in maniera strana e non riesco a capire perché. Provo uno strano formicolio alle mani quando Mama Toulaine si siede a un'estremità del loro banco, come se la temperatura di colpo fosse scesa. Indossa sempre il suo abito sgargiante, ha perline e piume rosse intrecciate tra i capelli. È un'esperta dei simboli Obeah intagliati sui pezzi di corallo. È possibile che abbia visto più di quanto dica.

Il pastore è in piedi davanti all'altare, sotto una grande croce lignea. Indossa una casula bianca inamidata e annuncia la morte di Amanda con delicatezza. La congregazione trattiene il fiato, mentre sullo schermo di un proiettore a batterie compaiono immagini di Tommy Rothmore che mi fanno pensare alla sua gioventù dorata. Ci sono foto che lo immortalano mentre si tuffa in mare, insieme agli amici a fare un picnic, e poi con l'abito da sera, il braccio a cingere le spalle di Amanda Fortini. I due ragazzi si somigliano così tanto da poter essere quasi scambiati per fratello e sorella, due affascinanti aristocratici con il mondo ai loro piedi, all'apparenza senza nemici.

Phillip mi tocca un gomito e io mi giro. Lily sta entrando in ritardo con Solomon; il sergente indossa una giacca elegante sopra l'uniforme e non ho mai visto Lily tanto rilassata in compagnia di un uomo. Si siedono l'uno accanto all'altra in un banco in fondo. Lily ha bisogno di qualcuno abbastanza intelligente che tenga vivo il suo interesse, e Nile potrebbe essere il tipo giusto per tollerare il suo carattere indipendente, ma non devo fare speculazioni. Se Lily si sentisse incalzata, scapperebbe di sicuro nella direzione opposta.

Quando il pastore Boakye si rivolge ai presenti, torno con la mente alle due vittime. Il sacerdote ci esorta a celebrare le loro vite e a piangere la loro morte prematura. Osservo di nuovo il dottor Pakefield, che tiene la bocca chiusa mentre noi cantiamo in coro *Amazing Grace*, e legge le parole sull'innario. Sembra così impacciato che fatico ad attribuirgli il coraggio di aggredire qualcuno. I canti che si susseguono non mi commuovono, finché una giovane di Lovell intona una preghiera africana senza accompagnamento, se non il cinguettio degli uccelli fuori. La sua voce purissima mi colpisce al cuore e finalmente mi sciolgo e piango per la principessa Margaret e gli altri cari che ho perduto, oltre che per Amanda e Tommy, mentre Phillip mi stringe sempre la mano. Il mio amico trattiene le lacrime, come tutti i presenti, a eccezione di Keith Belmont, che ho visto solo ora. È all'estremità del nostro banco, gli occhi nascosti dietro un paio di occhiali scuri. Ripenso a quando ha sostenuto di aver ritrovato la fede e all'orribile croce d'oro che porta al collo, ma il suo linguaggio corporeo mi spaventa. Sta lì perfettamente immobile, un serpente che aspetta di colpire.

33

Nile osserva i membri della congregazione alzarsi alla fine della lunga funzione. Keith Belmont è il primo ad andarsene, e gli rivolge un sorriso passandogli accanto. Lily sta consolando la sua amica Sacha Milburn, che è la persona più emotiva in chiesa. La singolare abitudine della rossa di tenere d'occhio la popolazione dell'isola la fa rimanere sulla lista dei sospettati di Nile, anche se in questo momento ci vorrebbe molta fantasia a immaginare la ragazza che piange in maniera incontrollata come una credibile assassina.

Nessuno ha fretta di andarsene, a parte José Gomez. Quando Nile lo scorge all'estremità della folla, il giardiniere di Lady Vee indietreggia. Prima che riesca a raggiungerlo è scomparso tra gli alberi, lasciando Nile con un pugno di domande senza risposta. Il personale del Cotton House ha preparato un rinfresco all'ombra dell'albero elefante, il tutto pagato da Lady Vee. Sembra la scena di una lussuosa festa in giardino e stasera sono previsti balli, musica e drink a Britannia Bay. È una lunga tradizione di Mustique quella di celebrare la vita di chi è morto con feste, invece di tetri funerali.

Nile sta uscendo quando il pastore Boakye lo ferma.

«Posso parlarti, Solomon?» La melodiosa inflessione dell'Africa occidentale è sempre la stessa, ma il suo aspetto è più teso di prima.

«Ma certo, padre. Troviamo un posto appartato.»

Il religioso lo conduce in un punto deserto, all'ombra di felci arboree. Nile coglie dei cambiamenti nei modi di Boakye. I suoi gesti sono nervosi e ha un velo di sudore sopra il labbro. Tira fuori un fazzoletto per tamponarsi la fronte prima di aprire bocca.

«Avrei dovuto dirlo prima. Tommy è passato a trovarmi domenica notte, intorno alle due.»

«La notte dell'incendio a Villa Fortini.»

«Biascicava e aveva i vestiti bruciacchiati. Disse che qualcuno lo aveva aggredito. Avevano lasciato delle minacce sulla sua proprietà, incise su pezzi di corallo. Le aveva gettate via, ma capivo che soffriva. Pensava che qualcuno gli avesse lanciato una maledizione Obeah, per impedirgli di trovare pace. Continuava a blaterare del corallo. Diceva che stava morendo, come lui.»

«E lei che cosa ha fatto?»

«Non abbastanza» risponde il pastore sbattendo le palpebre. «Diceva di aver paura di morire, ma dopo un po' si è calmato.»

«Le ha detto qualcos'altro a proposito dei suoi problemi?»

«Mi ha detto che l'aggressore odia il corallo. Vuole che muoia tutto. Gli ho chiesto chi lo perseguitasse, ma non ha avuto il coraggio di fare il suo nome.»

«Non ha alcun senso.»

«L'ho convinto a fermarsi da me, in modo che non rimanesse solo nel suo stato mentale sconvolto. L'ho sistemato sul divano, ma al mattino era scomparso e la porta d'ingresso era aperta. Anche questo mi ha fatto preoccupare.»

«Perché?»

«L'Obeah somiglia alle vecchie credenze nigeriane. Si pensa di dover lasciare sempre aperta una porta o una finestra, in modo che gli spiriti malvagi possano uscire dalla casa senza restare intrappolati. Sarei dovuto rimanere con lui tutta la notte. Forse gli avrei salvato la vita.»

«Non è colpa sua. Se qualcuno lo voleva morto, lo avrebbe ucciso comunque.»

Il prete lo guarda scioccato. «Secondo te non è stato un suicidio?»

«Sono un investigatore, padre. Senza prove non c'è niente di sicuro.»

Boakye scompare con espressione addolorata tra la folla sempre più rilassata man mano che scorre il Pimm. L'atteggiamento del religioso è in netto contrasto con quello dei presenti. Sembra oppresso da un cruccio privato che non è disposto a condividere, ma non c'è tempo per pensarci adesso. Stasera si ballerà e si canterà sulla spiaggia, tutti sono ansiosi di ricordare le due giovani vite divertendosi, anziché con tristezza, mentre Nile non avrà pace finché non sarà riuscito a scoprire il tassello mancante. Quando il suo sguardo si posa su Lady Vee e Lily, s'incammina verso di loro. La folla si apre come il Mar Rosso al passaggio di un uomo della sua statura.

34

Non amo più le veglie, da quando ho perso tante persone care. La morte sarà anche l'unica certezza della via, ma non mi va di accoglierla a braccia aperte. Quando Solomon invita Lily e me alla stazione di polizia, sono grata del diversivo. Arriveremo più in fretta alla verità collaborando insieme. Solomon somiglia più a un giovane professore serio che a un piedipiatti quando mi presenta la sua richiesta, gli occhiali con la montatura dorata che scintillano al sole. Mi intriga il fatto che Lily preferisca andare con lui sulla sua vecchia motocicletta invece che con me sulla buggy, perciò guido da sola sulla strada verso Lovell.

Quando Solomon ci conduce all'interno della centrale, siamo accolti da un muro di calore mescolato all'odore di fumo di sigaretta e caffè stantio. Ha sempre lo sguardo acceso di curiosità mentre ci sediamo insieme nell'atrio.

«Vorrei organizzare la festa di stasera, ma è anche un buon momento per scambiarci informazioni. Ha scoperto qualcosa, Lady Vee?»

«Il dottor Pakefield è stato visto dirigersi in motoscafo verso l'*Aqua Dream* lunedì notte, il che è un'infrazione al contratto. Il medico di Mustique deve restare sull'isola ventiquattr'ore al giorno, nel caso qualcuno si senta male. Inoltre mi preoccupa anche Keith Belmont. Un attimo prima sembra sincero e subito dopo è inquietante.»

«Non abbiamo prove contro Belmont, ma farò dei controlli su Pakefield. E tu, Lily, hai qualcosa da riferire?»

«Forse ci stiamo fissando troppo sul corallo. I simboli incisi potrebbero avere più importanza.»

«Oggi Mama Toulaine me ne ha spiegato il significato» dico. «Le frecce incrociate simboleggiano il dio della morte, Gede, e la coppa aperta è il dio della vita. La ragnatela indica che qualcuno vuole intralciarti.»

«Questo è interessante» osserva Nile. «Il simbolo della morte è stato lasciato a casa di Tommy e Amanda, mentre quello della vita era da Keith Belmont. Fuori dalla tua porta invece c'era quello con la ragnatela, giusto, Lily?»

«Significa che lo sto intralciando, ma che potrei restare viva» dice lei con una risata tesa. «Buono a sapersi.»

«Potrebbe trattarsi di qualcuno di Lovell, che conosce bene il folklore dell'isola» ipotizza Nile. «Oppure il proprietario di una villa che cerca di depistarci.»

«Mama mi ha detto che Dex Adebayo crede nell'Obeah.»

«Il suo unico alibi è la moglie, la quale afferma che era con lei al momento dell'incendio a Villa Fortini, perciò lo terrò d'occhio. Non abbiamo ancora scoperto chi si sia introdotto a Eden House sabato notte. Probabilmente qualcuno che conosce molto bene la vostra proprietà. José Gomez ha avuto un comportamento strano negli ultimi tempi, vero?»

Scuoto la testa. «È vulnerabile, ma gli piace prendersi cura dei giardini ed è stato un dipendente modello fino a poco tempo fa.»

«Ora però è cambiato, Lady Vee. Ha pedinato lei e Phillip, e forse anche Lily. Tutte le volte che mi avvicino, scappa via.»

Lily non sembra convinta. «José ha lavorato come volontario sulla mia barca e gli ho assegnato le zone meno profonde della barriera, dove si immerge con maschera e boccaglio. Ha dimostrato grande abilità per gli innesti, ma non l'ho visto al porto per tutta la settimana.»

Scorgo quello che c'è scritto sul taccuino di Nile mentre lui parla. È un elenco di nomi, in cima c'è quello di José, seguito da Keith Belmont, Simon Pakefield e Dex Adebayo.

In fondo alla pagina è scarabocchiato "Aqua Dream". L'elenco corrisponde quasi perfettamente a quello che mi sono fatta io. Solomon mi passa il telefono, mostrandomi le foto degli interni dell'*Aqua Dream*, che sono molto più modesti di quanto immaginassi. Di solito i megayacht hanno allestimenti ultramoderni, con mobili su misura e sistemi di illuminazione raffinati, mentre qui ci sono pavimenti di linoleum e armadietti di legno lungo le pareti. Troppo semplice per soddisfare i gusti di un milionario.

«Mi aspettavo rivestimenti dorati e lampadari di cristallo.»

«Anch'io, Lady Vee, ma la cosa più importante è tenere al sicuro voi due. Voglio che inviti Phillip a soggiornare da voi e chieda a Wesley di dormire a Eden House finché quest'ondata di violenza non avrà termine.»

«Non sarà difficile; entrambi sono preoccupati per noi.»

«L'unione fa la forza. Mi dica come ha pensato di organizzare la festa sulla spiaggia stasera.»

«È giusto che le persone abbiano la possibilità di parlare di Tommy e Amanda; la loro perdita è stato un colpo davvero tremendo. Ho chiesto al Basil's Bar di allestire la festa a Britannia Bay, con musica, bibite e barbecue. Sono invitati tutti gli abitanti dell'isola.»

«Potrebbe esserci anche il killer. Probabilmente era pure in chiesa, per assistere al dolore che ha causato. Dobbiamo restare vigili e osservare eventuali comportamenti insoliti.» Nile scrive un appunto sul taccuino. «Inoltre è necessario scoprire chi potrebbe avere la chiave di casa vostra, Lady Vee. La prego di riflettere se qualcuno sia stato all'interno da solo e abbia potuto frugare tra le sue cose.»

«Lo farò, Solomon.» Balzo in piedi, d'un tratto carica di energia. «Devo controllare che casa nostra sia sicura. Non importa che mi riaccompagni, torno con la mia buggy.»

Saluto velocemente Lily e Solomon, prima di correre fuori. Il caldo all'interno dell'edificio è così opprimente che ho bisogno di aria fresca. Siamo bloccati su un'isola dove qualcuno si diverte a giocarci tragici scherzi. La cosa che mi preoccupa più di ogni altra è che il killer abbia lasciato un pezzo di corallo fuori dalla camera di Lily. Potrebbe essere la prossima del suo elenco, ma è una minaccia che continuo a non capire fino in fondo, nonostante ora conosca il significato dei simboli Obeah. Ho sempre chiuso tutte le porte dal giorno della scomparsa di Amanda, anche se Jasper e io abbiamo passato anni in tutta sicurezza qui. Ci vuole un certo coraggio per introdursi di notte in una casa chiusa e lasciare un'oscura minaccia. Chiunque lo abbia fatto ha fegato, oppure è così pazzo che non gli interessa di essere scoperto.

35

Nile pensa che Lily sia ansiosa di seguire la madrina, invece rimane seduta su una delle orribili seggiole di plastica della stazione di polizia a esaminare frammenti di corallo. Il telefono del sergente squilla prima che possano riprendere a parlare. All'altro capo una voce femminile lancia un'accorata richiesta d'aiuto, poi la comunicazione si interrompe.

«Sacha Milburn è nei guai.»

Nile si precipita fuori dall'edificio, seguito da Lily. L'isola è un turbinio di verde mentre la motocicletta l'attraversa sfrecciando. Villa Stargazer sembra tranquilla quando si fermano, la terrazza sempre sorvegliata dai telescopi sui loro piedistalli. Non appena mette piede sulla terrazza, Nile vede una chiazza rosa in piscina e una forma scura sul fondo.

Lily si toglie le scarpe e si tuffa per prima, riportando in superficie Sacha Milburn. Il sergente issa il corpo inerte sulle piastrelle di marmo, cercando di tenere a bada il panico. La pelle di Sacha è fredda mentre la sistema in posizione di soccorso, poi le schiaccia l'addome fino a farle uscire l'acqua dalla bocca. Quando le preme due dita sul collo, il polso è molto debole.

«Non anche tu» mormora sottovoce.

Capisce che se ne sta andando. La ragazza è di un pallore innaturale, perde sangue da una ferita sulla nuca, il lungo vestito è appiccicato al corpo. Lily si adopera per tenerle libere le vie respiratorie mentre Nile spinge le mani ritmicamente sulla cassa toracica. Ricorda ancora le nozioni di primo soccorso imparate durante l'addestramento, ma potrebbe essere troppo tardi. Il sangue continua a uscire dal taglio alla testa, la mandibola è rilassata, finché il corpo ha un sussulto e ritorna in vita. Lily sorregge la testa dell'amica mentre tossisce acqua e Nile rilassa le spalle. Ha trovato due cadaveri in una settimana; non si perdonerebbe la perdita di un'altra vita.

Il dottor Pakefield ascolta in silenzio mentre Nile gli spiega l'accaduto, poi dà poche istruzioni brusche prima di riagganciare, ma Lily ha già preso un asciugamano per fermare l'emorragia di Sacha. Nile si guarda intorno in terrazza, cercando di immaginare che cosa sia accaduto. Su un tavolino a poca distanza c'è un bicchiere di succo accanto alla penna rossa, ma il quaderno rosso è sparito. È probabile che la ragazza, di ritorno dalla commemorazione, abbia sfogato la propria tristezza scrivendo, ma il killer le ha rubato il diario, nel caso contenesse informazioni compromettenti. La storia diventa più chiara quando Nile vede le macchie di sangue per terra. Seguendole a ritroso capisce che è stata colpita vicino alle scale che scendono alla spiaggia, poi è corsa verso casa. Doveva avere in mano il cellulare; lo ha chiamato prima di essere spinta in acqua e infatti l'apparecchio è sul fondo della piscina. L'assassino era sicuro di aver terminato il lavoro, convinto che il personale della villa fosse ancora alla Bamboo Church, a consumare il rinfresco dopo la commemorazione di Tommy Rothmore.

Sacha sta tornando in sé quando Nile s'inginocchia accanto a lei. «Hai visto chi ti ha colpito?»

«Mi ha sorpreso da dietro.» Ha la voce impastata, gli occhi le si chiudono come se volesse dormire.

«Resta sveglia, tesoro» sussurra Lily. «Il dottor Pakefield sta arrivando.»

«Non voglio lui, per favore. Non lo voglio più vedere.» Dagli occhi socchiusi spuntano delle lacrime.

«Perché hai paura?» domanda Nile. «È tutto a posto, ora sei al sicuro.»

Il dottor Pakefield li raggiunge con espressione grave. Porta ancora il completo scuro che aveva in chiesa, ha un aspetto banale, eppure il suo arrivo turba profondamente la vittima. Cerca di sottrarsi quando lui le si avvicina.

«Non mi toccare!» grida, poi chiude di scatto gli occhi.

«Non preoccupatevi del suo comportamento. A volte i traumi alla testa provocano allucinazioni» spiega il medico. «Aiutatemi a caricarla sull'ambulanza, per favore.»

La giovane alterna momenti di lucidità e di incoscienza. Lily sale a bordo con lei, lasciando Nile da solo sulla terrazza. Ha la camicia macchiata di sangue e i pantaloni bagnati di acqua clorata, e Lily si è scordata i sandali. Era così ansiosa di aiutare la vecchia amica che è salita sull'ambulanza a piedi scalzi e ancora fradicia. Un sorriso di ammirazione illumina il viso del sergente al ricordo di Lily che si tuffa completamente vestita, ma Sacha se l'è vista brutta. È ancora viva solo grazie alla combinazione di fortuna e ottimo lavoro di squadra.

Nile sta per tornare alla stazione di polizia quando vede spuntare qualcuno sui gradini della villa di Sacha. Una figura inconfondibile, con rasta grigi e una camicia sgargiante, i jeans sbiaditi dal tempo. Lo stile di Dexter Adebayo non cambia da decenni, ma ha dipinta in faccia un'espressione tesa. Non si toglie gli occhiali da sole quando Nile gli si avvicina e scruta la terrazza prima di salutare.

«Dov'è Sacha? È successo qualcosa?»

«È stata aggredita. L'ambulanza la sta portando al centro medico.»

Nile lo osserva la sua reazione. Adebayo sembra scioccato, ma si sforza di restare fermo. Il velo di sudore sul viso e i gesti convulsi delle mani suggeriscono che abbia bevuto.

«Che cosa ci fai qui, Dex?»

«Mi ha invitato Sacha, senza dirmi il perché. È mia amica e so che sta passando un brutto periodo. Credo che avesse una cotta per Tommy Rothmore, e lui non c'è più.» Adebayo indietreggia, per sfuggire allo sguardo di Nile.

«Mi sembri nervoso oggi, Dex.»

«La commemorazione mi ha turbato. Mi sono trasferito qui da St Lucia in cerca di pace e tranquillità, non di violenza.»

«Per favore, dimmi che cosa sai del corallo. Dopotutto sei un sub. Lo vedi tutti i giorni.»

Adebayo annuisce. «So quanto è importante fin da bambino. Mio papà era un pescatore, come il tuo. Mi ha insegnato che bisogna proteggere la vita marina. Se muore, patiremo tutti la fame.»

«Sei cresciuto seguendo la fede Obeah, vero?»

«Ora non significa più niente per me, è solo un mucchio di superstizioni che ha smesso di funzionare tanto tempo fa.»

«Parlami del motoscafo che hai in società con il Basil's. Non ti capita mai di prenderlo di mattina presto, per un'immersione solitaria? Anni fa avevi la passione.»

«Ciascuno deve pagare le sue uscite; non lo prendo mai da solo» risponde l'uomo chinando lo sguardo a terra. «Per favore, saluta Sacha da parte mia. Ho un debole per quella ragazza.»

Adebayo si ritira, lasciando Nile da solo in terrazza. Il sistema di filtrazione della piscina ha già eliminato la sfumatura rosa dall'acqua, come se non fosse accaduto niente. Nile cerca il biglietto da visita dell'assassino, ma non trova niente, finché non si dirige verso i gradini che scendono in spiaggia. Sul primo c'è un pezzo di corallo, proprio come quelli trovati a casa delle vittime. Il sergente fa una foto alla ragnatela incisa sulla superficie bianca, ma qualcosa scatta nella sua mente quando lo guarda di nuovo. È così stufo dei giochi del killer che lo lancia sulla spiaggia sottostante. Dexter Adebayo potrebbe aver aggredito Sacha, sapendo che era sola, per poi tornare a compiacersi del proprio successo e lasciare il suo biglietto da visita. L'indagine lo sta spingendo in un territorio sconosciuto, dove persone per le quali ha sempre nutrito simpatia e fiducia all'improvviso cominciano a sembrare assassini.

36

L'attenzione di Wesley per i dettagli è evidente quando entro in cucina. In frigorifero ci sono vassoi con insalata, pâté e formaggio, come se Lily e io potessimo morire di fame senza le sue pietanze preparate ad arte. L'idea che qualcuno possa aver preso il mazzo di chiavi di scorta di Eden House mi ha turbata. Passo da una stanza all'altra, controllo tutte le porte e le finestre, ma le serrature sono a posto. Le chiavi sono nel cassetto della mia scrivania, dentro una vecchia scatola da sigari, esattamente dove le ho lasciate. Me le metto in tasca. L'isola ha sempre la sua aria idilliaca, ma la tempesta comincia a far sentire la sua presenza. Il giardino è agitato da un vento caldo, che strappa i petali dalle orchidee e fa ondeggiare i giovani banani. Secondo le previsioni l'uragano Cristobal arriverà domani. È possibile che lambisca solo di striscio l'isola, ma potrebbe anche devastarla con la sua furia. La fragilità di Mustique non mi è mai sembrata tanto evidente. È solo un pezzetto di corallo, incastrato tra il Mar dei Caraibi e l'oceano Atlantico, in balia di forze contrastanti.

Sto ancora pensando all'uragano mentre chiamo l'hotel di Jasper, nella remota ipotesi che lui sia lì. È un sollievo quando mi risponde immediatamente.

«È un evento straordinario, Vee. In quarant'anni è la prima volta che mi telefoni.» La contentezza nella sua voce riverbera lungo la linea.

«Adesso non esagerare. Volevo solo controllare come stavi.»

«Al settimo cielo, veramente. Una volta tanto le imprese edili mi danno ascolto e la seconda partita di marmo è di ottima qualità.»

«Ben fatto, tesoro.»

C'è un breve silenzio prima che lui parli di nuovo. «Che succede, Vee? Mi sembri giù di morale.»

«Ho delle notizie terribili, temo. Abbiamo trovato il corpo di Amanda stamattina. Ho organizzato una veglia per lei e Tommy stasera, ma avrei voglia di andare a letto a piangere.»

«Mi hai telefonato in cerca di conforto morale?»

«Qualcosa del genere, sì.»

«Senti, tesoro mio, sono preoccupato per te e devi promettermi che avrai cura di Lily. Voi due siete ben più importanti di queste stupide ville.»

«Sei davvero un uomo singolare. Mi fai impazzire d'ansia per il tuo progetto edilizio e poi te ne esci con una frase così incredibilmente tenera.»

«Dico sul serio, Vee. Senza di te sarei perduto.»

Capita raramente che Jasper esprima ciò che prova, come se temesse di perdere la faccia, perciò le sue parole continuano a riecheggiarmi in testa anche dopo aver riagganciato. A volte mio marito è terribilmente distratto, ma riesce a toccare le corde giuste e a risollevarmi lo spirito in un attimo. Prendo la buggy e vado verso la villa di Phillip senza avvisarlo del mio arrivo. Mi sento in colpa per averlo abbandonato dopo la funzione di oggi senza nemmeno salutarlo. Il tragitto dura poco, ma la tempesta imminente carica l'aria di un'umidità tale che i vestiti mi si appiccicano addosso.

La villa di Phillip è incantevole quando mi fermo all'esterno, nonostante il vento che stacca i boccioli dagli alberi di jacaranda da cui prende il nome, spargendo fiori rossi per terra. Pur essendo una delle dimore più piccole di Mustique, il suo stile bizzarro è uno dei miei preferiti. La piscina somiglia a una sorgente tropicale, circondata da lastre di corallo pietrificato, con fiori selvatici nel mezzo. Il mio amico è seduto fuori, a guardare la superficie dell'acqua come se contenesse le risposte ai misteri più profondi della vita. Si è tolto il completo di Armani che indossava per la commemorazione di Tommy Rothmore e ora porta un paio di bermuda e una camicia di lino bianca che mette in risalto l'abbronzatura. Capisco che c'è qualcosa che non va. Non si accorge di me mentre attraverso il prato, e quando finalmente alza gli occhi ha un'espressione scioccata.

«Santo cielo, Vee, mi hai fatto prendere un bello spavento.»

«Scusa, caro. Gli ospiti a casa tua sono così rari?»

Abbozza un sorriso incerto. «Ho i nervi scossi, tutto qui.»

«Vado a preparare un drink per entrambi, so dove tieni l'occorrente.»

«Non entrare, per favore. La casa è così piena di dannate zanzare che ho spruzzato insetticida ovunque. Non voglio che respiri quella robaccia chimica.» Torna a posare lo sguardo su di me. «Lily è riuscita a parlare con te? Mi ha appena chiamato dal centro medico.»

«Che cosa è successo?»

«Sacha Milburn è stata aggredita. Pare che stia bene, ma stento a crederci.» La sua espressione è tormentata.

«Tutto questo ti fa un gran male, vero?»

«La mia infanzia è stata una zona di guerra, Vee. Sento suonare tutti i campanelli sbagliati.»

«Mi piacerebbe che me ne parlassi.»

«Non è una bella storia. I miei genitori erano troppo poveri per sfamare tutti i figli, e alla fine lottavamo per briciole di cibo e di affetto. Non ce n'era mai abbastanza per tutti, perciò erano scontri all'ultimo sangue.» Fa un altro sorriso malinconico. «Non è strano come il passato tenda a ingigantirsi invece di sbiadire con l'età? Pensavo che con il tempo sarebbe stato meglio.»

«Sei mai andato da uno psicologo?»

Scuote la testa. «Troppi strizzacervelli a Hollywood vendono i tuoi segreti alla stampa. Ho sempre odiato che si parlasse di me, eccezion fatta per un'interpretazione magnifica.»

«Ci sarà sicuramente qualcuno più riservato, tesoro, se il

passato continua a tormentarti. Ti prometto che su quest'isola tornerà presto la calma.» Gli appoggio la mano sul braccio. «Se ci lasciamo spaventare, il killer ha già vinto. Che ne diresti di venire a stare con Lily e me a Eden House finché il pericolo non è passato? Lo chiederò anche a Wesley. Saremo più al sicuro con voi due in casa.»

Il suo viso si illumina all'istante. «Molto volentieri.»

«Ti ho portato le chiavi, così potrai andare e venire come ti pare. Lily ne sarà felicissima e poi l'unione fa la forza.»

Phillip mi scocca un bacio sulla guancia, inducendomi a chiedermi perché non lo abbia invitato prima. Il poveretto è stato da solo tutta l'estate con il cuore spezzato. Ricordo di aver sentito parlare della sua tragica infanzia in Canada, in una fattoria malandata. La madre e il padre si rinfacciavano a vicenda la loro povertà e Phillip e gli altri figli erano in mezzo al fuoco incrociato. Provo una rinnovata ammirazione per l'uomo che è diventato e noto lo slancio del suo passo quando entra in casa per prendere qualcosa da bere. Torna con due Manhattan su un vassoio d'argento, la miscela di whisky e vermut sapientemente dosata, con una ciliegina al maraschino a addolcire il mix. Il suo stile impeccabile sarà un altro vantaggio di averlo come ospite a casa.

«Dimentichiamo i nostri problemi, Phil. Voglio godermi la serata; ci basterà restare insieme e vigili. Ho la strana sensazione che il killer sia proprio davanti a noi, se solo riuscissimo a vedere la foresta anziché gli alberi.»

«Mi piace la tua indole battagliera, Vee.» Finalmente il viso di Phillip si apre in un sorriso sincero.

«Troverò il bastardo che sta facendo tutto questo, credimi. Quando scoprirò chi è, lo farò finire in galera per sempre.»

«Non correre rischi e promettimi una cosa. D'ora in poi porta sempre un cellulare con te; ne ho uno di riserva da darti. È una follia essere irraggiungibili in un momento come questo.»

«No, mio caro. Quei marchingegni servono solo per tormentarci. Se una conversazione merita di essere fatta, può aspettare fino al mio ritorno a casa.»

Bevo un altro sorso del cocktail perfettamente miscelato, mentre Phillip mi parla dei suoi preparativi per il tifone, delle imposte di protezione da montare e dei mobili da portare all'interno. Non devo mettere in allarme Phillip nel suo stato di fragilità, ma l'ultima aggressione mi ha scosso. Sacha Milburn è il terzo membro della cerchia di amici di Lily a essere stata presa di mira e questo mi fa temere che lei possa essere la prossima. Una ragione in più per riunire tutti quelli che amo stasera, in modo che nessuno possa farsi del male.

37

Sono le sette di sera quando Nile torna alla stazione di polizia, sempre turbato dall'aggressione ai danni di Sacha Milburn. Il comportamento di Dex Adebayo richiede una verifica, come pure l'atteggiamento difensivo di Sacha nei confronti del dottore. È deciso a rintracciare José Gomez prima di scendere a Britannia Bay. Il giovane giardiniere non può scappare per sempre. È stato assente dal lavoro per tre giorni di fila e sua madre si è mostrata reticente al telefono, ma è giunto il momento di ottenere delle risposte.

L'abitazione della famiglia Gomez ha sempre un'aria vulnerabile, in bilico sulla fragile pedana accanto alla spiaggia. Papa Gomez è un pescatore, ma la sua barca è in secco sulla sabbia rosa. Nile è contento di vedere che gran parte delle imbarcazioni sono state tirate a riva, per metterle al sicuro dalla burrasca. Questa volta sembra che a casa ci sia qualcuno. Quando scende dalla moto, Luella Gomez è in piedi a metà di una scala, intenta a inchiodare un pannello di compensato a una porta a rete, come se quel fragile materiale possa impedire alla casa di essere distrutta se arrivasse il ciclone.

Nile resta sorpreso dalla reazione della donna quando la chiama per nome. La vede scendere di corsa dalla scala e poi correre tra le sue braccia. La madre del giardiniere piange finché le sue lacrime gli inzuppano la camicia e lui non può far altro che mormorare parole di consolazione. Luella è un'esile donna creola di una cinquantina d'anni, madre di cinque figli, con un marito che quando non è per mare si ubriaca al bar, lasciandola completamente sola. Si barcamena tra due lavori come cuoca e donna delle pulizie, proprio come faceva anche la madre di Nile finché era viva.

«Andiamoci a sedere, Luella. Raccontami che cosa succede.»

Mrs Gomez tira fuori un fazzoletto dalla vestaglia di casa. «Scusa, detesto farmi vedere così, ma sono tanto preoccupata.»

«Che cosa è accaduto?»

«José non è tornato a casa dal lavoro ieri sera e ultimamente è molto agitato. Temo che lo ripescheranno dal mare, come quel ragazzo a Old Plantation Bay.»

«L'ho visto poco fa alla Bamboo Church.»

«Grazie al cielo è vivo.» Mrs Gomez si fa più volte il segno della croce, come se il destino di José dipendesse esclusivamente dalla sua fede.

«Come si comporta a casa? Ha seguito Phillip Everard e Lady Vee giorno e notte.»

«È sempre stato un ragazzo irrequieto e preferisce stare all'aperto; va a camminare in riva al mare in piena notte. È difficile farlo dormire in casa.»

«Sai spiegarti come mai tutto a un tratto si è messo a seguire le persone?»

«Mio figlio adora Lady Vee, Lily e Mr Phillip. Credo abbia paura che possa accadere loro qualcosa di brutto. Sono le uniche persone su Mustique che gli hanno offerto una possibilità, perciò vuole proteggerle.»

«Secondo lui sono in pericolo?»

«È l'unica ragione che mi viene in mente. Deve loro la vita.»

«Ne dubito, Luella, quello è un onore che spetta a te. È fortunato che tu ti sia presa cura di lui così bene.» Le parole di Nile fanno sgorgare un altro fiotto di lacrime. «Se lo vedo, lo manderò subito a casa.»

Luella posa la mano sul polso di Nile. «José non causerebbe mai dei guai, Solomon. Certa gente di Lovell ha paura di lui perché è muto, ma Mama Toulaine dice che ha un'anima buona, che sta dalla parte degli dèi. Lo credi anche tu, vero? Ti prego, dimmi che capisci.»

Invece di rispondere Nile le accarezza la spalla. Luella fa parte di quel piccolo drappello di persone che sono corse in aiuto del padre quando è rimasto vedovo. Si ricorda vagamente di lei che gli cantava la ninna nanna, lo imboccava, lo lasciava giocare con i figli più grandi in spiaggia. Gli occhi di Mrs Gomez sono ancora lucidi quando lui se ne va. Nile vorrebbe tanto credere che José non sia coinvolto, ma continua a non trovare una spiegazione per il suo strano comportamento.

38

Lascio che Phillip vada a preparare i bagagli dopo aver finito il drink. Sembra ancora esaltato dal mio invito, come un bambino che si prepari a dormire a casa di un amichetto. Spesso dimentico quanto possa essere insidiosa la solitudine. Jasper mi tiene sempre occupata, è un tornado nella mia vita, simile all'uragano che minaccia Mustique e mette in pericolo tutte le navi nell'Atlantico centrale. La linea che divide la solitudine dalla disperazione è molto sottile.

Ho giusto il tempo di prepararmi prima di andare a prendere Lily al centro medico. Mia madre mi ha insegnato come divertirsi alle feste quand'ero bambina e da allora ho adottato il suo metodo. Scegli bei gioielli, truccati con cura e, soprattutto, sorridi. Gli eventi mondani devono sempre essere affrontati con allegria. Ho un sorriso nervoso quando stendo un velo di rossetto fucsia sulle labbra, ma è sempre la mia risorsa vincente. Mi studio attentamente allo specchio: porto un vestito giallo limone di Harvey Nichols, sandali con il cinturino e una generosa dose di Chanel N°5. Se il killer si presenterà alla veglia stanotte, sono pronta a combattere dietro il mio scudo di make-up. La capacità di osservazione che ho coltivato nel corso degli anni dovrebbe servirmi a identificare ogni genere di comportamento insolito. Applico un ultimo tocco di terra abbronzante sulle guance, poi chiudo a chiave Eden House prima di salire sulla buggy, portando con me il vestito rosso preferito di Lily e un paio di sandali.

Ho i nervi a fior di pelle mentre mi dirigo verso il centro medico, sebbene sia ancora presto. Se Sacha Milburn è stata aggredita in pieno giorno, chiunque di noi è vulnerabile. Quando supero le scuderie, le belle cavalle arabe nel paddock scartano irrequiete. Il vento che si è alzato le innervosisce; una di loro si impenna scalciando in aria prima di galoppare via. Il centro medico odora di medicinali e panico, ma non c'è modo di evitarlo oggi. Voglio sapere esattamente che cosa è successo a Sacha Milburn.

Lily è seduta su una panca fuori dalla camera di Sacha, i piedi scalzi poggiati sul pavimento di linoleum. Capisco che è sconvolta da come balza in piedi e corre ad abbracciarmi. È stata al capezzale dell'amica per ore e ho il sospetto che ci passerebbe volentieri anche la notte se non la trascinassi via. Ha un aspetto vibrante e pieno di vita, la pelle dorata dall'estate tropicale, nonostante le dure prove di questa giornata.

«Pensavo che Sacha fosse annegata, Vee. Non respirava neppure.»

«Tu e Solomon l'avete salvata. È questo che conta.»

Lily ha gli occhi lucidi di lacrime. «In ambulanza sembrava essersi ripresa, parlava con lucidità, ma adesso ha perso conoscenza.»

Prima che abbia tempo di farle altre domande, arriva l'infermiera. Ci informa in tono partecipe che Sacha è sempre priva di sensi e ci spiega che gli effetti di una commozione cerebrale sono imprevedibili. Un paziente può apparire in buone condizioni subito dopo un trauma alla testa e poi scivolare in coma a causa di un ematoma al cervello. L'infermiera ci rivolge un'occhiata benevola e poi ci dice che Sacha dovrebbe essere trasportata in elicottero a St Vincent per una TAC, ma che non sarà possibile farlo finché il tifone non sarà passato.

«Il dottore ha fatto dei test per controllare i riflessi ed è reattiva. È possibile che il suo corpo abbia bisogno di riposo per guarire. Molto probabilmente riprenderà conoscenza, ma lui non sa dire quando. Potete entrare a vederla.»

Provo un tuffo al cuore alla vista di Sacha nel letto del centro medico, i lunghi capelli color rame sparsi sul cuscino, le lenzuola ben tese attorno al corpo. La stanza è un cubicolo bianco. D'istinto spalanco la finestra, per far circolare l'aria e farle sentire il canto degli uccelli là fuori.

Lily tiene la mano dell'amica, un gesto che mi ricorda la sua incredibile gentilezza. «È strano, Vee. È entrata in coma subito dopo che il dottor Pakefield l'ha visitata. Sono uscita per pochi minuti; lui è rimasto da solo in camera con lei.»

«È solo una coincidenza. I sintomi di una commozione cerebrale possono manifestarsi dopo ore.»

Lily non è convinta, e anch'io ho la mente in subbuglio mentre ripenso all'avvertimento di Mama Toulaine. La mia speranza si riaccende quando Sacha spalanca di colpo gli occhi azzurri, fissando qualcosa che solo lei è in grado di vedere, e subito dopo li richiude. Il suo riposo non è più sereno, le mani si agitano convulse in una specie di ballo di San Vito.

«Perché non ti cambi, tesoro? Intanto vado a parlare con il dottore» dico a Lily.

Non c'è traccia di Simon Pakefield nell'atrio. Percorrendo il corridoio mi accorgo che la porta del suo ambulatorio è socchiusa. Dalla fessura intravedo il dottore. È seduto alla scrivania, la testa tra le mani, le dita premute contro le tempie. Rimane nella stessa posizione finché non busso alla porta e lo costringo ad alzarsi in piedi.

«Scusa il disturbo, Simon. Potrei parlarti un attimo?»

«Temo che ci sia solo da aspettare, se è qui per Sacha» borbotta lui. «La mia capacità di intervento è limitata; dovrebbe essere ricoverata in un reparto neurologico, e questo è molto frustrante.»

«Hai l'aria stanca. Ti senti bene?»

«A nessun dottore piace vedere soffrire i propri pazienti.»

Posando lo sguardo sulla sua scrivania noto qualcosa che finora mi era sfuggito. Un altro pezzo di corallo, con una ragnatela incisa sopra. Quando lo prendo in mano, il viso del dottore si anima per la prima volta di emozioni contrastanti, ansia mescolata a rimorso.

«Dove lo hai trovato?» gli chiedo.

La sua espressione torna neutra come al solito. «Fuori dalla camera di Sacha, subito dopo il suo arrivo.»

«Posso prenderlo? Solomon Nile vorrà vederlo.»

«Faccia pure.»

«C'è un'altra cosa. Ti hanno visto prendere un motoscafo per raggiungere l'*Aqua Dream* lunedì notte. Sai spiegarmi perché?»

Batte rapidamente le palpebre. «Non è vero. Ho l'obbligo di rimanere qui ventiquattr'ore al giorno, a meno che non informi i membri del consiglio di amministrazione.»

«Io mi fido molto della persona che me lo ha riferito.»

«Be', si sbaglia.» Prende una cartelletta, nel tentativo di troncare la nostra conversazione. «E ora mi scusi, ma devo tornare al lavoro.»

Mi rendo conto che non vede l'ora di mandarmi via, però il mio atteggiamento nei suoi confronti sta cambiando. «Sono preoccupata per Sacha; il killer lascia pezzi di corallo come biglietto da visita, perciò potrebbe cercare di farle ancora del male. Lily e io stasera saremo alla festa di commemorazione, farò venire qualcuno perché stia di guardia, prima che ce ne andiamo.»

«Qui dentro è perfettamente al sicuro.»

«Meglio non correre rischi. Non voglio che un'altra giovane vita ci sfugga dalle mani.»

La verità è che l'assassino potrebbe essere qualcuno di cui mi sono fidata finora. Magari il dottor Pakefield ha usato il motoscafo del dottor Bunbury per raccogliere campioni di corallo, compreso quello che ha sulla scrivania. Ma se è lui il colpevole, non sembra che la violenza gli arrechi piacere; nella posa rigida delle spalle è evidente tutto il suo tormento.

Lily è uno schianto quando spunta in corridoio, con un vestito rosso che aderisce alla perfezione al fisico slanciato. Non si è truccata, ma la sua pelle sembra risplendere dall'interno. Detesto doverle rovinare l'umore, perché ha affrontato tante brutte cose ultimamente, però non ho scelta.

«Sei incantevole, tesoro, ma potresti chiamare Solomon? Voglio che uno dei fratelli Layton venga qui immediatamente. Il killer ha lasciato un altro pezzo di corallo.»

La tensione sul viso di Lily è in netto contrasto con la vivacità del vestito. Sono più che sicura che l'assassino gioirebbe nel vedere la sua felicità che si spegne.

39

La festa sulla spiaggia è iniziata quando Nile riceve la telefonata di Lily. Lo staff del Basil's Bar ha già acceso un falò sulla sabbia. Britannia Bay è tornata quella che era all'epoca in cui era un ragazzo, la lunga spiaggia a mezzaluna tinta di rosa dal corallo frantumato che forma il tessuto stesso dell'isola, ma l'antico senso di sicurezza è svanito e sarebbe un errore lasciarsi andare alla nostalgia stanotte. Non impiega molto a individuare Charlie Layton che approfitta della birra gratis in mezzo a una folla di abitanti di Lovell. Quando Nile gli ordina di andare a sorvegliare Sacha Milburn al centro medico, parte di corsa. Il principale vantaggio delle ridotte dimensioni dell'isola è che tutto risulta a portata di mano. Layton arriverà al centro medico in dieci minuti, se mantiene un'andatura sostenuta.

Nile torna a osservare la folla in aumento. Lady Vee sembra convinta che Pakefield sia coinvolto, ma il killer potrebbe essere a pochi metri da lui, perché tutti gli assassini sono egoisti. Sono persuasi che la loro vita valga più di tutte e in questo momento lui starà sicuramente gongolando. Si è preso due vite e una terza è in pericolo, ha gettato nella disperazione tre famiglie, ma nessuno immaginerebbe che l'isola è ammantata da una coltre di violenza. L'unico indizio che identifica la festa come veglia sono due grandi foto di Tommy e Amanda sopra il bar temporaneo, i loro sorrisi spensierati come se non avessero una preoccupazione al mondo. I camerieri circolano con bicchieri di vino in equilibrio sui vassoi, l'alcol scorre già abbondante. Alcuni dei vecchi amici di suo padre si rilassano sulle sdraio e gustano l'atmosfera. La festa ha richiamato alcune delle maggiori personalità dell'isola. Keith Belmont parla con Dexter Adebayo, le loro facce serie che fissano il fuoco spiccano tra gli altri ospiti allegri. Sulla sabbia sono state sistemate alcune casse acustiche che diffondono musica di vario genere, calypso, Motown e reggae.

La festa ha attirato fuori dalle loro ville i pochi villeggianti ancora rimasti. C'è un'attrice, un impresario teatrale di New York e un uomo politico britannico. L'atmosfera si sta rilassando, ci sono coppie che ballano, il volume delle risate aumenta. Scoppia un applauso quando per la spiaggia riecheggia un pezzo dei Blue Heaven con la voce roca di Keith Belmont che invita la gente a scatenarsi nelle danze perché domani potrebbe non arrivare mai. Nile sarebbe capace di rimanere a osservare per ore l'edonismo che è l'essenza stessa dell'isola, ma sarebbe un'occasione sprecata. La faccia di Lyron spunta all'altro capo della folla, mentre parla con un membro dello staff del Basil's. Il fratello ha un'aria più rilassata da quando si sono chiariti, è tornato più simile all'allegro ragazzino che ricordava. Nile è contento che sia venuto stasera, così potrà tenerlo d'occhio.

Sono le dieci e mezzo e la tenue luce delle stelle, che a tratti sono nascoste da cumuli di nubi, fa brillare argentea la superficie dell'acqua. Quando Nile si volta, si accorge di José Gomez che lo osserva dalle dune e poi si allontana di corsa non appena i loro occhi si incrociano, come aveva fatto alla commemorazione. La timidezza del giardiniere è nota a tutti, ma Nile è sempre convinto che dietro la facciata riservata possa nascondersi qualcosa di più sinistro. Muove qualche passo verso di lui, ma è già scomparso. Sembra che Gomez voglia tenere d'occhio da lontano gli invitati alla festa. Sulla spiaggia non c'è nient'altro, a parte un filare di coccoloba scolpito dal vento.

Quando Nile controlla il cellulare, è arrivato un messaggio da Charlie Layton. Le condizioni di Sacha Milburn sono gravi ma stabili. Lady Vee gli ha detto di rimanere al suo capezzale, finché qualcuno non andrà a dargli il cambio. Nile comprende che adesso sta alla ragazza salvarsi; dovrà lottare con tutte le sue forze per tornare cosciente. Scruta di nuovo la folla: c'è più di un centinaio di persone che osserva le fiamme sempre più alte, le facce illuminate dai riflessi arancioni. Keith Belmont è circondato da un gruppo di turiste francesi del Firefly e flirta con la più giovane, come ai vecchi tempi. Dexter Adebayo è il più vicino al fuoco. Continua a sembrare molto più inquieto rispetto al tipo flemmatico che gli aveva insegnato a immergersi anni prima, fissa le fiamme mentre gli altri ospiti si divertono.

Wesley Gilbert deve aver detto la verità riguardo a Mama Toulaine, perché stanno seduti vicini, talmente appagati dalla reciproca compagnia da non aver bisogno nemmeno di parlare. Nile è ancora da solo quando Lily Calder gli si avvicina. Stringe in una mano un paio di sandali con il tacco e nell'altra un cocktail. Ha l'aspetto tipico di un'esponente dell'alta società, incantevole con un corto abito rosso, ma da vicino non è così facile etichettarla. Il suo viso è troppo angosciato per essere davvero una ragazza spensierata di buona famiglia.

«Hai l'aria pensierosa, Solomon.»

«Mi sono concentrato così tanto a scrutare in giro che comincio a perdermi le cose.»

«Hai visto la ragazza che parla con Keith? Sembra minorenne.»

«Ho controllato la sua carta d'identità. Ha appena compiuto sedici anni; spero che quella che ha nel bicchiere sia limonata.»

Il volume della musica si alza, *Three Little Birds* di Bob Marley & The Wailers è così assordante che Nile non riesce più a pensare. Indica la battigia e Lily lo segue. L'adrenalina gli scorre in corpo ancora impetuosa; se fosse a Oxford, si metterebbe le scarpe da corsa e uscirebbe per le strade, ma qui gli piacerebbe tuffarsi in acqua e fare una lunga nuotata. Lily Calder sembra pensarla allo stesso modo. Si allontanano lungo la spiaggia, finché la musica della festa si riduce a un lontano pulsare metallico. La sagoma luminosa di una mezzaluna ogni tanto fa capolino tra le nubi.

«Hai scoperto qualcosa sull'aggressore di Sacha?» chiede Lily.

«Può darsi che sia stata seguita dopo la funzione, oppure qualcuno l'aspettava alla villa. Devo scavare più a fondo nella vita delle persone domani, comprese quelle a cui non abbiamo pensato. È un'impresa decisamente sofisticata per un novellino.»

Lily si siede sul tronco di una palma caduta e aspetta che Nile la raggiunga. «Chi è tanto pazzo da aggredire i miei amici e lasciare messaggi così carichi di odio?»

«Lo scopriremo, non preoccuparti. Però devi essere prudente.»

«Non tornerò a lavorare sulla barca della mamma finché non sarà tutto finito.»

«Non sapevo che la *Revival* appartenesse a tua madre.» Nile evita di guardarla direttamente. Erano mesi che non provava un'attrazione tanto forte per una donna, ma non è il momento giusto per abbandonarsi alle emozioni. Lily sembra persa nel suo mondo, ha piegato la testa all'indietro e contempla il cielo notturno. «Quanti anni avevi quando è morta?»

«Cinque, e tu?»

«Ne avevo appena compiuti sette. Fatico a ricordarla adesso, e forse è meglio così. Mio padre la ricorda fin troppo bene. Non si è mai risposato.»

Lo sguardo di Lily è più calmo delle onde che si vanno rinforzando. «Ti sei mai sentito in colpa?»

«Non avrei potuto fare niente per impedirlo.»

«Non saprò mai se doversi occupare di me dopo che papà ci aveva lasciate sia stata l'ultima goccia. Avrebbe potuto seguire la carriera senza una bambina da accudire.» Lily fa una risata vuota. «Scusa, sto diventando sentimentale. È l'insieme dell'alcol e del vedere un'altra amica aggredita. Sarà meglio che torni indietro.»

Nile si alza in piedi contemporaneamente a Lily, che all'improvviso incespica. Quando gli cade addosso, le mette un braccio attorno alla vita per sostenerla. Lei si alza in punta di piedi e lo bacia sulla guancia, mentre dalle casse arriva un vecchio pezzo calypso, la chitarra distorta dal vento. Nile sta per ricambiare il bacio, quando lei si allontana di scatto per tornare verso la luce.

40

La costa caraibica è il punto migliore dove ammirare il cielo notturno e la festa ha raggiunto il suo acme poco prima della mezzanotte. Il vento che soffia dal mare è più forte, anche se l'uragano è ancora a più di centocinquanta chilometri in direzione nord, ma a nessuno degli ospiti sembra importare. Continuano a ballare e a bere con spensierato abbandono. La mezzaluna mi ricorda un dipinto di Atkinson Grimshaw, con le nuvole che ne sfumano il contorno argenteo. In lontananza scorgo Phillip, che indossa una camicia e dei calzoni chiari. Sta parlando con un membro dello staff del Cotton House e sembra più rilassato dopo la nostra chiacchierata. Il personale del Basil's ha organizzato la serata in maniera impeccabile, ma la cosa non mi sorprende. Le feste improvvisate sono all'ordine del giorno a Mustique, e loro sono in grado di rimediare cibo, bibite e un impianto stereo nel giro di un'ora al massimo. Tuttavia l'evento non è riuscito a dare una risposta alle mie domande. Ho passato le ultime ore a esaminare la folla alla ricerca di indizi di un comportamento colpevole, mentre Lily e Solomon facevano lo stesso. Forse la spiegazione più semplice del perché non individuiamo il killer è che lo abbiamo già trovato. Il dottor Pakefield è ancora al centro medico, piantonato da Charlie Layton, e Keith Belmont è scomparso un'ora fa con una ragazza del Firefly. Non capisco perché abbia permesso a un uomo che potrebbe essere suo nonno di portarla a casa, ma il successo può essere molto seducente quando sei giovane. Non riesco a togliermi dalla testa che lui sia in qualche modo implicato. Keith mi ha rivolto un sorriso tirato mentre si allontanava con la ragazza, il braccio a cingerle le spalle.

Il tempo torna indietro quando le fiamme del falò diventano più alte, con il vento che lancia una pioggia di scintille arancioni in cielo. Vorrei che Jasper fosse qui; la sua personalità anticonformista emerge in qualsiasi occasione mondana, assicurando il divertimento per tutti. Alcune tra le massime celebrità mondiali hanno perso le loro inibizioni su questa spiaggia, travolte dalla libertà di Mustique. Ho visto tantissimi personaggi famosi del palcoscenico e dello schermo scomparire tra le dune per incontri illeciti, mai menzionati fuori dalle spiagge di Mustique. Ma quando riapro gli occhi ci sono dei fantasmi che indugiano ai margini del mio campo visivo. L'unica fonte di luce adesso è lo scintillio delle stelle in cielo, mentre il vento sospinge le nubi verso l'entroterra. Le morti di Tommy e Amanda occupano i miei pensieri. Devo restare lucida, per scoprire perché sono stati uccisi.

Ho partecipato a un numero tale di feste in vita mia che so riconoscere alla perfezione il momento in cui l'energia della folla si raffredda. Alcuni *aficionados* se ne sono già andati, compreso Dex Adebayo. È l'una del mattino e i balli rallentano, sebbene la voce di Van Morrison continui a ripetere dalle casse che è una notte meravigliosa per una *moondance*. Tutti si girano verso di me quando salgo su una cassa di birra lasciata sulla sabbia per pronunciare il saluto finale.

«Grazie a tutti di essere stati con noi, per ricordare due giovani speciali. Tommy non aveva nemmeno trent'anni, ma aveva un animo antico; gentile, serio e affettuoso. Amanda amava le feste, ma era una ragazza intelligente, sempre leale, soprattutto verso la mia amata Lily. Non dobbiamo mai dimenticarci di loro. E adesso facciamo un brindisi tutti insieme, in loro onore, e mi raccomando, non andatevene via subito, d'accordo? C'è ancora tantissimo champagne.»

La folla esulta e batte le mani; Lily mi guarda raggiante, anche se la festa non ci ha dato risposte. Ho visto soltanto la solita riunione di amici e conoscenti, intenti a festeggiare per dimenticare la minaccia che incombe su di noi. I villeggianti del Firefly e del Cotton House hanno ballato e trangugiato enormi quantità di alcolici. Io per ora non ho freddo nel mio vestito leggero, ma sono pronta a tornare a casa. La reazione di Wesley alla mia richiesta di aiuto mi ha riempito di gratitudine. Quando gli ho chiesto protezione, si è messo quasi sull'attenti, prima di correre a casa a prendere il necessario per la notte. Non mi sono mai sentita tanto fortunata come adesso di averlo come maggiordomo, per la sua incrollabile lealtà.

Lily sta chiacchierando, ma poco fa l'ho vista scomparire nel buio con Solomon Nile. Spero che siano stati bene insieme, oltre a parlare delle indagini. Ha bisogno di distrarsi dopo la veglia al capezzale di Sacha Milburn, ma Solomon sembra estremamente concentrato. Sono sicura che non ha bevuto nemmeno un goccio, come me, per restare lucido. Nel mio bicchiere c'è succo di mela limpido mescolato ad acqua frizzante, che ha un aspetto identico allo champagne; non voglio sembrare una guastafeste, ma non è il momento giusto per abbassare la guardia.

All'improvviso Phillip spunta tra la folla. Mi toglie di mano il bicchiere e lo posa su un tavolo, quindi mi appoggia la mano sul polso. «Balla con me, Vee. Ho chiesto di mettere la tua canzone preferita. Ho aspettato questo momento tutta la sera.»

Dalle casse esce la voce di Bryan Ferry che canta *Smoke Gets in Your Eyes*. Si leva un altro coro di esclamazioni, perché Ferry è un ospite molto popolare di Mustique, quindi le voci si smorzano. Phillip mi fa ballare intorno al fuoco in un valzer lento, mentre tutti gli altri ci fanno spazio e ci guardano. Provo a immaginare come sarebbe essere sposata a Phillip anziché a Jasper, solo per un attimo, prima di scacciare il pensiero.

«Fare in modo che tutti tornino a casa in sicurezza sarà

difficile» mormora Phillips. «Ho suggerito che vadano in gruppo.»

«Hai notato qualcosa di strano?»

«Dex mi sembrava piuttosto teso e Keith Belmont ha rimorchiato una studentessa nella sua tana.»

«Spero che non le accada niente.»

«Solomon andrà a fargli visita. Mandiamo a casa tutti, poi ci berremo un drink della staffa in terrazza da te.»

«Ottimo.» Mi stringe brevemente le spalle prima di svanire in mezzo alla folla. Ho intenzione di dichiarare chiuse le celebrazioni, ma prima riprendo il bicchiere che ho lasciato sul tavolo e lo svuoto in due sorsate da quanto ho la gola secca a forza di parlare.

Passo un quarto d'ora a chiacchierare con gli ospiti in partenza, poi sono assalita da una strana sensazione. Guardando il fuoco ho la sensazione che le fiamme ardano fuori controllo, mentre gli abiti della gente pulsano così sgargianti che devo chiudere gli occhi. Quando li riapro vengo assalita dalle vertigini e i pensieri mi vorticano confusi nella testa. Cerco Phillip o Lily per farmi aiutare, ma sono troppo lontani. Un'ondata di nausea mi sale in gola e l'istinto mi spinge ad allontanarmi dalla folla. Corro verso le piante di coccoloba prima di cadere carponi. Mi gira sempre la testa, ma cerco di tornare verso la folla per chiedere aiuto, quando sento un fruscio tra le foglie. Qualcuno mi afferra da dietro, bloccandomi le braccia con forza. Sono sicura che ogni dito mi lascerà il segno. Poi avverto un improvviso dolore alla schiena, così atroce da lasciarmi senza voce. Non riesco nemmeno a chiamare aiuto, la luna svanisce tra gli alberi mentre la vista mi si annebbia.

TERZA PARTE

Bollettino meteo tropicale

National Hurricane Center, Miami, FL

Mercoledì, 18 settembre 2002

Avviso a tutti i naviganti:

il National Hurricane Center emette un'allerta
per l'uragano Cristobal, a nord di Haiti.

Rotta rilevata: sud, verso le Isole Sopravento
con una velocità di centosettanta chilometri l'ora.
Livello di rischio attuale: elevato

41

Mercoledì, 18 settembre 2002

Nile osserva gli ospiti che se ne vanno. L'uragano ha toccato terra, il vento arriva a raffiche che agitano i vestiti, ma la maggior parte delle persone è di ottimo umore, qualcuno è così sbronzo da appoggiarsi alla spalla degli amici mentre si salutano. È l'una passata quando lo staff del Basil's Bar raduna le casse di ghiaccio e ripiega i tavoli. Lily dà una mano a raccogliere le bottiglie di birra vuote sparse sulla sabbia. Il falò si sta già spegnendo, le fiamme danzano meno alte nel vento impetuoso. Dense nubi si agitano in cielo inghiottendo le stelle.

Phillip Everard sembra aver superato bene la serata, anche se Nile lo ha visto scrutare la folla, chiaramente nella speranza di individuare il killer. Ha l'aria stanca quando gli si avvicina.

«Hai visto Vee?» chiede.

«Pochi minuti fa stava parlando con un ospite del Cotton House.»

«Devo trovarla. Vuole dare le mance al personale prima che tutti vadano via.»

I due uomini scrutano la spiaggia, poi Nile tira fuori il telefono e chiama Eden House. Negli occhi di Everard si accende un lampo di panico quando nessuno risponde. L'affetto di quell'uomo per Lady Vee è stato evidente fin dal principio, come se lei fosse una delle poche persone di Mustique di cui l'attore si fidi veramente. Stanno ancora discutendo su dove possa essere andata, quando una sagoma sbuca dall'oscurità. José Gomez ha scelto uno strano momento per ricomparire, proprio alla fine della festa. Ha i capelli spettinati, i vestiti coperti di sabbia; sul suo viso c'è un'espressione sconvolta mentre afferra il polso di Lily. Con grande urgenza cerca di trascinarla sulla spiaggia. Nile vede le sue labbra formare delle parole che rimangono senza suono. Lily fa del suo meglio per tranquillizzarlo, ma lui non se ne accorge. Il comportamento del ragazzo cambia di colpo quando arriva Nile. Curva le spalle, come un bambino che aspetti un castigo, anche se il sergente gli parla con voce gentile.

«Che cosa succede, José? Tua madre è preoccupata per te.»

Il giardiniere trasferisce la propria attenzione su Nile; con sguardo implorante gli fa cenno di seguirlo. Gomez si avvia di corsa sulla spiaggia, seguito dal sergente, i loro passi guidati dalla luna. Si ferma all'altezza della dune buggy di Lady Vee e a quel punto l'ansia di Nile aumenta. Lei non sarebbe mai andata via a piedi prima del termine della festa lasciando lì la macchina. Gomez indica nuovamente verso la buggy. Quando Nile guarda meglio, scopre un pezzo di corallo sul sedile di guida. Sulla superficie sono incise due frecce incrociate.

«Non anche tu» borbotta Nile sottovoce.

Gomez è già scappato via, ma le lunghe falcate del sergente gli consentono di raggiungerlo. Il ragazzo è senza fiato quando lo afferra per una spalla.

«Chi l'ha presa, José? Che cosa hai visto?»

Gli occhi di Gomez si riempiono di lacrime che poi gli scendono sulle guance, ma è l'espressione a convincere Nile della sua innocenza. È confuso, come se il mondo degli adulti fosse un enigma che non è in grado di risolvere. Il sergente gli dice di tornare di corsa a casa. Gomez gli ha mostrato che Lady Vee è stata presa da qualcuno, ma non sa spiegare perché. Chiunque sia l'autore del gesto, lo ha terrorizzato. Il killer deve essere rimasto appostato tra le dune. Nile era così occupato a scrutare la folla in cerca di comportamenti anomali da non pensare che l'organizzatrice stessa potesse essere aggredita sotto il suo naso.

Lily è atterrita quando Nile torna alla buggy; stringe convulsamente la mano di Phillip Everard, ma parla con voce calma.

«Vee è stata rapita, vero? José ha visto tutto.»

«Voi due tornate a Eden House, per favore. Chiudete a chiave tutte le porte e aspettatemi lì.»

Everard scuote la testa. «Verrò con te. Dobbiamo catturare quel maniaco prima che faccia del male a Vee.»

Nile si tocca la pistola che porta con sé da quando ha indossato l'uniforme alla centrale di polizia. «Sono armato, ricorda? È mio dovere salvaguardare la vostra sicurezza.»

Lily protesta con foga, ma Nile si assicura che Everard l'aiuti a salire sulla buggy e poi parta verso Eden House. Rimane da solo sulla spiaggia, dove l'unico segno della festa sono le braci del falò, mentre la pallida faccia della luna occhieggia imperscrutabile tra le nubi. Prova una strana sensazione: è sicuro che qualcuno lo stia osservando. Si sente come a Oxford, quando un'altra vita gli era sfuggita dalle mani. Nessuno all'epoca lo aveva incolpato, ma la sua coscienza non ha più smesso di tormentarlo.

«Lurido bastardo!» urla nel buio.

L'unica risposta che ottiene è l'ululato del vento sopra la testa quando l'uragano infine si scatena e lo condanna con il suo grido di battaglia, mentre corre verso l'entroterra.

42

Gli incubi si susseguono veloci e incalzanti. Vedo Lily che nuota in mare aperto; le onde si infrangono a riva e all'orizzonte c'è una striscia nera di nuvole. Provo a chiamarla, ma la mia voce si perde nella tempesta. Quando apro gli occhi di scatto è svanita. Vedo solo oscurità. Ho uno straccio ficcato in bocca e un bavaglio stretto sulle labbra.

Non riesco a capire il dolore che ho tra le spalle e tutte le volte che deglutisco sento il puzzo pungente di qualche sostanza chimica. Sono sdraiata su un pavimento di cemento umido, la guancia appoggiata per terra, tutti i muscoli doloranti. Ho le mani e i piedi intorpiditi a causa delle corde strette saldamente intorno ai polsi e alle caviglie. Non mi sono mai sentita così vulnerabile, sdraiata in posizione fetale, in balia del killer.

Un attimo prima ballavo con Phillip, poi l'ho scorto che faceva il pagliaccio con Lily all'estremità opposta della folla e la vista mi si è annebbiata. Metto in successione gli eventi e arrivo alla verità. Il mio drink era drogato. Questo spiega la vertigine, l'orribile sapore che ho in bocca e il tremore alle membra. Sarei dovuta rimanere con le persone che amo, invece di barcollare via, alla disperata ricerca di un punto dove appartarmi. Devo fare tutto il possibile per restare viva. Capisco di essere nei pressi di qualche villa. Chiunque mi abbia trascinato qui ha paura che possa gridare, altrimenti perché imbavagliarmi? Strofino la guancia per terra, nel tentativo di allentare il bavaglio, ma riesco solo a graffiarmi contro la superficie ruvida del pavimento.

Ho intenzione di lottare con ogni fibra di me stessa, ma sono in trappola e la mia situazione è davvero disperata. Sento un ronzio meccanico nelle orecchie e il richiamo mattutino di un uccello tropicale che vola sopra la mia testa.

43

Nile passa in rassegna mentalmente i possibili sospettati mentre la dune buggy sobbalza sulla sabbia. È sicuro che l'assassino abbia un conto personale da saldare con Lady Vee. I suoi sospetti si concentrano ora su Keith Belmont e Dexter Adebayo. Se sapesse quale dei due uomini rintracciare prima potrebbe evitare l'assassinio di una donna che rispetta da una vita. Il vento si è rinforzato all'improvviso e piega le palme lungo la strada, mentre sfreccia verso la villa di Keith Belmont. La vecchia rockstar è l'unica persona su Mustique che Lady Vee detesti apertamente, e Nile è sicuro che nasconda qualcosa. Il musicista se n'è andato dalla festa piuttosto presto in compagnia di una giovane turista, ma potrebbe averla usata solo come alibi, per poi tornare indisturbato e portare a termine il rapimento.

In circostanze normali il sergente non si presenterebbe mai in una delle ville alle due del mattino, soprattutto sapendo che il proprietario sta seducendo un'adolescente, ma in questo momento non gli importa niente delle rimostranze che arriveranno ai suoi superiori. Continua a premere il citofono finché una voce biascicata gli intima di smetterla.

Belmont indossa dei boxer con una maglietta nera e ha la faccia aggrottata quando apre il portoncino blindato.

«Si può sapere che diavolo vuole?»

Nile entra prima che l'altro possa impedirglielo. «Lady Vee è scomparsa.»

Sul viso del musicista compare un'espressione scioccata, ma potrebbe essere una finta, come quando ha dichiarato di essere un uomo ravveduto. Puzza di alcol e sigarette, il linguaggio del corpo sfacciato riflette il suo disagio di essere stato colto sul fatto. Se ne va impettito, poi torna con indosso un accappatoio, più rilassato ora che è abbigliato in modo più decoroso. Prende due bicchieri d'acqua, sempre con la fronte aggrottata, mentre Solomon torreggia sopra di lui.

«Dov'è la ragazza del Firefly?»

«Sono tornato in me appena in tempo, grazie a Dio. L'ho accompagnata all'hotel e le ho dato un casto bacio della buonanotte. Merito una medaglia per questo, no?»

«E perché?»

«Sto cercando di cambiare.» La testa gli ricade in avanti all'improvviso. «Mi basta provare qualcosa una volta per desiderarla sempre, è questo il problema di una personalità che tende alla dipendenza. Quelli come me non smettono di mangiare quando hanno la pancia piena, come il resto dell'umanità, e la cosa non riguarda solo il sesso. Vale anche per gli spinelli, l'alcol e le droghe. Adesso sono persino ossessionato dal corallo. Ma ho insistito in maniera inopportuna con il progetto di Lily. Dovrei scusarmi.»

«Sta dicendo che la ragazza è al sicuro?»

«Sarà sicuramente sotto le coperte, ma ho bisogno di uno come te che mi tenga in riga. La tentazione di portarla qui per non svegliarmi da solo è stata troppo forte, maledizione.» Belmont sospira e Nile si domanda se finalmente stia emergendo la sua vera identità. «Stasera ho sballato in grande stile, ma domani tornerò sulla retta via.»

«A che ora è tornato a casa?»

«Più di un'ora fa, e mi sentivo un perfetto idiota. Ho rovinato la vita di troppe donne.» Finalmente gli occhi iniettati di sangue di Belmont si posano sul viso di Nile. «Sai che cosa fa male veramente? I miei figli hanno smesso di parlarmi da anni. Non rispondono neppure alle mie telefonate.»

«La cosa non è rilevante adesso. Devo trovare Lady Vee.»

Belmont ignora le sue parole. «Hai mai avuto qualche vizio, Solomon?»

«Sono un patito dell'esercizio fisico. Andavo in palestra o correvo tutti i giorni quand'ero a Oxford.»

«Quello non conta.» La risata beffarda di Belmont somiglia al gorgoglio di un liquido in un tubo di scarico. «I miei erano l'alcol e le droghe. Mi bastava alzare il telefono.»

«A chi si rivolge?»

Lui non risponde subito. «Mai due volte alla stessa persona.»

«Dex Adebayo?»

L'espressione sorpresa sul viso di Belmont conferma a Nile di aver indovinato. Spiega anche il coinvolgimento di suo fratello; Lyron lo vede tutti i giorni.

«A lei non è mai piaciuta Lady Vee, vero, Mr Belmont?»

«Ci sopportiamo, ma in genere gli aristocratici disprezzano le persone comuni. Lei si crede un gradino sopra gli altri, e suo marito lo stesso.»

«Non è questa la mia esperienza.»

«Ha avuto ogni genere di privilegio. Sapevo che avrebbe mandato tutto all'aria per il progetto di Lily. Avrei potuto finanziarlo io da anni, ma lei non vuole che ci metta le mie luride zampacce.» La voce del musicista si tinge di amarezza. «Secondo lei gli uomini come noi dovrebbero stare nelle fogne.»

«Lady Vee è la donna più generosa di Mustique. I Blake hanno pagato la mia istruzione, e senza condizioni.»

«Sei un ingenuo.» Belmont posa il bicchiere sul tavolo con più impeto del necessario. «Se provassi a uscire con la sua preziosa pupilla, ti caccerebbe dall'isola.»

«Non sono d'accordo» ribatte Nile guardandolo negli occhi. «Può dimostrare a che ora è tornato a casa?»

«Ho scritto qualche e-mail. Sarà indicata l'ora in cui le ho spedite.»

«Mi faccia vedere il suo computer, se non le dispiace.»

«Ho anche fatto una telefonata, al pastore Boakye.»

«A che proposito?»

«Mi permette di chiamarlo tutte le volte che cado in tentazione. Capisce che sto combattendo contro i demoni. Forse perché anche lui ha i suoi.»

«Che cosa intende dire?»

«Mi piace sapere con chi ho a che fare, perciò ho controllato in rete e ho fatto qualche telefonata. Ne è venuto fuori che non ci sono tracce di una sua formazione in un seminario della Nigeria, né di un suo servizio in una chiesa di Lagos, ma che differenza fa? Quel tizio mi ha dimostrato una gentilezza superiore a chiunque altro qui.»

L'interesse di Nile si accende all'improvviso. Molti isolani hanno cantato le lodi del religioso, ma potrebbe trattarsi di un impostore. Avrebbe dovuto controllare il suo CV prima di credere alla storia che fosse stato mandato all'estero dal suo vescovo.

Belmont fissa il piano del tavolo. «L'unica persona a cui faccio del male sono io stesso. Lady Vee è una snob, ma non è un mio problema. Perché dovrei vendicarmi proprio adesso, dopo una vita trascorsa a essere trattato dall'alto in basso?»

«Il corallo ha una grande importanza per lei, vero?»

«Perché è come me. Un vero redivivo. Sono andato in overdose per sbaglio e ho avuto un trapianto di fegato. È un miracolo che sia ancora qui, e con il corallo è la stessa cosa. Puoi rigenerare un'intera barriera con qualche innesto ben piazzato.» L'espressione bramosa sul viso di Belmont coglie di sorpresa Nile.

«Mi mostri quelle e-mail, per favore.»

«Anche tu combatti con dei demoni, Solomon. Ti si legge in faccia. A chi hai fatto del male lungo il tuo percorso?»

«Non mi costringa ad arrestarla, Mr Belmont.»

Il musicista si alza in piedi lentamente. Nile ha il cuore in gola, anche se non è il momento giusto di soffermarsi sugli errori del passato. Il ciclone sferza il tetto della villa, il suo grido simile a un lamento stridulo.

44

La stanza è completamente buia, a parte le schegge di luna che filtrano dalle fessure nelle pareti di legno. Molte immagini si affollano nella mia mente. I miei figli da piccoli, che mi corrono incontro quando vado a prenderli a scuola. I due che ho perduto sono di nuovo vivi tra le mie braccia. Voglio seguirli, basterebbe lasciarmi andare, ma l'istinto mi spinge a lottare per tornare in superficie. La droga che ho in corpo mi provoca violenti spasmi, eppure la testa è lucida e vigile. Devo tornare a casa per Lily. Quella ragazza ha già perso troppe persone care; non voglio che debba organizzare un altro funerale.

Finalmente riesco a vedere meglio. Noto un tosaerba, dei secchi e degli spazzoloni. Sforzando ulteriormente gli occhi riconosco contenitori di sale e cloro sui ripiani e sono assalita dallo shock. Questo posto mi risulta familiare perché mi appartiene. Sono rinchiusa nel capanno della piscina dove José tiene l'attrezzatura per pulirla. La baracca si trova a un centinaio di metri dalla terrazza di Eden House, seminascosta tra gli alberi e i cespugli di ibisco. Impulsivamente sposto la testa all'indietro e provo a gridare, ma l'unico suono che mi esce dalla bocca è un mormorio soffocato.

45

Arrivato al centro medico, Nile vede Charlie Layton di guardia fuori dalla camera di Sacha Milburn. Finalmente l'uomo sembra aver capito l'importanza del suo ruolo; è seduto con la schiena dritta, gli occhi fissi sulla porta, pronto a impedire l'ingresso a qualunque sconosciuto. Appare emozionato quando Nile lo ringrazia, come uno scolaro che riceve una lode dal suo insegnante preferito. Sacha è sempre priva di conoscenza, i riccioli rossi sparsi sul cuscino. Dopo una decina di minuti il dottor Pakefield entra impetuosamente nella struttura in uno stato di agitazione.

«Dov'era, dottore?» domanda Nile.

«A prendere una boccata d'aria fresca.»

«Mentre infuria un uragano? Dobbiamo andare a parlare nel suo ufficio, per favore.»

La faccia del medico è animata da un violento risentimento trattenuto, ma rimane in silenzio finché entrambi non sono nel suo studio.

«Che cosa succede? Devo controllare le condizioni di Sacha.»

«Di recente si è assentato senza autorizzazione. Io la chiamerei inadempienza al suo dovere.»

«Che cosa vorrebbe dire?»

«È stato visto a bordo di un motoscafo, diretto all'*Aqua Dream*. Pensava davvero che tutti sull'isola dormissero? Ho dei testimoni, dottor Pakefield. Tanto vale che mi dica che cosa è successo.»

Il medico si lascia cadere sulla sedia, improvvisamente sfinito. «Sono stato chiamato, lunedì notte, da un membro dell'equipaggio che mi ha detto che avevano bisogno con urgenza di un dottore.»

«Secondo i termini del suo contratto lei deve restare sull'isola, a meno che non abbia l'autorizzazione a lasciarla.»

«Quell'uomo sembrava disperato.» Lo sguardo del medico si rivolge verso la porta, quasi progetti di scappare.

«Quanto le hanno dato?»

«Sembrava un'autentica emergenza. Sapevano che era una violazione del contratto, così mi hanno ricompensato. Non mi aspettavo di ricevere un onorario.»

La sagoma massiccia di Nile getta un'ombra sulla scrivania. «Mi dica tutto, altrimenti rischia di perdere l'abilitazione.»

«A bordo dello yacht ci sono solo due membri dell'equipaggio. Uno di loro si era tagliato una gamba durante un'immersione. La ferita si era infettata e andava suturata. L'ho medicato, poi me ne sono andato subito. Sono rimasto a bordo solo mezz'ora.»

«Quanto l'hanno pagata?»

Il dottore sbatte rapidamente le palpebre. «Il comandante mi ha dato una busta che conteneva tremila dollari.»

«Una somma ragguardevole per medicare un taglio, se è davvero ciò che ha fatto. Chi altri ha visto a bordo dello yacht?»

«Soltanto un uomo sui trent'anni con una ferita infetta. Mi è sembrato che quei due si annoiassero. Volevano raggiungere la destinazione successiva e poi tornare a casa. Sono in mare da mesi.»

«Perché Sacha Milburn ha paura di lei? Era terrorizzata dopo l'aggressione.»

«Gliel'ho già detto, i traumi alla testa possono causare delirio.»

«Mi dica la verità, altrimenti dovrò arrestarla.»

Le spalle di Pakefield si curvano ancora di più. «Il mio

matrimonio è in crisi» sussurra. «Mia moglie è tornata in Gran Bretagna con i bambini. Sono andato a bere qualcosa al Firefly, per dimenticare i problemi, e c'era Sacha. Siamo andati a letto insieme, solo una volta. Me ne sono pentito immediatamente, perché voglio ritornare con mia moglie. Forse la mattina dopo non sono stato particolarmente gentile, ma avevo commesso uno stupido errore.»

«Quindi Sacha ha un motivo per odiarla dopo che lei l'ha respinta, e scommetto che ha bisogno di soldi per il divorzio. A Mustique guadagna il doppio che a St Vincent e le rette scolastiche dei suoi figli saranno esorbitanti.» Nile guarda di nuovo il dottore. «Ha trovato un motoscafo ed è salito a bordo dell'*Aqua Dream*. Quanto la pagano perché tenga la bocca chiusa sulle loro operazioni?»

«Non ho visto niente.»

«Secondo me lei invidia i residenti di Mustique. Le loro grandi ville con piscina le causano risentimento?»

«Se così fosse, perché sarei venuto a lavorare qui? È la bellezza naturale di questo posto ad attrarmi.»

«Lei ha mentito, dottor Pakefield. Come posso fidarmi di quello che dice? Rimanga in corridoio, dove Charlie Layton possa vederla, e non tocchi Sacha Milburn neppure con un dito. Mi ha capito?»

«Ho soltanto aiutato un uomo ferito.»

«Mi mostri che cosa tiene nella scrivania prima di uscire.»

Il dottore spalanca la bocca. «Solo oggetti personali.»

«Apra il cassetto.»

La prima cosa che Nile vede è un quaderno rosso con il nome di Sacha scritto sulla copertina.

«Come ne è venuto in possesso?»

«Me l'ha dato Sacha perché lo mettessi al sicuro.»

Nile non perde tempo a obiettare a una bugia tanto smaccata. Si limita a fare un cenno con la testa per indicare a Pakefield di seguirlo. Il sergente percepisce la collera che emana dal dottore quando si siede in corridoio, le braccia incrociate sul camice bianco inamidato.

Charlie Layton sembra gratificato di ricevere un'ulteriore responsabilità. Nile preferirebbe chiudere in cella di sicurezza Pakefield, ma è l'unico medico sull'isola e Sacha ha bisogno del suo aiuto. Sta per andarsene quando Layton si gira verso di lui.

«La ragazza sta molto male» bisbiglia. «Devo chiamare il pastore Boakye? Se c'è qualcuno che può salvarla, è lui. Quell'uomo sa fare miracoli.»

«Cosa intendi dire?»

«Mia moglie ha perso un bambino a gennaio. Non ci stava più con la testa, finché lui è venuto a trovarci. Possiede dei poteri di guarigione.»

«Non credo nei miracoli, ma ho bisogno di vederlo, perciò lo farò venire presto. Sacha crede in lui, quindi potrebbe essere utile.» Nile sta per uscire, ma la tempesta infuria già violenta. Il vento strappa le tegole dei tetti facendole volare sugli alberi, sconquassa le alte piante di erba della pampa fino a schiacciarle a terra. «Tu che vivi qui da sempre, Charlie, se dovessi indicare un possibile killer tra gli abitanti del posto, chi sceglieresti?»

«Dex Adebayo» risponde Layton senza esitazioni. «Non c'è niente di buono in un uomo che maltratta la moglie.»

Nile si sente raggelare il sangue. «È violento con Cherelle?»

L'espressione di Layton è solenne. «Casa loro è vicina alla nostra. Li sentiamo litigare. Tutte le volte che busso alla porta lei è troppo terrorizzata per parlare.»

46

Sta già scendendo la sera quando sento un rumore. È appena percettibile oltre il fragore del vento; potrebbe essere il battito del mio cuore, ma si fa sempre più nitido. Dei passi vengono verso di me sul cemento. Non riesco a capire se si tratti di un uomo o di una donna, ma tengo gli occhi aperti. Devo affrontare chiunque stia arrivando senza batter ciglio.

Una luce abbagliante invade il capanno quando la porta si spalanca, accecandomi dopo tutto il tempo passato al buio. Qualcuno mi punta in faccia una pila, poi sento cadermi addosso un telo di plastica. Ho sempre le mani legate dietro la schiena, ma se non altro ho ritrovato le energie; non mi arrenderò senza lottare. Scalcio con violenza, ma la reazione è immediata. Vengo trascinata fuori dalla baracca e il vestito si strappa. La plastica mi svolazza intorno al viso e per un attimo scorgo Eden House. La mia casa è un castello delle fate, irraggiungibile. Non vedo più niente di nuovo, e vengo gettata su una superficie dura; subito dopo un motore si accende borbottando. Mi stanno portando da qualche parte. Cerco di rimanere razionale, per tenere a bada il panico. Viaggiamo verso ovest, sulle strade più sconnesse dell'isola. Il killer cerca di non farsi vedere.

Non ho ancora capito chi mi abbia rapito, ma se non altro il tragitto è breve. Vengo sollevata da terra, il telo di plastica è avvolto più stretto intorno al mio corpo, rendendomi difficile respirare. Stavolta capisco benissimo che cosa sta succedendo. Sono sdraiata a bordo di un motoscafo, il cui violento rollio mi sbatacchia dolorosamente qua e là. Soltanto un pazzo affronterebbe il mare agitato da una furiosa tempesta. Le onde schiaffeggiano le fiancate dell'imbarcazione finché il motore fuoribordo prende vita con un sussulto. Con le spalle urto la fredda vetroresina e digrigno i denti, mentre il motore accelera ululando e spruzzi gelidi mi colpiscono quando i cavalloni si infrangono contro lo scafo.

47

La pioggia scroscia così forte da dare a Nile l'impressione che dagli alberi vengono rovesciate secchiate d'acqua. Quando arriva a Eden House, si rende conto che anche la villa è messa a dura prova dall'uragano, con le imposte che cigolano sui cardini. Deve lanciarsi controvento per salire i gradini, nonostante la sua stazza. Ha i vestiti fradici quando arriva in veranda e il quaderno di Sacha Milburn ha subito lo stesso destino; la copertina è bagnata, le pagine incollate. Lily gli apre la porta e appare provata dalla scomparsa di Lady Vee, ma se non altro gli ha ubbidito e si è messa al sicuro. Richiude con il chiavistello, poi lo conduce in cucina, dove Phillip Everard è seduto a tavola. È un sollievo vederlo; ci sarà bisogno di tutti i più fedeli alleati di Lady Vee per riportarla a casa. L'attore si alza in piedi all'arrivo del sergente, chiaramente ansioso di avere informazioni, ma Wesley Gilbert entra dalla porta di servizio prima che gli altri possano parlare.

«Ho appena controllato la proprietà» annuncia. «Qualcuno di recente è stato nel capanno della piscina. La serratura è forzata e ho trovato una corda. E credo che questo appartenga a Lady Vee.»

Appoggia sul tavolo un sandalo con il tacco e Lily annuisce sgomenta.

«Sì, è di Vee.»

«Dobbiamo agire come una squadra» dice Nile. «A quanto pare hanno usato il capanno della piscina di Lady Vee per tenerla prigioniera, come se volessero farsi beffe di noi. Abbiamo tre sospettati principali: Dexter Adebayo, Keith Belmont e il dottor Pakefield. Dex e Keith se ne sono andati presto dalla festa e Pakefield potrebbe essersi assentato dal centro medico al momento giusto per aggredire Lady Vee. Si è impossessato del diario di Sacha e potrebbe aver lasciato sguarnito il centro medico il tempo necessario a catturare Lady Vee e nasconderla da qualche parte. A quanto pare il pastore Boakye ha mentito, ma non è il nostro killer. Non avrebbe avuto tempo di raggiungere villa Stargazer dalla Bamboo Church per aggredire Sacha, però potrebbe aver tenuto nascoste delle informazioni. Continuo a credere che l'*Aqua Dream* sia in qualche modo coinvolto, ma non ho l'autorità per salire a bordo.»

Gilbert è il primo a rispondere. Il suo passato militare è più che evidente; tiene la schiena dritta come se avesse ricevuto una chiamata alle armi.

«Prima dovremmo controllare Dexter. Lui è a conoscenza di tutto quello che accade sull'isola.»

«Penso che spacci droga, tra l'altro» dice Nile. «È anche possibile che maltratti la moglie; potrebbe essere abbastanza squilibrato da essere l'autore delle aggressioni.»

Lily scuote la testa. «A me è sempre sembrato una persona perbene.»

«Purtroppo è vero di tantissimi assassini.»

Nile guarda fuori dalla finestra, dove il prato della villa è ricoperto di foglie e rami che il vento ha strappato con violenza dagli alberi. È troppo buio per valutare le condizioni dell'oceano, ma i cavalloni si infrangono sulla spiaggia sottostante, lanciando un altro assalto alla sicurezza dell'isola. Esamina il trio di aiutanti. Lily si è tolta il vestito rosso e si è messa un paio di jeans e una maglietta, ma è sempre bellissima, nonostante l'ansia.

Phillip Everard è chino sul tavolo, le dita che tamburellano veloci. «Stiamo perdendo tempo. Se non la troviamo subito, quel bastardo la ancorerà sul fondo dell'oceano.»

«Qualcuno deve leggere il diario di Sacha» dichiara Nile. «Sorvegliava l'isola. Potrebbe contenere prove utili.»

«Volete che lo faccia io?» si offre Phillip. «In vita mia ho letto abbastanza copioni idioti.»

«Sarebbe molto utile, grazie. Wesley, puoi pattugliare la casa, nel caso qualcuno volesse ficcare il naso in giro? Ricorda che il killer deve avere la chiave. Lily, vorrei che venissi con me da Dexter e sua moglie. Si sentirà più sicura se ci sarai anche tu.»

Sono le due di mattina quando Nile e Lily corrono sotto la pioggia battente verso la casa degli Adebayo. Il sergente ha bisogno di sapere quale sia l'alibi di Dexter per quel pomeriggio e quella sera, perché ha tutto ciò che occorre al killer, dall'utilizzo di un potente motoscafo all'intima conoscenza delle abitudini delle vittime, grazie alla frequentazione giornaliera del Basil's. Inoltre l'esperienza come sub rafforza i sospetti su di lui. Il suo carattere è cambiato ed è chiaro che per molto tempo ha nascosto un lato più oscuro.

Nile bussa alla porta con il pugno. La moglie di Adebayo apre dopo un minuto di colpi ininterrotti. Cherelle gli appare più vecchia di come la ricordava quando la vede sulla soglia.

«Dex non c'è» dice, rivolgendosi a Lily. «È andato a casa di non so chi dopo la festa, per continuare a bere.»

«Possiamo entrare comunque a parlare con te, Cherelle?» chiede Nile. «Non ci vorrà molto.»

La casa è in disordine, con una pila di giornali appoggiati su una panca, accanto a un mucchio di panni da stirare. Non ci sono tracce dei proventi ottenuti dall'attività illegale di Dexter: avrebbe comprato sicuramente un nuovo frigorifero, al posto di quello antiquato nell'angolo che ronza minaccioso come se fosse sul punto di esplodere.

Cherelle libera il divano per far accomodare gli ospiti, poi si siede sulla seggiola di fronte a loro, tormentandosi lo smalto smangiucchiato.

«Vuoi dirci dove passa il tempo Dex ultimamente?»

«Lavora e bazzica al Basil's, come al solito» risponde la donna con voce stanca. «A me non dice molto.»

«Mi servono tutti i particolari, Cherelle, per favore.» Nile si è allungato sul divano come se avesse tutto il tempo di questo mondo. «Prima parli, prima ce ne andremo, ma adesso devo farti una domanda. Dex ti maltratta?»

Lily le tocca una mano. «È tutto a posto, con noi puoi parlare. Da quanto tempo va avanti la cosa?»

Cherelle dà l'impressione di voler protestare, poi crolla. «È successo qualcosa quest'anno. Non lo riconosco più.»

«In che senso?»

«Qualunque cosa si sia impossessata di lui, è diventato irraggiungibile. Non riesco a prevedere che cosa lo fa infuriare. In genere era sempre qualcosa che dicevo o facevo, ma adesso non serve più nemmeno un motivo particolare.»

Nile sente salire la nausea in gola; nella sua mente affiorano i ricordi della donna di Oxford.

«Nessuna ragione giustifica la violenza fisica, Cherelle. Farò in modo che non succeda più, ma adesso devo sapere quando lo hai visto l'ultima volta. Era a casa di Sacha Milburn subito dopo l'aggressione e questa sera era alla festa. Sai dove può essere ora?»

«Di questi tempi è Dex a stabilire le sue regole.»

«Sai se ha mai preso il motoscafo per raggiungere lo yacht ancorato al largo di Britannia Bay?»

«Un paio di volte ha consegnato birra e sigarette ai membri dell'equipaggio; lo pagano bene, ma io non ho mai visto i soldi.»

Prima di andare via, Nile si assicura che Cherelle abbia qualcuno da cui andare e organizza le cose affinché si metta al sicuro. È troppo presto per dire se Adebayo sia complice di un feroce assassino, ma i sensi di colpa di Nile affiorano prima che possa soffocarli. Nella sua testa si agitano immagini raccapriccianti che lo paralizzano e lo costringono ad appoggiarsi alla ringhiera fuori dalla casa degli Adebayo. Rivede la donna che non ha saputo aiutare: venticinque anni, carina e terrorizzata.

«Non era molto più grande di te» borbotta.

Lily gli va vicino. «C'è qualcosa che ti ha turbato quando eravamo lì dentro, vero?»

«Non dovrei fare questo lavoro.»

«Sei stressato, tutto qui. Raccontami che cosa ti è successo.»

Nile fa un lungo sospiro. «Quando ero a Oxford sono stato mandato a fare un controllo da una coppia di giovani sposi. I vicini avevano sentito la ragazza gridare, ma entrambe le volte che mi presentai il marito era presente. Lei non aprì bocca e io non interpretai in maniera corretta il suo silenzio. Intuivo che il tipo era pericoloso. Avrei voluto arrestarlo, ma il mio capo mi disse di non immischiarmi. Disse che non lo avremmo mai inchiodato se lei non avesse testimoniato, e costringerla a dare risposte sarebbe stato contrario alla legge sulla violenza. Il marito perse la testa una settimana più tardi. Trovai il corpo della ragazza nel bagagliaio della sua macchina in un viottolo di campagna, martoriato di ferite da taglio. Quel farabutto si è beccato diciott'anni, ma questo non cambia le cose.»

Avverte il calore della mano di Lily sulla schiena ma non riesce a guardarla negli occhi.

«È stato il tuo capo a sbagliare, Solomon. Tu hai fatto il possibile.»

«L'ho lasciata morire. Continuo a pensare di dover dare le dimissioni; venire qui avrebbe dovuto aiutarmi a decidere.»

Lily gli tiene sempre la mano sulla schiena. «Devi perdonarti. Tutti su Mustique sono convinti che sei una persona onesta che desidera fare del bene. È lui che deve averla sulla coscienza, non tu.»

Alla fine la ferma certezza di Lily penetra le difese che ha eretto e la sua visione a poco a poco si fa più limpida.

48

Soffoco il mal di mare mentre il motoscafo sobbalza sulle onde: concentrarmi sul restare viva mi aiuta a tenere a bada il panico. Non riesco nemmeno a gridare. Ho sempre quello straccio umido in bocca, che mi ostacola la respirazione. Può darsi che il killer si sia allontanato da Mustique per sbarazzarsi del mio corpo, come ha fatto con Tommy Rothmore.

Mi tratta come se fossi una merce qualunque, mi tira in piedi bruscamente, poi mi butta in una imbracatura. Una fitta lancinante mi attraversa il fianco per l'urto improvviso, ma quel bastardo se ne infischia dei danni che provoca a un essere umano. Mi trascina tenendomi per i piedi, come un mobile, e il dolore mi fa svenire.

Quando torno in me, la situazione è cambiata. Sono su una sedia, bendata. Uso gli altri sensi per tentare di capire dove mi trovo. Il silenzio è opprimente. Sento odore di pesce marcio, oppure è corallo? È lo stesso sentore salmastro di putrefazione che avevo avvertito quando ho trovato il dono del killer fuori dalla porta di Lily.

Il mio cuore accelera quando dei passi si avvicinano, poi una voce impreca soffocata e all'improvviso una porta si apre cigolando. Vorrei tanto vedere il mio rapitore, ma scorgo solo un alone di luce ai margini della benda. Qualcuno finalmente mi toglie il bavaglio, le mani callose e rudi sulla mia pelle. Poi mi libera i polsi. È un sollievo lasciare le braccia inerti lungo i fianchi, le mani intorpidite dopo essere rimaste legate per ore.

L'alito dell'uomo sa di caffè, alcol e sigarette. Forse era tra gli ospiti della festa, ha bevuto a mie spese mentre mi teneva d'occhio.

«Non te la caverai. Tutta l'isola mi starà cercando» dico con voce roca.

Non ottengo risposta, ma l'uomo mi strappa via la benda e, quando riesco a mettere a fuoco, sono da sola in una cabina buia; una porta si richiude alle mie spalle, poi una chiave gira nella toppa. L'unica fonte di luce è quella delle stelle che brillano a intermittenza oltre l'oblò, dove le onde si infrangono a ritmo vertiginoso contro il vetro, mentre l'imbarcazione dondola da una parte all'altra. Nel piccolo locale ci sono soltanto un secchio, un rotolo di carta igienica, una bottiglia d'acqua e un piatto con un panino stantio. Vuole che faccia i miei bisogni e dovrei mostrarmi riconoscente, invece l'istinto mi spinge a sciogliere la corda intorno alle caviglie e a prepararmi a combattere.

Mentre armeggio con la fune, una luce argentea inonda la cabina, confermandomi dove sono tenuta prigioniera. Solomon mi ha mostrato le foto dei rivestimenti di linoleum grigio e dei mobili dell'*Aqua Dream*. Anche le altre vittime sono state tenute qui dentro, su uno yacht misterioso, in attesa del loro destino? Le mie dita si muovono più alacremente, consapevole che è la mia unica chance.

49

Nile ha così tanta adrenalina in corpo che vorrebbe correre di casa in casa a stanare il killer, ma lo squillo del cellulare lo interrompe mentre sta decidendo come procedere. È Charlie Layton che lo informa che il pastore Boakye non risponde al telefono. Quest'informazione accende i sospetti di Nile. Chiunque abbia rapito Lady Vee l'ha tenuta d'occhio alla festa, sbucando dall'ombra per aggredire la sua vittima, e Boakye non si è mai fatto vedere, perciò potrebbe essere in qualche modo un complice del killer.

«Dobbiamo andare dal pastore Boakye» dice a Lily. «Potrebbe averci mentito.»

Guidato dall'istinto, il sergente raggiunge Lovell, dove il pastore abita ai margini del paese. Quando apre la porta Boakye è vestito di tutto punto, sebbene sia notte fonda. Sembra quasi voler scappare, ma rimane immobile dov'è, perché non c'è via di fuga. Finché imperversa l'uragano non c'è modo di lasciare l'isola. Il vento è così forte da schiaffeggiare la schiena di Nile mentre è in piedi in veranda insieme a Lily.

«Deve andare da qualche parte, padre?»

«Da un parrocchiano» borbotta. «È solo e soffre molto.»

«Intende Keith Belmont?»

«Come fa a saperlo?»

«È stato accettato con sorprendente rapidità sull'isola.

Scommetto che conosce i segreti di tutti i proprietari delle ville. Ce ne sono di tanto famosi che potrebbe fare una fortuna se vendesse le informazioni ai media.»

Il reverendo lo guarda con raccapriccio. «Non lo farei mai. Tutti meritano la protezione di Dio; è mio dovere aiutare chiunque abbia bisogno di me.»

Solomon lo fissa dritto negli occhi. «Si è inventato le sue qualifiche, non è così?»

Il reverendo curva le spalle, afflosciandosi come una marionetta. «Speravo di poter ricominciare daccapo.»

«È scomparsa un'altra donna e lei ha raccontato un sacco di bugie. Forse ha aiutato l'assassino.»

«Io sono qui solo perché seguo la mia vocazione.»

«Farà meglio a spiegarsi» sibila Nile.

«Nessuno comprende la povertà, a meno di non averla vissuta sulla propria pelle.» L'uomo si guarda le mani. «A Lagos vivono venticinque milioni di persone, molte senza acqua corrente né servizi igienici, come la mia famiglia. I miei genitori non avevano i soldi per mandarmi a scuola, ma la religione è stata la mia salvezza. Stavo per sprofondare nella disperazione quando il nostro reverendo disse che mi sarebbe servita una laurea in teologia per entrare nel ministero, anche se ero nato per servire Dio.» Il suo viso si illumina di convinzione.

«Quindi si è procurato un certificato di laurea falso e si è creato un curriculum. Come fa a conoscere tanto bene la Bibbia?»

«Era l'unico libro che avevamo in famiglia. Ho imparato a memoria molti passaggi.»

«Prima o poi l'avrebbero smascherata.»

Gli occhi di Boakye sono lucidi di lacrime. «Pensavo che Dio mi avrebbe protetto. Ho fatto del mio meglio per aiutare la comunità; nessun altro si sarebbe impegnato tanto.»

«È stato lei ad aggredire Lady Vee stanotte?»

«Certo che no.» L'uomo china la testa come se volesse pregare.

«Vada al centro medico e rimanga con Sacha Milburn finché la chiamerò. Quella ragazza crede in lei e ha bisogno di protezione. Se scopro che l'ha abbandonata la sua situazione peggiorerà decisamente.»

L'uomo congiunge le mani come se avesse trovato una nuova divinità. «La prego di non svelare il mio segreto. Sono nato per questo lavoro. Nessun altro reverendo amerebbe quanto me la sua comunità.»

«Lei abita accanto a Dexter Adebayo. Sa dov'è andato?»

Boakye scuote la testa. «Un'altra anima in cerca della sua strada.»

«Quella da compatire è sua moglie» mormora Lily.

«Certe notti va a dormire all'aperto, vicino al Basil's Bar. Per stare da solo.»

A Nile non importa niente del destino di Boakye, ma le sue preghiere accompagnano lui e Lily lungo la strada, recitate a voce bassa e accorata.

50

Non so quanto tempo impiego a sciogliere la corda intorno alle caviglie. Devo flettere più volte i piedi per ritrovare la sensibilità e so che il killer potrebbe tornare da un momento all'altro. Ho l'anca sinistra tumefatta e ogni movimento è una sofferenza, ma è l'ultima delle mie preoccupazioni. Frugo negli armadietti lungo le pareti, ma trovo soltanto boe di segnalazione e giubbotti di salvataggio. L'unico oggetto utile è un fucile subacqueo, di quelli usati per la pesca nei fondali bassi. Dubito che la piccola fiocina possa causare molti danni a un essere umano, tuttavia è l'unica risorsa che ho. Potrei usare la sedia e una panca di legno per bloccare la porta, ma l'istinto mi dice di lasciare tutto esattamente al suo posto. La mia arma migliore sarà la sorpresa, se riuscirò ad agire lucidamente.

L'imbarcazione è sempre in balia di violente correnti. Quando sbircio dall'oblò, riconosco senza difficoltà il punto esatto in cui siamo, dopo centinaia di escursioni in barca intorno all'isola. L'*Aqua Dream* è ormeggiato a Honor Bay, un pessimo approdo per ripararsi in caso di burrasca, e la corrente lo spinge verso degli scogli sommersi. Ciuffi di laminaria si agitano sulla superficie dell'acqua come aquiloni spinti da un forte vento. Il profilo acuminato delle rocce affiora tra le onde, che spingono il panfilo sempre più vicino al pericolo, mentre la catena dell'ancora geme. Se non altro sono libera di muovermi, nel caso l'*Aqua Dream* dovesse affondare, ma ho ben poche possibilità di cavarmela se non riesco ad aprire la porta. Chiudo gli occhi e ripenso a quella giornata rovente in cui raggiunsi a nuoto il panfilo reale *Britannia*, dopo aver trascorso settimane accampata in una tenda sulla spiaggia. La principessa permise a Jasper e a me di fare una doccia, quindi prendemmo un drink con lei in coperta, trascorrendo un pomeriggio di risate, finché venne l'ora di tornare a riva a nuoto. Riesco a sentire ancora adesso il mio corpo che riaffiora in superficie e l'aria riscaldata dal sole che mi accarezza il viso. Il ricordo di quei momenti di felicità mi dà una carica di energia. Devo salvarmi.

Il violento moto ondoso mi fa sbattere contro la parete e in quel momento sento di nuovo i passi che si avvicinano. È sempre buio pesto dentro la cabina. Vedo giusto una lama di luce sotto la porta e ora mi sento stranamente calma. Il tempo scorre al rallentatore quando la porta finalmente si apre. Sfruttando il vantaggio di avere la vista abituata all'oscurità, miro alla faccia con il calcio del fucile. L'uomo si slancia verso di me, ma io lo investo e lo scaravento all'indietro. Cade e sbatte la testa contro la parete con uno schianto sinistro, poi cala il silenzio.

Ho paura che possa arrivare qualcun altro, ma da fuori non giungono rumori, se non l'ululato della burrasca e il suono del vento che pizzica il sartiame dello yacht come le corde di un'arpa. L'uomo a terra respira ancora e questo mi riempie di sollievo; qualunque cosa accada, non voglio altri morti. Quando sbircio fuori, la fortuna mi assiste di nuovo. La chiave è nella toppa, così la giro nella serratura e intrappolo il ferito al mio posto dentro la cabina.

Ora che sono fuori devo affrontare altri pericoli. Avanzo in punta di piedi lungo lo stretto corridoio e provo ad aprire tutte le porte, ma sono chiuse a chiave. Quando sento il rumore di altri passi sopra la testa, mi rifugio nell'ultima cabina, che è aperta. Dall'oblò vedo gli scogli più chiaramente di prima. Devo scoprire chi mi ha rapito e allora tasto nell'oscurità, finché trovo una scrivania e apro il primo cassetto, frugando all'interno in cerca di indizi.

51

Nile e Lily tornano direttamente a Eden House dopo la loro conversazione con Boakye. Sperano che Phillip abbia trovato informazioni utili nel diario di Sacha. Wesley li saluta nell'atrio, mentre Phillip è in cucina ancora chino sulle pagine del quaderno.

«È una specie di parabola, ambientata a Mustique» dice, «piena di personaggi e punti di riferimento locali. Sembra una storia per bambini.»

«Di che cosa parla?»

«Una forza oscura tenta di rubare la bellezza dell'isola. Rende le persone malvagie e controlla la loro mente, uccide alberi e animali e rende grigio il cielo.»

«Sono indicati dei nomi?»

«Non mi pare, ma la calligrafia è così orrenda che certi passaggi sono illeggibili. Inoltre ha cancellato interi paragrafi.»

«Lascia che ci provi io» si offre Lily. «Da ragazzine Sacha e io ci scrivevamo spesso; può darsi che riesca a decifrare i suoi scarabocchi.»

Phillip ha un attimo di esitazione prima di passare il quaderno a Lily, come se si sentisse in colpa per non aver trovato prove convincenti. Accetta subito di accompagnare Nile nella sua visita successiva, lasciando Lily alle prese con gli appunti di Sacha Milburn, in compagnia di Wesley. L'attore è insolitamente silenzioso mentre si dirigono verso Britannia Bay a bordo della buggy di Lady Vee. La fronte corrugata manifesta tutta la sua preoccupazione. Guarda dritto davanti a sé, senza sbattere gli occhi mentre osserva il mare sempre più agitato.

«Si sente bene, Phillip?» domanda Nile.

Everard sussulta al suono della sua voce. «Non riesco a smettere di pensare a Vee. Lei e Jasper sono stati meravigliosi quando ho comprato la mia villa qui.»

«La troveremo, non si preoccupi.»

«Spero ardentemente che sia così. Lily ha già sofferto troppo.»

Nile indica a Phillip di seguirlo.

Dex Adebayo si sveglia di soprassalto dalla sdraio che usa come letto quando Nile grida il suo nome.

«Ma che cavolo vuoi fare?» esclama. Lo sguardo di Adebayo si sposta da Nile a Everard, come se cercasse di decidere chi sia il più pazzo tra i due.

«Perché non sei tornato a casa stanotte, Dex?»

«Non sopporto le domande di Cherelle.»

«Dicono che sei cambiato, Dex. Sei nervoso, taciturno, una persona diversa. Di che cosa ti fai?»

«Non so di che parli.»

«Andiamo, Dex, ho visto tantissimi tossici in Inghilterra» dice Nile.

Quando Adebayo si alza in piedi, non è rimasto niente del personaggio locale tanto amato. «Faresti meglio a lasciarmi in pace adesso, invece di formulare accuse.»

«Ho appena cominciato» ribatte Nile facendo un passo avanti.

«Sei un pezzo di merda arrogante.»

Quando Adebayo prova a sferrargli un pugno, Nile lo schiva agilmente. Per la seconda volta in una settimana la forza fisica si rivela il modo migliore per concludere una discussione, anche se non è l'approccio che preferisce. Con un gancio destro colpisce l'avversario con precisione all'addome, facendolo stramazzare in ginocchio.

«Era proprio necessario?» borbotta Everard. «Potrebbe denunciarti per abuso di potere.»

«Questo non lo salverà. Ti arresto per aggressione e percosse, Dexter. Sarà meglio che vieni con me.»

Nile si sente meglio mentre porta via il barman. Ha ripagato la violenza fatta a Cherelle e cominciato a rendere giustizia alla donna che ha lasciato morire a Oxford. Fino a questo momento non ha mai creduto nella catarsi, ma potrebbe rivelarsi una teoria fondata.

«Per favore, lo riporti a Eden House, Phillip, e lo chiuda in una delle camere da letto. Rimanga di guardia e dica a Wesley e Lily che li aspetto a Old Plantation Bay.»

52

Prima di incamminarsi verso il porto, Nile decide di fare una telefonata. Si mette al riparo dietro il muro del Basil's Bar per chiamare l'ispettore Black a St Vincent, mentre il vento ulula sopra la sua testa. Il suo capo rimane ammutolito alla notizia del rapimento di Lady Veronica al termine della festa organizzata per commemorare le due giovani vittime, ma il momento di pace è di breve durata. Nile allontana il cellulare dall'orecchio quando il suo superiore lo investe di rimproveri. Black gli dà dello stupido; gli dice che il fatto che se ne intenda di storia non fa di lui un buon investigatore, anzi il contrario.

«Devo salire a bordo dell'*Aqua Dream* stanotte, signore. È l'unico luogo dove non ho ancora cercato.»

L'ispettore Black non è di umore condiscendente. «Non ti ci avvicinare nemmeno, Nile. Te l'ho ripetuto almeno cento volte. Se lo farai, finirai in cella.»

«Lady Vee deve essere a bordo, signore. Vuole che muoia?»

«Non sei autorizzato. Te lo proibisco, hai capito?»

Nile si stacca dal muro, il vento lo colpisce in pieno. «Mi scusi, non ho capito. Sente che la tempesta sta peggiorando?»

«Non prendermi in giro, Nile.»

«È ancora lì, signore? La linea è disturbata.»

«Resta sulla terraferma. Hai capito?»

«Non riesco più a sentirla. Proverò a richiamarla più tardi, signore.»

Nile è stufo di rispettare regole senza senso; non commetterà di nuovo lo stesso errore. Si dirige di corsa verso sud, mentre la pioggia scroscia intorno a lui. È il tempo peggiore per uscire in mare, ma non c'è altro modo di arrivare alla verità, anche se l'uragano si sta abbattendo sull'isola con furia distruttiva. I cavalloni sbatacchiano qua e là le piccole imbarcazioni da pesca nel porto di Old Plantation. Wesley Gilbert e Lily sono già sul molo. Nile scuote la testa quando Lily gli suggerisce di usare la *Revival*. Dall'*Aqua Dream* si accorgerebbero del suo arrivo e si sposterebbero fuori portata. La loro unica possibilità è la piccola lancia della polizia, con la speranza di non essere individuati, tenendo spenti i fanali anteriori. Nile prova una contrazione agli addominali quando indossa il giubbotto di salvataggio. Per istinto lascia un messaggio sulla segreteria telefonica di Lyron prima di accendere il motore.

L'*Aqua Dream* è soltanto un bagliore all'orizzonte. La luna è scomparsa proprio quando ne hanno più bisogno, le stelle sono nascoste dalle nuvole. Wesley Gilbert ha l'aria risoluta e c'è un lampo di esaltazione negli occhi di Lily quando si staccano dal molo; il suo spirito d'avventura si è risvegliato, ma non c'è dubbio che la situazione sia grave. Nile deve decidere con precisione assoluta il momento in cui affrontare il mare. Un errore di manovra e l'imbarcazione sarà risospinta a sfracellarsi contro la banchina. Forse Nile dovrebbe affidarsi alla fede religiosa che dà tanto conforto a suo padre. Gli piacerebbe avere un dio da pregare ora, ma nessun angelo custode accorrerà a salvarlo. Riesce a manovrare la lancia della polizia che si stacca dal molo e si consegna alle onde, come un tappo di sughero che galleggia verso una cascata.

Quando Nile si gira a guardare Lily, lei gli sorride. Ha visto tantissimi uragani, ma quello che lo preoccupa è ciò che li aspetta a bordo dell'*Aqua Dream*. I due membri dell'equipaggio potrebbero essere scesi a terra per una notte, sfuggendo così alla furia della tempesta, ma le condizioni meteorologiche potrebbero anche averli trattenuti a bordo. Il motore ruggisce a tutta velocità, finché si sente uno schianto improvviso, come di piatti metallici che rimbalzano su un pavimento duro, e di colpo sono alla deriva. Il cavallone successivo inclina la barca di quarantacinque gradi a tribordo. Devono far ripartire il motore in fretta, altrimenti rischiano di rovesciarsi.

«Vedo se riesco a riparare il guasto» dice Lily, scendendo sotto coperta mentre un'altra ondata colpisce lo scafo.

Sul viso di Wesley non compare nessun segno di paura e Nile capisce finalmente perché gli piace tanto il ruolo di maggiordomo. Riesce a mascherare ogni emozione, persino quando un uragano minaccia di ucciderlo. Quando parla, nel suo tono c'è una punta di umorismo.

«Il mare può essere crudele. Ecco perché ho scelto l'esercito, Solomon.»

I due uomini raggiungono in fretta Lily sotto coperta per aiutarla, ma la stiva è così angusta che non possono fare altro che stare a guardare. La lancia è sempre in balia delle onde, viene sospinta nella direzione sbagliata, tra le fauci dell'uragano. Passa mezz'ora prima che Lily riemerga, le mani sporche d'olio.

«Si era rotta la cinghia di trasmissione» dice. «Prova a rimettere in moto… vediamo se funziona.»

Nile gira la chiave due volte prima che il motore si accenda, ma il guasto ha fatto perdere tempo prezioso. Nile può solo sperare che l'equipaggio dell'*Aqua Dream* non scorga dagli oblò la piccola imbarcazione nascosta dai cavalloni. Il panfilo appare sempre più imponente, almeno dieci volte più grosso della lancia della polizia, ma soffre allo stesso modo l'assalto del mare, inclinandosi a tribordo a ogni ondata. Nile nota un motoscafo attaccato all'*Aqua Dream* per mezzo di una lunga fune. Non sa quando sia arrivato, ma la tempesta potrebbe facilmente farlo schiantare contro la fiancata dello yacht.

«Vuoi che prenda il timone?» gli grida Lily, la voce spazzata via dal vento.

Nile fa un passo indietro per lasciarle il timone. Probabilmente non ha l'assicurazione per portare la lancia, ma ha più esperienza e presto lui le affiderà la propria vita. Wesley si offre di raggiungerlo in coperta, ma lui lo fa rimanere nella cabina di pilotaggio con Lily. Nile è solo mentre si prepara al trasbordo. Basterebbe un piccolo errore di giudizio nel calcolo del salto verso l'imbarcazione più grande. Ha il cuore in gola quando un'enorme ondata solleva la lancia più in alto del ponte dell'*Aqua Dream* per poi farla ripiombare giù subito dopo. Sente Lily contare come faceva suo padre, quando gli aveva insegnato a portare la barca a vela. Ogni sette onde ce n'è una più grande di tutte le altre. Quando Lily gli rivolge un cenno, capisce che si sposterà lungo la fiancata dello yacht al termine del ciclo successivo.

Il sergente si aggrappa alla battagliola. Sa perfettamente che cosa lo aspetta; se sbaglia a contare finirà nell'acqua e il giubbotto di salvataggio non gli servirà a nulla. Rimarrà stritolato tra i due scafi. L'acqua si spalanca, come una bocca, pronta a ingoiarlo se cadesse. Getta un'ultima occhiata alla cabina, in attesa del cenno di Lily, ma lei scuote la testa. Un altro cavallone si infrange sulla prua, infradiciandolo, prima che lui faccia il balzo.

Si aggrappa all'ultimo piolo della scaletta e si issa a bordo dell'*Aqua Dream*, ma ora è completamente solo. Lily terrà la lancia a distanza ravvicinata con l'aiuto di Wesley, finché lui sarà pronto a salire. Le fa cenno di farsi più indietro, ma le onde si sollevano di nuovo nascondendo alla vista la lancia. Nile ha intenzione di cogliere di sorpresa il comandante, e poi di perquisire l'imbarcazione, anche se dovesse incontrare resistenza. Magari troverà solo un carico di stupefacenti, ma c'è una remota possibilità che Lady Vee sia ancora viva.

Si dirige verso prua, ma quando sbircia dall'oblò si accorge che la cabina di pilotaggio è vuota. Accanto al pannello GPS dove lampeggia l'allarme di tempesta è aperta una carta nautica. L'equipaggio che dovrebbe essere a bordo non c'è. Nessuno abbandonerebbe uno yacht del valore di vari milioni di sterline alla furia di un uragano, come la *Mary Celeste*; che cosa è successo?

53

Ho trovato un accendino nel primo cassetto e lo uso per esaminare il piccolo ufficio. L'arredamento è scarno, una scrivania in un angolo e un paio di seggiole. Sembra che sia il rifugio di qualcuno, con una bottiglia di whisky e un bicchiere che tintinnano in uno dei cassetti. Devo trovare un'arma migliore prima che arrivi un altro membro dell'equipaggio; ricordo che Solomon mi ha detto che a bordo c'erano due uomini. L'altro potrebbe sorprendermi da un momento all'altro, ma sono sempre spinta dalla necessità di scoprire l'identità dell'autore delle aggressioni.

L'unica arma utile che trovo è un fermacarte di metallo. Devo usare entrambe le mani per sollevarlo dalla scrivania, ma è più letale del fucile subacqueo. Dovrei sistemarmi dietro la porta e agire di sorpresa come prima. All'improvviso mi viene in mente Phillip e la sua espressione terrorizzata quando Solomon ci ha scoperto a frugare nella villa dei Rothmore. Allora avevo mantenuto la calma e devo farlo anche adesso, più che mai.

Alzo l'accendino e controllo i libri su uno scaffale sopra la scrivania: classici della letteratura europea da Victor Hugo a Thomas Mann. Ci sono anche opere teatrali, Ibsen, Čechov e Pinter, e questo mi sorprende. Quanti efferati assassini sono appassionati di letteratura e di teatro?

Continuando la mia ricerca nei cassetti, mi imbatto in una

busta che contiene foto di Tommy, Amanda, Sacha e Lily da bambini, e provo un crampo allo stomaco. Sono immagini prese dai miei album a Eden House. Qualcuno si è aggirato per casa mia, appropriandosi dei miei oggetti personali. Nel cassetto successivo trovo un libro sugli antichi simboli Obeah. Quando lo apro una piuma rossa fluttua sul pavimento, simile a quelle che Mama Toulaine si intreccia tra i capelli, ma non posso credere che la pittrice sia coinvolta in questi delitti, anche se la sua aura spirituale mi turba. C'è anche un pezzetto di guscio di tartaruga a forma di triangolo: un plettro. L'oggetto mi cade di mano quando immagino Keith Belmont a bordo di questo yacht, che suona una delle sue chitarre e trangugia whisky, ma c'è qualcosa che non mi torna. Keith forse non è sempre stato sincero, ma il suo nuovo amore per l'ambiente marino sembra autentico.

Alzo lo sguardo e vedo un'altra foto attaccata alla parete. È il primo piano di una donna, i lineamenti incantevoli nella luce tremolante. Sono passati vent'anni dall'ultima volta che ci siamo viste. Com'è possibile che una foto di Emily Calder, la madre di Lily, sia finita sull'*Aqua Dream*, a due decenni di distanza dalla sua morte?

54

Nile scorge a stento la lancia della polizia dal ponte dello yacht. Lily la manovra di prua verso i cavalloni, ma l'imbarcazione sembra una scatola di fiammiferi lanciata in aria a ogni ondata. Lei e Wesley dovranno cavarsela da soli, la distanza tra di loro è troppo grande per farsi dei segnali. Lui rimane all'ombra della cabina di pilotaggio, finché scorge di nuovo il motoscafo fissato a una cima, troppo lontano per leggerne il nome sulla fiancata. Non capisce perché non sia stato issato a bordo per proteggerlo dalla furia della tempesta, a meno che il proprietario non ne abbia avuto il tempo prima che le condizioni climatiche peggiorassero.

Nella mente del sergente si accavallano teorie diverse mentre avanza verso gli alloggi del panfilo. Tutti i suoi principali sospettati si trovano a Mustique in quel momento, eppure è sicuro che uno di loro sia legato all'*Aqua Dream*. Smette di pensarci quando sente lo squillo di un telefono. Proviene dalla zona pranzo che ha visto durante la sua ultima visita, con la differenza che ora le tende sono ben chiuse.

Si sta chinando per sbirciare da una fessura nel tessuto quando qualcuno lo spintona in avanti con tanta forza da mandarlo a sbattere contro la battagliola. Cerca di aggrapparsi, ma precipita fuori bordo mentre una risata folle gli risuona nelle orecchie. Le onde creano un concerto stonato intorno a lui, la bocca gli si riempie d'acqua, poi il giubbotto di salvataggio lo fa riemergere. Il freddo è così intenso da annebbiargli la mente. Scorge un'ultima volta l'*Aqua Dream* con gli oblò illuminati e la minuscola sagoma della lancia della polizia prima che tutto svanisca. È intrappolato in un'enorme lavatrice, non riesce a respirare. Quando l'acqua lo risputa fuori, è assalito dai ricordi. Il ricordo di quando ha perso la verginità a quattordici anni con una ragazza del suo paese, di Lyron che corre sulla spiaggia, di suo padre immobilizzato sulla sedia a dondolo. Quando finalmente riesce a galleggiare a pancia in su, l'*Aqua Dream* è più lontano. Dovrà nuotare contro le onde, e intanto il cavallone successivo si sta già abbattendo sopra la sua testa.

55

Non sento niente a parte il cigolio della catena dell'ancora che si tende fino allo spasimo sotto l'assalto dell'uragano. Sono sempre sicura che a bordo ci sia un'altra persona, ma forse non si è ancora accorta della mia fuga. Faccio scattare di nuovo l'accendino e questa volta noto una scatola nei cassetti della scrivania. Contiene un pacchetto di sigarette e un astuccio metallico grande come il palmo di una mano che tintinna quando lo raccolgo. Sento montare l'ansia quando scopro che contiene una mezza dozzina di proiettili. Con mani tremanti me li faccio scivolare in tasca. Se gli uomini che mi hanno condotto qui sono armati, per me si mette male; quello che ho rinchiuso in cabina sta tornando in sé. Lo sento battere contro la porta e sbraitare a gran voce.

In preda al panico continuo a frugare nel cassetto, ma non contiene altro di utile. La porta si spalanca prima che abbia finito, perciò nascondo il fermacarte sotto il braccio, celato dalla stoffa lacera nel mio vestito. Non sono in grado di scorgere i lineamenti dell'uomo, la luce arriva dal corridoio, ma la sua risata ottusa mi risuona nelle orecchie quando accende una lampada sulla scrivania e poi si lascia cadere in poltrona, perfettamente a proprio agio. Quando infine parla nella sua voce, arrochita da una vita di fumo, risuona un rude accento londinese.

«È più forte di quanto pensassi. Non mi aspettavo che una signora come lei lottasse con le unghie e con i denti.»

«Chi è lei?»

«Daniel Kellerman; può chiamarmi Dan, se vuole.»

«Ci siamo già incontrati in passato, vero?»

«Solo di recente.» La sua risata ha il rumore di olio che gorgoglia giù per uno scarico. «Non frequentiamo gli stessi ambienti. Abbiamo solo partecipato a una festa insieme.»

«Mi riporti immediatamente a terra.»

«Temo che sia impossibile.» Sulla sua faccia compare un'espressione di finta compassione. «Il capo voleva che le dessimo solo una lezione, per farla smettere di indagare sugli omicidi. Sarebbe dovuta rimanere in cabina e domani l'avremmo scaricata sulla spiaggia senza altri danni. Ma ora la situazione è degenerata.»

«La polizia mi sta cercando.»

«Non più.» Si accende una sigaretta, poi tira una lunga boccata. La faccia affilata e i capelli biondi fino alle spalle continuano a sembrarmi familiari, ma non riesco a identificarlo. «Vuole sapere che cosa è successo al suo amico sergente?»

«Solomon Nile?»

«Temo che sia finito in mare. Ha scelto una pessima nottata per nuotare, non trova?»

Quando corro verso l'oblò, le onde si agitano tumultuose e lo yacht è pericolosamente vicino agli scogli, ma la vista di Mustique a così poca distanza mi infonde forza. Devo guadagnare tempo, fino a trovare un modo per tornare indietro.

56

È la rabbia che spinge Nile a lottare. Le onde lo sballottano da una parte all'altra; riuscirà a vincerle solo con la forza di volontà. È deciso a tornare a bordo dell'*Aqua Dream* a qualunque costo. Aspetta un momento di calma e nuota con ritmo costante fino a che il cavallone successivo lo risospinge indietro. Avanza lentamente, ma lo yacht si fa sempre più grande a ogni tentativo, come una boa luminosa.

La mente gli gioca brutti scherzi, il passato torna a visitarlo mentre solca le onde. La donna morta gli appare davanti agli occhi, con quel fragile sorriso che lo esorta a restare vivo. La sua espressione gli dice che una morte inutile è meglio di due, e Nile si rende conto che non la dimenticherà mai perché ha a cuore il proprio lavoro. Non è pronto a rinunciare.

Un'altra cresta lo spinge fuori rotta e la sua mente torna a concentrarsi sul dovere da compiere. Può annegare nei ricordi, oppure continuare a lottare. Prende una lunga boccata d'aria, quindi nuota alla massima velocità possibile. Impiega un'eternità a raggiungere di nuovo la scaletta metallica ed è quasi troppo sfinito per salire a bordo. Si nasconde dietro la cabina di pilotaggio finché il respiro si calma, ma il gelo dell'oceano gli è penetrato nelle ossa e lo fa tremare nonostante sia una notte tiepida. Lo yacht è ancora sballottato qua e là e ogni movimento è un'impresa.

Per istinto afferra la pistola, ma quando la estrae dalla canna esce un fiotto d'acqua. Durante l'addestramento non gli hanno spiegato se possa sparare bagnata, ma in ogni caso resta un ottimo deterrente. Se i membri dell'equipaggio sono disarmati, potrebbero spaventarsi abbastanza da abbassare la guardia.

Sta per alzarsi quando un'ombra passa davanti al suo nascondiglio. È un uomo che gli volta le spalle, vestito di nero e con il cappuccio a nascondergli il volto. Si ferma per un pezzo a osservare l'uragano appoggiato alla battagliola. Nile lo vede scomparire giù per una scaletta e lo segue nel massimo silenzio. Ha il cuore in gola quando si ritrova in un angusto passaggio.

L'uomo incappucciato rimane ad aspettare davanti alla porta in fondo al corridoio, il corpo teso, ad ascoltare voci indistinte. Sembra paralizzato dal loro suono. Tiene la testa inclinata verso la porta, come se non volesse perdere nemmeno una parola.

57

Sono in piedi con la schiena contro la parete, il fermacarte sempre stretto al fianco. Ho l'impressione che la mia unica possibilità di rimanere viva sia continuare a farlo parlare fino a indebolire le sue difese.

«Il capo non sarà contento» sta dicendo. «Detesta doversi sporcare le mani.»

«Mi dica chi è, per piacere. Se avete intenzione di uccidermi, lo porterò con me nella tomba.»

L'uomo sogghigna. «Forse riesce a indovinarlo. Continua a ripetere di voler voltare pagina; ha smesso di bere e di drogarsi, ma io non ci credo se non vedo. Per me rimane un tossico. Ha sempre un debole per le belle ragazze, e anche per i ragazzi, a essere precisi.»

«Perché lavora per lui?»

«Siamo vecchi amici. Ci siamo conosciuti anni fa, quando la vita era più facile.» Il sorriso dell'uomo si allarga. «Mi ha fatto piacere chiacchierare con lei, ma gli ordini sono ordini. Non mi piace uccidere una donna anziana, né i bambini, perciò preferisco sbrigarmi.»

«Non si è accorto che ci stiamo spostando verso terra? Tra poco andremo a sbattere contro gli scogli di Honor Bay. Ha scelto il posto peggiore per gettare l'ancora.»

L'uomo dà un'occhiata fuori dall'oblò e un'espressione di panico gli attraversa il viso, ma il suo linguaggio del corpo sta cambiando. Vuole uccidermi prima di manovrare lo yacht lontano dal pericolo. Quando si raddrizza, vedo un oggetto lucido spuntargli dalla tasca: il calcio d'argento di una pistola. Le parole mi escono di bocca affannate, mentre cerco di guadagnare un altro minuto.

«Prima mi parli del corallo, per favore. Mi ha sempre affascinato, fin dal principio. Perché ha lasciato quei pezzi intagliati accanto alle vittime?»

«Il capo odia la rigenerazione del corallo e tutti coloro che sono coinvolti nell'impresa. I segni incisi sono simboli Obeah; quella cazzata vudù lo affascina.» Kellerman sorride di nuovo, facendo scintillare un dente d'oro nella penombra. «Non immagina nemmeno quanto risentimento si porta dentro. Quando avrà finito, su Mustique non sarà rimasto più nessuno.»

Nella mia mente affiora di colpo una faccia che mi fa lanciare un grido. L'espressione di Kellerman diventa gelida quando estrae la pistola, ma un'ondata improvvisa fa inclinare lo yacht; io alzo il fermacarte e glielo sbatto sul mento, lasciandolo tramortito. Per un attimo allenta la presa e io gli sottraggo l'arma.

«Siediti lì, sciocco. Dammi le chiavi.»

Lui è sempre scioccato quando gli punto la pistola in mezzo agli occhi, anche se non ho mai sparato un colpo in vita mia. Sento delle voci in corridoio, ma l'arma mi ha ridato coraggio. Impiego solo un minuto a indietreggiare, poi imprigiono anche il mio secondo aggressore. Il corridoio è vuoto quando esco, e sentendo le grida del primo rapitore che vuole essere liberato sorrido malgrado tutto.

58

Nile afferra l'uomo per il collo e lo trascina in coperta, mentre con una mano gli tiene tappata la bocca. Deve fare uno sforzo immane per bloccarlo dopo la lunga nuotata; siccome l'altro si agita, sfodera la pistola.

«Stai fermo, altrimenti uso questa» dice Nile. «Sono ben addestrato.»

L'uomo è solo una sagoma nell'oscurità; non c'è nemmeno la luce delle stelle ad aiutarlo a identificare l'avversario. Dopo il suo incontro ravvicinato con la morte Nile ha la tentazione di premere il grilletto, ma alla fine il senso di giustizia prevale. Il cappuccio nasconde i lineamenti dello sconosciuto, che sembra deciso a non aprire bocca.

«Perché lo hai fatto?» chiede Nile. «Goditi questi ultimi momenti di libertà, perché non uscirai più di galera.»

L'uomo cerca di colpirlo, ma Nile lo tramortisce con il calcio della pistola, senza badare al rollio dell'imbarcazione. L'acqua di mare inonda il ponte e il vento ruggisce furioso scuotendo il sartiame. Non gli importa niente se quel bastardo viene spinto fuori bordo perché adesso sente altri passi affrettati sul ponte, seguiti da uno sparo. Scioccato, Nile si getta in avanti, cercando di schivare la pallottola successiva, ma il sangue che gli si allarga davanti ai piedi non è suo. L'uomo con cui stava lottando è riverso a faccia in giù e geme, mentre il ponte si tinge sempre più di rosso.

59

L'eco dello sparo mi risuona ancora nelle orecchie, ma la lotta a pochi metri da me continua. L'uomo a cui ho sparato si è rialzato barcollando, con il sangue che gli gocciola da un braccio. Solomon Nile gli si lancia addosso, ma per ora non posso aiutarlo. I due uomini sono così avvinghiati che temo di colpire Solomon per sbaglio se sparassi di nuovo. Si sente un'altra detonazione assordante, ma stavolta l'arma che ha sparato non è la mia. L'alta figura di Solomon crolla sopra il suo assalitore, che finalmente cede. Quando il suo braccio si affloscia, gli tolgo di mano la pistola e la getto fuori bordo insieme alla mia, prima che possano causare altri danni.

Non riesco a vedere la faccia dell'uomo, ma so chi è. La cabina di sotto mi ha fornito indizi sufficienti, e sono profondamente scioccata.

Solomon si sta rialzando a fatica, mentre l'altro rimane a faccia in giù sul ponte spazzato dalle onde. Trovo un pezzo di fune e gli lego le mani dietro la schiena, lasciandolo lì dov'è. Le condizioni di Solomon hanno la precedenza ora.

È crollato con la schiena appoggiata alla cabina di pilotaggio, le braccia lungo i fianchi. La luce è troppo fioca per valutare la gravità della ferita, ma sono assalita dal panico quando vedo il sangue sgorgargli a fiotti dal fianco destro.

«Senti dolore?»

Il suo sguardo è sfocato. «Torniamo a Mustique, Lady Vee. Questi uomini devono essere messi in cella.»

«Ci finiranno presto. Sta arrivando aiuto.»

Vedo due imbarcazioni che si avvicinano. Lily gesticola freneticamente dalla lancia della polizia, con Wesley al suo fianco, e c'è anche un vecchio peschereccio della flotta di Mustique, ma potrebbe essere troppo tardi. L'emorragia di Solomon è così violenta da farmi intuire che se ne sta andando. Ha la faccia attonita per lo shock.

«Devo premerti sulla ferita, Solomon. Ti farà male, quindi sei libero di imprecare.»

Lui trattiene il fiato quando appoggio entrambe le mani sulla ferita. Deve provare un dolore atroce, ma tiene lo sguardo fisso verso un punto lontano, gli occhi vitrei.

«Parlami, per favore. Non addormentarti.»

Le sue labbra si curvano in un sorriso. «Lily mi ha baciato, prima, sulla spiaggia.»

«È una brava ragazza, lo farà di nuovo, se riusciremo a tornare a riva.»

«Non si preoccupi, Lady Vee. La tempesta è passata, non sente?»

La sua espressione si fa assente e poi lo vedo scivolare lontano da me.

60

Nile si sforza di restare sveglio, ma ha un peso di piombo che gli schiaccia il petto. Lady Vee è china su di lui, gli mormora parole che non riesce a comprendere. Sente soltanto il freddo dell'oceano nelle ossa. Rimane scioccato quando vede Lyron spuntare davanti a lui, la faccia tesa mentre lo aiuta a tirarsi in piedi.

«Cerca di camminare, Sol. Sei troppo pesante per trasportarti a braccia.»

Nile riesce a raggiungere la battagliola; il mare intanto si è calmato un po'. Il vecchio peschereccio del padre lo aspetta sotto la murata dello yacht, a dimostrazione che Lyron è salpato non appena ha ricevuto il suo messaggio. Lo aiutano a calarsi nella barca, e quando riprende i sensi Lyron gli sta premendo qualcosa sul fianco e al posto dello shock c'è il dolore. È come se gli avessero infilato un ferro arroventato tra le costole. Il fratello sembra terrorizzato.

«Ce la farai, Ly.»

«Non sprecare le forze, respira e basta, lentamente.»

«Abbi cura di papà per me. Fai in modo che non gli manchi nulla.»

«Smettila, Sol. Ti ricuciremo.»

Nile sente il fratello e Winston Layton concordare di lasciare i due membri della banda chiusi a bordo fino all'indomani, poi sviene di nuovo. Se quei due venissero inghiottiti dall'uragano, non sarebbe una grave perdita.

Riapre gli occhi quando Lady Vee viene aiutata a scendere sul peschereccio. Ha un'espressione di trionfo, nonostante il vestito strappato e insanguinato. Subito dopo Nile scorge la misteriosa figura che gli ha sparato. La curiosità ha la meglio sul dolore. L'omicida è sempre irriconoscibile, con jeans scuri e il cappuccio a nascondergli la faccia.

«Non è il momento di rivelarti, Phillip?» sibila Lady Vee. «Avevo capito che eri tu già da parecchio.»

Quando la luna riappare in cielo, lei gli abbassa il cappuccio, scoprendo quei lineamenti che un tempo Hollywood aveva ritenuto perfetti. Il viso è pallido nella luce lunare e Phillip Everard non ha più niente della star del cinema. È solo un vecchio, con gli occhi pieni di rabbia.

61

Mi accorgo di come sono ridotta solo quando Lily mi aiuta a scendere dalla barca. Sta per sorgere l'alba e la coda della tempesta continua a imperversare. L'abito che avevo indossato per la festa di ieri sera è a brandelli, ho il braccio impiastricciato d'olio e i piedi lerci. Mi viene da ridere pensando alla principessa Margaret. Pretendeva standard estremamente elevati dalle sue dame di compagnia, si aspettava che fossimo sempre impeccabili in ogni dettaglio, mentre adesso assomiglio a una naufraga e non vedo l'ora di tornare a casa. Lily ha gli occhi lucidi; le ultime ventiquattr'ore devono essere state un inferno anche per lei. Quando finalmente i miei piedi toccano la terraferma mi getta le braccia al collo.

«Grazie a Dio sei viva, Vee. Ti portiamo subito al centro medico.»

«Non è necessario, tesoro. Possiamo aspettare domani.»

«Non essere ridicola, sei piena di lividi. Che cosa ti hanno fatto quei bastardi?»

«Niente di grave.» Non ho voglia di raccontarle i dettagli per ora, è già abbastanza sconvolta.

«Dimmi chi è l'assassino, Vee. Era sulla barca con te, vero?»

Lily è attonita quando apprende la verità e per la prima volta vengo assalita dalla rabbia. Quell'uomo era un ciarlatano, ci ha ingannato per anni, ma quali erano le sue intenzioni? Accantono la domanda e stringo con gioia la mano di

Lily mentre il dolore al fianco torna a farsi sentire. Ben presto arriva qualcuno con una buggy e ci portano al centro medico, dove Lily trova una sedia a rotelle e mi spinge verso l'entrata. Wesley Gilbert ci viene incontro. Ha l'aria sconvolta, come quando si era precipitato a Villa Fortini per cercare sua sorella, ma stavolta ha rischiato la vita per me. Mi si accovaccia davanti e mi parla con voce insolitamente gentile.

«Sono contento che sia sopravvissuta a questa esperienza, Lady Vee. Mi ha fatto preoccupare.»

Gli tocco una spalla. «Ti ho mai detto quanto mi sento incredibilmente fortunata che ci sia tu a prenderti cura di me?»

«L'ha fatto di recente» risponde, un'espressione intenerita sulla faccia severa. «Fa sempre bene sentirlo.»

«Come sta Solomon?» domando.

«È vivo, ma ha perso molto sangue. La pallottola gli ha trapassato il fianco. Il dottore lo sta operando.»

Wesley corre verso il fratello di Nile prima che io abbia il tempo di fargli altre domande. Non ha senso entrare se il dottor Pakefield è impegnato, così restiamo fuori, mentre io cerco di riprendere fiato. (Forse è solo una mia impressione, ma l'uragano comincia a perdere la sua virulenza.) Mustique è stata travolta da un gorgo di violenza per quasi tutta la settimana, dal giorno della scomparsa di Amanda Fortini, anche se l'uragano Cristobal l'ha colpita solo stanotte. Diversi alberi sono stati sradicati, c'è un pezzo di lamiera ondulata in un'aiuola, il canto degli uccelli è ammutolito. Devono essere terrorizzati che quel terribile vento possa tornare e anch'io fatico a credere che la spirale di violenza sia terminata. Lily è seduta su una panchina accanto a me e si scherma gli occhi con la mano dal sole che inizia a fare capolino tra le nubi.

«Vai da Solomon, tesoro. Ha bisogno di qualcuno che gli stia vicino.»

Lei protesta debolmente, poi si precipita dentro. Un'ondata di stanchezza mi sommerge come uno tsunami. Mi addormento di botto sulla sedia a rotelle, cullata dal canto d'addio dell'uragano che ritorna verso il mare aperto.

62

Nile non è in grado di dire per quanto tempo ha dormito. Quando apre gli occhi una flebo gli sta somministrando un liquido trasparente nel braccio. Avverte una pressione al fianco, ma quasi nessun dolore. La sua mente è vuota, finché il dottor Pakefield non entra nella camera. Il medico è sempre mortalmente pallido, come se i raggi di sole che filtrano dalla persiana lo stiano uccidendo un poco alla volta. Controlla l'orologio mentre tiene due dita premute sul collo di Nile.

«Ha una costituzione robusta, sergente Nile, ma stanotte mi ha causato qualche problema. Il suo gruppo sanguigno è piuttosto raro. Per fortuna Lyron ha donato due unità e lo stesso ha fatto Keith Belmont; deve la vita a loro.»

Nile trattiene una risata. Il cantante dei Blue Heaven sarà suo fratello di sangue per tutta la vita, ma il dono di Lyron non lo stupisce. Prova un fugace senso di colpa per tutte le persone di cui ha sospettato durante le indagini, mentre il vero colpevole era sempre stato sotto il suo naso.

«Le chiedo scusa, dottore. Lei ha soltanto infranto il regolamento per soccorrere una persona. Non avrei dovuto essere così duro.»

«Scuse accettate» risponde il dottore con un sorriso tirato. «Domani arriverà una squadra di agenti da St Vincent, per trasferire i sospettati al penitenziario di Belle Isle. Il suo capo ha concordato che dovrebbe prendersi una o due settimane di riposo per rimettersi da una ferita di questa entità. Phillip Everard sarà interrogato domani.»

Nile cerca di alzarsi a sedere, ma una fitta di dolore gli provoca un capogiro. La mano fredda del dottore si posa sulla sua spalla.

«Ora riposi, altrimenti non guarirà come si deve. Prema il campanello se ha bisogno di qualcosa.»

«Come sta Sacha?»

«Ha ripreso conoscenza la notte scorsa e io mi sono scusato con lei per il mio comportamento. Se continua a migliorare domani la dimetterò e potrà fare la convalescenza a casa.»

«Io dovrei andare in centrale. Qualcuno mi può accompagnare?»

«Non faccia lo stupido.» Il dottore lo scruta con espressione seria. «Rimarrà a letto per le prossime quarantott'ore. Ora dorma, passerò a darle un'occhiata più tardi.»

Nile chiude di nuovo gli occhi. Forse Mama Toulaine fa parte di un sogno quando spunta al suo capezzale con un mazzo di orchidee. Somiglia a una regina africana, con il vestito azzurro acceso coperto di broccato giallo. Ha un'espressione intenerita mentre gli accarezza il viso con la punta delle dita.

«Come stai, giovanotto?»

«Meglio, Mama. Tornerò presto in forma.»

«Gede è ancora al crocevia, Solomon. Ci sarà un'altra morte prima che lasci in pace l'isola; fa' che non sia la tua.»

Non appena Toulaine lo bacia sulla guancia, Solomon sprofonda nel sonno più profondo della sua vita. La luce è cambiata quando si sveglia. È più morbida di prima e tinge la camera di un ocra spento. Prova dolore a sedersi, ma non gli importa; ogni movimento gli causa una fitta lancinante alle costole, però non può rimanere a letto. Telefona a Lily, quindi riesce a mettersi in piedi, proprio nel momento in cui Lady Vee compare sulla porta. Indossa uno dei suoi completi pastello, elegante come sempre, con solo qualche livido ancora evidente.

«Ho saputo che mi ha salvato la vita, Lady Vee. È la donna più coraggiosa di tutta Mustique.»

Lei gli sorride con dolcezza. «Anche tu hai salvato la mia. Per fortuna avevo imparato le nozioni di primo soccorso da esploratrice. Qualunque sia la grandezza della ferita, bisogna fermare l'emorragia.»

«Se avessi perso più sangue, ora non sarei qui.»

«Sarebbe stato un peccato per tutti» commenta lei avvicinandosi. «Che storia terribile, vero?»

«Se non altro abbiamo trovato il nostro killer.»

«E ora come procediamo?»

«Il mio capo vuole interrogarlo domani, poi rimarrà in cella fino al processo.»

L'espressione di Lady Vee si indurisce. «Non può attribuirsi il merito del successo, mentre siamo stati noi a fare tutto il lavoro. Dovrebbero darti una promozione e io ho bisogno di ascoltare la confessione di Phillip dalle sue labbra.»

Nile riesce a sorridere. «Sapevo che l'avrebbe vista in questo modo. Lily arriverà tra poco, con la buggy. Possiamo andare in centrale insieme.»

«Perfetto. Tuo fratello ti ha portato dei vestiti puliti. Lascia che ti aiuti a infilare la camicia. Potrai tornare qui a riposare dopo che saremo stati da Phillip.»

«Al dottore non piacerà che usciamo dal centro medico.»

«Chi se ne importa.» Lady Vee si sporge in avanti e lo scruta seria in viso. «Dopo ieri notte, non ci ferma più nessuno.»

Un'altra fitta assale Nile mentre si veste, ma il tono di trionfo di Lady Vee gli dà nuove energie. È così concentrato sul compito che li aspetta da non accorgersi quasi del dolore.

63

L'uragano Cristobal ha colpito la centrale di polizia con furia dirompente. Il tetto sopra l'atrio è stato strappato via, il cortile è ingombro di rami, una vecchia bicicletta pende da un albero, ma Solomon è troppo assorto per accorgersene. Domani l'ispettore Black subentrerà nell'indagine, ma oggi il responsabile continua a essere lui, ed entrambi abbiamo bisogno di sapere che cosa ha spinto Phillip a commettere crimini tanto efferati. Entriamo insieme zoppicando, mentre Lily rimane ad aspettare sulla buggy.

Non sono pronta alla sofferenza emotiva di rivedere Phillip. Lo conosco da trent'anni, ho creduto che fosse tanto sensibile da avere bisogno del mio sostegno, invece si è rivelato il miglior attore mai esistito. Mi ha ingannato in maniera così assoluta che le mie emozioni sono in caduta libera.

«È pronta, Lady Vee?» chiede Solomon.

«Ho visto giorni migliori, ma ormai non può più farci del male, grazie al cielo.»

«Abbiamo bisogno di una confessione completa; potrebbe dirci qualcosa in più se lei si mostrasse comprensiva. Registrerò tutto ciò che dice.»

«Farò del mio meglio.»

Troviamo Phillip seduto a gambe incrociate sul pavimento della sua cella, lo sguardo rivolto in alto verso il cielo. Non registra il nostro arrivo quando ci mettiamo sulla panca di fronte a lui e questo mi dà il tempo di esaminarlo. Mi affiorano alla mente frammenti delle storie che mi ha raccontato nel corso degli anni, dalla povertà della sua infanzia alle dolorose separazioni che non mi ha mai spiegato fino in fondo. Il carattere irascibile gli è costato anche dei ruoli, a causa della sua tendenza a vendicarsi dei colleghi se gli rubavano la scena. Come ho fatto a non accorgermi che non aveva mai superato veramente la vena di violenza che lo abita? Passa qualche minuto di silenzio prima che si decida a parlare.

«Nemmeno una nuvola in cielo. Quella tonalità di azzurro si chiama celeste, vero?»

«Direi ceruleo» risponde Solomon. «Turchese con una punta di giallo.»

«Potresti avere ragione.» Un sorriso rilassato attraversa il viso di Phillip. «Mi spiace che tu sia rimasto ferito ieri notte, Solomon. I danni collaterali sono sempre un peccato.»

Il sergente tiene la bocca chiusa. Sembra intuire che il silenzio è la via d'accesso migliore alle informazioni; sono pochissime le persone che riescono a gestire il suo vuoto abissale.

«Sono contento che tu sia qui, Vee. Avrei chiesto di vederti, perché le nostre conversazioni mi danno sempre conforto.» Gira impercettibilmente il capo, senza tuttavia guardarmi negli occhi. «Non m'importa l'opinione di nessun altro. Tu sei stata l'unica a indovinare tutto.»

«Sono stati gli oggetti nei cassetti della tua scrivania a tradirti. Erano una dimostrazione di tutto ciò che tenevi nascosto; non solo le occasionali sigarette, ma l'ambizione a ruoli teatrali. Hai esordito in teatro, con Ibsen e Čechov, vero?»

«Hollywood mi ha etichettato. Mi assegnavano parti nelle commedie romantiche e nient'altro.»

«Sono pochissime le persone con il talento sufficiente per vincere un Oscar, come te.»

«Sei sempre stata così gentile. Posso parlare da solo con Vee un'ultima volta, Solomon?»

«Temo di no. Deve essere messo tutto a verbale.»

Phillip continua a fissare il fazzoletto d'azzurro sopra la

sua testa. A quanto pare io sono il pubblico a cui ambisce, così abbasso la voce a un sussurro, imitando la nostra precedente familiarità.

«Poverino, chissà quanto hai sofferto.»

«Non lo immagini nemmeno, Vee. Mi odio per tutto questo.» Alla fine si gira verso di me. «Ma sapevo che avresti capito.»

Mi sforzo di sorridergli. «Questo spiega come mai José fosse tanto sconvolto, giusto? Deve averti visto fare qualcosa di spaventoso, oppure seguire Lily a casa. Quel ragazzo stava solo cercando di proteggermi.»

Quando guardo verso Solomon con la coda dell'occhio, mi rendo conto di quanto soffra; un velo di sudore gli copre il bel viso, come la notte scorsa, quando ho creduto che stesse per morire. Vorrei aiutarlo a ottenere la confessione, dopo che ha dimostrato tanto coraggio, ma è difficile guardare negli occhi Phillip con tutta la rabbia che provo. Si è seduto su una sedia di plastica dentro la cella, proprio di fronte a me, a pochi metri di distanza. Sembra l'ambientazione di un nuovo film d'azione, dove un vecchio attore del cinema è accusato di crimini che non ha commesso, e vorrei che la verità fosse così semplice. Il suo viso è così tormentato che istintivamente allungo la mano oltre le sbarre e lui la prende subito.

«Mi spiace, Vee. Sapevo che stavi per scoprire la verità, perché sei sempre così perspicace. Volevo mandarti fuori strada giusto il tempo necessario per fuggire con la mia barca, ma adesso è tutto perduto.»

«Devo capire perché lo hai fatto. Riguardava qualcosa del tuo passato?»

Lui sembra sul punto di piangere. «La mia famiglia si è divisa, ma non posso attribuire a loro la colpa di tutti i miei guai. Sono nato con troppa tenebra dentro di me. A quindici anni ho cercato di strangolare uno dei miei fratelli, ed è dovuto intervenire mio padre. Non volevano mai ascoltarmi. Ero così rabbioso che facevo del male a chiunque mi ostacolasse. Quando aggredii una delle mie sorelle mi mandarono a vivere con uno zio. Mi picchiava quasi tutti i giorni. Cominciai a saltare le lezioni, entrai in un giro di droga e di piccola criminalità.»

«È terribile.»

«Poi scattò qualcosa. Mi sentivo spinto a fuggire e la recitazione mi permetteva di diventare qualcun altro, ma il danno ormai era fatto. Sapevo che la gente aveva paura di me ed era un potere inebriante. Non badavo alle persone che schiacciavo lungo il cammino. Il dolore e la violenza dentro di me erano fuori dal mio controllo.»

«Io però ho visto solo il tuo lato luminoso, vero?» Faccio una pausa. «Avevi intenzione di andare in un posto preciso con l'*Aqua Dream*?»

«In Venezuela o in Ecuador. Sarei potuto sparire tra le montagne...» La sua voce si spegne.

«Dimmi com'è accaduto, Phillip. Potrebbe farti sentire meglio.»

Ritira la mano di scatto, si raddrizza a sedere, getta la testa all'indietro come sotto le luci della ribalta. «All'inizio mi piaceva molto stare qui. All'epoca ero un gran nome, mi davano parti di rilievo, ero invitato a ogni festa. E poi cambiò tutto all'arrivo di Emily Calder. Lei era l'élite di New York: semplicemente ammaliante, e me ne innamorai. Ma per lei non ero altro che un povero ragazzo di campagna. Mi ha sempre guardato dall'alto in basso, a partire dal primo giorno.»

«Ti sbagli. Emily ti era molto affezionata.»

«La gente parlava del progetto per la barriera corallina come se non esistesse nient'altro. Era la pupilla di tutti.»

«L'hai uccisa per questo?»

«Io l'amavo e lei mi respinse. Per tutta la vita ho ingoiato la sensazione di essere un ripiego. La gente mi guardava con disprezzo per la mia mancanza di classe, mi sminuiva, non mi dava mai le parti che volevo. Ecco perché adoravo te e Jasper. Voi siete aristocratici, eppure mi trattate con rispetto.»

Phillip prosegue; il complesso di emarginazione si era sovrapposto al disagio infantile e aveva scatenato la sua campagna d'odio. Emily Calder respinse le sue avance, e lui allora l'aspettò fuori dalla villa, poi la strangolò in giardino. Scesa la notte, trascinò il corpo fino al mare lasciando il suo vestito ripiegato sulla sabbia.

«Lily e i suoi amici mi invitavano dappertutto, finché lei iniziò a lavorare a tempo pieno al progetto di Emily. Lily sapeva che non potevo fare immersioni, ma andò avanti senza curarsene. Tutti quei giovani affascinanti preferivano trascorrere il tempo su quella maledetta barca, lasciandomi da solo. Mi voltarono le spalle, uno alla volta.»

«A partire da Amanda Fortini?»

«Si innamorò di me dopo due lezioni di francese, poi mi respinse esattamente come aveva fatto Emily tanti anni prima. Le interessava soltanto frequentare gli amici più giovani e immergersi su quella maledetta barriera. Era una storia che si ripeteva e la mia collera si riaccese.»

«E Tommy Rothmore?»

«Pensavo che avesse scoperto la verità su di me e Amanda, perciò gli ho detto che avevo nascosto il suo corpo sott'acqua. Ho cercato di finirlo nel padiglione estivo dei Fortini, ma è riuscito a scappare e l'ho ripreso soltanto la notte in cui ho appiccato il fuoco alla villa. Con l'incendio mi sono liberato del cellulare di Amanda, della sua macchina fotografica e delle stupide lettere d'amore che mi aveva scritto all'inizio. Ho anche appeso le sue foto sul muro della camera di Tommy.»

«Non c'era nessun bisogno di aggredire Sacha Milburn, né di introdurti a casa di Keith Belmont.»

I suoi occhi lampeggiano di collera. «Sacha spiava sempre tutti e prendeva appunti su quello stupido quaderno, così ho strappato le pagine che mi riguardavano. Poi l'ho dato al dottore, perché ci aveva scritto anche della loro avventura. Gli ho detto che avevo copiato tutte le pagine, per farlo stare zitto. Non potevo rischiare che rivelasse di avermi visto a bordo dell'*Aqua Dream*. La mia amicizia con Keith è finita quando gli è venuta l'ossessione per il corallo, come a tutti gli altri. Volevo dargli un avvertimento.»

«Hai cercato anche di incastrare Dex Adebayo, vero? I simboli Obeah ci hanno fatto sospettare di chiunque professasse quella religione.»

«Dex e io siamo vecchi amici; da anni conducevamo il nostro piccolo traffico segreto. Ma nessuno è indispensabile. Quando è diventato un tossico ha perso ogni valore.»

«Perché sei ancora così pieno di odio nonostante tutti i successi? È passato molto tempo dalla tua infanzia.»

«Ma non capisci, Vee? Nessuno mi ha mai voluto bene incondizionatamente, da quando ero piccolo fino adesso. Sacha, Amanda e Tommy erano nati milionari e mi guardavano dall'alto in basso, proprio come Emily Calder, perché mi ero fatto strada dai bassifondi.»

«Questo non spiega perché tu abbia preso di mira Lily.»

L'espressione di Phillip torna ad accendersi di risentimento. «Ogni anno somigliava di più a sua madre, bella e avventata, ossessionata dal corallo. Le ho lasciato quei messaggi sulla barca.»

«Lei ti voleva bene come a uno zio e si fidava completamente di te.» Fatico a guardarlo negli occhi. «Come ti sei procurato una chiave per poter lasciare il corallo fuori dalla camera di Lily?»

«Non ricordi di averne data una a Emily Calder tanti anni fa? Così poteva stare a Eden House anche quando tu non c'eri. Non hai mai cambiato la serratura dopo la sua morte.»

Ricordo solo ora l'occasione in cui diedi la chiave a Emily, a un pranzo con Jasper e Phillip, mentre Lily giocava in piscina. «Perché hai inciso quei simboli sul corallo?»

«L'Obeah è pieno di dèi e demoni che riflettono la natura umana. Siamo tutti una miscela di bene e male, non trovi?»

Solomon domanda a bassa voce: «È stato il suo motoscafo a colpire Amanda? E come ha fatto a persuadere gli uomini sull'*Aqua Dream* a lasciare i corpi delle vittime ancorati alla barriera?».

Phillip ride lentamente. «Quegli stupidi farebbero qualunque cosa per denaro, ma non sono molto svegli. Hanno scelto il luogo peggiore dove ormeggiare durante la tempesta ieri notte, senza consultarmi. Io mi occupavo del lavoro sulla terraferma, nelle ville e rubando ciò di cui avevamo bisogno al centro medico; loro agivano in mare. Hanno costruito loro la bottiglia incendiaria per la stazione di polizia. Li avevo raccattati a Hollywood. È piena di stuntman falliti, ex attori e visionari. Puoi vedere le loro facce sullo sfondo di vecchie soap opera e telefilm polizieschi. Ho lasciato che si scegliessero nuovi nomi e gli ho procurato dei documenti falsi. Per un po' dovevano occuparsi solo di spostare merce, ma le ultime settimane sono state più avventurose.»

«È così che hai fatto i soldi sufficienti per permetterti l'*Aqua Dream*?»

«L'ho acquistato con i compensi di Hollywood, ma in segreto. Mi servivano fondi per mantenerlo, così ho fatto tutto il necessario. Perché accettare un ruolo di secondo piano se potevo guadagnare dieci volte di più come trafficante in mare?»

«Abbastanza ironico per chi odia l'acqua.»

Phillip ride come se avessi fatto una battuta irresistibile. «Ho sempre finto di soffrire di mal di mare. È così che sono riuscito a raggiungere lo yacht ieri notte prima di voi.»

«Come ha ottenuto l'immunità diplomatica?» chiede Solomon.

«Non mi è costata molto, amico mio. Ho comprato un favore dal tuo capo: lui ha chiuso un occhio sull'intera faccenda per me, senza fare domande.»

«Questo spiega perché fosse così deciso a tenermi lontano dall'*Aqua Dream*.»

Phillip si gira verso di me. «Adesso non ha più importanza. Dimmi che mi perdoni, ti prego, Vee. È tutto ciò che mi interessa.»

Vedo passarmi davanti i nostri anni di amicizia, tutti i bei tempi su Mustique, fino a ora. La realtà spazza via i ricordi, come il gesso da una lavagna. Mi salgono le lacrime agli occhi.

«Credi veramente che possa perdonarti? Lily ha perso sua madre quando aveva cinque anni. Poi hai ucciso altri due ragazzi innocenti. Solomon e Sacha hanno rischiato di morire e mi hai drogato alla festa sulla spiaggia. Avresti permesso a quegli uomini di uccidermi, senza pensarci due volte.»

L'odio che affiora sul suo viso quando gli rifiuto il perdono mi fa provare gratitudine per le sbarre che ci separano. Come ho fatto a non cogliere la luce psicopatica nei suoi occhi, o il suo abietto narcisismo? Quando mi allontano il mio vecchio amico grida il mio nome a gran voce. Solomon mi mormora parole di sostegno all'orecchio, e mi sorregge verso l'uscita. L'antica amicizia è una forza potente, ma sono decisa a non voltarmi indietro.

64

Lunedì, 23 settembre 2002

Solomon Nile è seduto su una sdraio in veranda mentre il padre schiaccia il suo pisolino pomeridiano. L'isola è tornata identica a prima dell'arrivo dell'uragano Cristobal, a parte qualche tetto danneggiato che i vicini stanno già riparando. Vorrebbe dare una mano, ma la sua ferita è ancora in via di guarigione, dopo tre giorni a casa. Il mare brilla di un azzurro acceso, non c'è nemmeno una nuvola in cielo, tutto sembra normale, ma le cose stanno già cambiando. Lyron finalmente è cresciuto; lavorerà come tuttofare per guadagnare di più e poi inseguire il suo sogno di diventare pilota.

Nile osserva una piccola barca da pesca rientrare in porto, accontentandosi di ammirare la bellezza dell'isola finché è in convalescenza. Sorseggia tè freddo mentre gli abitanti di Lovell si dedicano alle loro faccende. È una sorpresa vedere Lily Calder sul vialetto, con un paio di shorts, una canottiera bianca e una borsa di tela a tracolla. Le sue lunghe gambe si muovono sempre con quella camminata da ballerina. Pensava che le loro strade non si sarebbero più incrociate, dopo il trasferimento di Phillip Everard a St Vincent in attesa del processo, e invece, ora che Mustique può tornare a respirare liberamente, lei sta venendo proprio verso casa sua.

Lily si accomoda sulla sdraio accanto a lui senza nemmeno salutarlo, come se andare a trovarlo fosse una cosa da tutti i giorni.

«Ti porto notizie dal mondo esterno, Solomon.»

«Qualcosa di buono?»

«In effetti parecchio.»

«Allora spara.»

«Il tuo capo è stato licenziato, per essersi fatto corrompere da Phillip. Vee dice che la polizia vuole dare il suo posto a te, con un sostanzioso aumento di stipendio. Ci sono degli agenti in centrale che stanno cercando di risolvere i problemi che hai indicato. Dex Adebayo è stato arrestato per traffico di droga. Sarà accusato anche di lesioni personali: Cherelle ha deciso di denunciarlo, alla fine. I tizi dello yacht saranno processati per concorso in omicidio.»

«Che altro? Scommetto che non hai finito.»

«Il dottor Pakefield potrà restare al suo posto fino al ritorno del dottor Bunbury; il suo unico sbaglio è stato di recarsi a bordo dell'*Aqua Dream* a tarda notte, e accettare dei soldi per i figli. A quanto pare anche il pastore Boakye sarà perdonato.»

«Non ci credo. Si è inventato il curriculum di sana pianta.»

Lily gli sorride. «Tutta l'isola è al corrente di ciò che ha fatto per liberare la famiglia dalla povertà e seguire la propria missione. Manda quasi l'intero stipendio a Lagos e sull'isola ha grandi seguaci, come Keith Belmont, che lo difendono. Trascorrerà un anno al seminario di St Vincent, poi vedrà dove lo manderanno.»

«Speriamo che sia sincero.»

«C'è un'ultima cosa, temo.» Si toglie gli occhiali da sole, i suoi occhi della stessa tinta turchese del mare calmo. «Phillip si è ucciso ieri notte, in cella.»

Nile ricorda l'avvertimento di Mama Toulaine a proposito di un'altra morte, poi si abbandona a una sequela di imprecazioni. «Com'è stato possibile, dannazione? Non c'era nessuno a fare la guardia?»

«Controllavano la cella ogni quindici minuti. Doveva essere molto deciso; ha usato i vestiti per impiccarsi.»

La mente di Nile freme di collera. Ancora una volta Everard ha trovato il modo di mettersi in luce. «Sei passata per dirmi questo, Lily?»

«Sarei venuta prima, ma pensavo che avessi bisogno di riposo.»

«Scusa, non volevo scattare così.»

«Non importa. Anch'io sto ancora elaborando le notizie; stento a credere che due persone con cui trascorrevo tutte le estati da quando ero piccola non ci siano più. È strano che mi senta meglio riguardo alla mamma. Non aveva nessuna intenzione di abbandonarmi, e non è stata colpa mia. Si è trovata soltanto al posto sbagliato nel momento sbagliato.»

La sua faccia esprime una tristezza così profonda che Nile allunga la mano e le tocca il polso. «Sono contento che tu sia qui.»

Il sorriso di Lily si riaccende lentamente. «Ho preso in prestito la buggy di Vee per il pomeriggio. Se ti senti abbastanza bene potremo trovare una spiaggia deserta da qualche parte e sdraiarci su un asciugamano. Ho portato persino la roba per il picnic. Pensavo che potesse servire a distrarti dal tuo rimuginare.»

«Non sto rimuginando.»

Lily scoppia in una risata fragorosa. «È una solenne bugia e ho i testimoni.»

«Penso di poter affrontare una gita in spiaggia.»

«Più che altro un picnic esclusivo in riva al mare con chauffeur.»

«Per me va bene.»

Nile infila i piedi in un paio di vecchie infradito. Le posa la mano sulla spalla e poi si dirigono insieme verso l'oceano che si dispiega davanti a loro come un tappeto magico, scintillante nel sole del tardo pomeriggio.

65

Sabato, 28 settembre 2002

Il ballo sotto la luna inizierà tra un'ora. Sto dando gli ultimi tocchi al make-up, una spruzzata di brillantini sugli zigomi, un altro po' di spray colorato tra i capelli raccolti in uno chignon. Jasper e io abbiamo valutato l'idea di cancellare la festa e sostituirla con qualcosa di più intimo per celebrare il compleanno di Lily, ma ci è sembrato giusto procedere come previsto. I Rothmore sono a Mustique e i Fortini sono nostri ospiti, ed entrambe le famiglie hanno insistito perché tutto rimanesse come programmato. Il ballo celebrerà le vite perdute degli amici di Lily, oltre alla sua maggiore età. Tommy e Amanda saranno con noi questa sera, ma anche la vita di Lily è importante. Voglio che si affacci con fiducia al mondo, nella consapevolezza di avere un ruolo centrale nella nostra famiglia. Sono così grata di essere qui.

Quando mi alzo dalla toeletta, il costume mi accarezza perfettamente la figura. È di seta grigio chiaro. Forse non sembrerò un raggio di luna, ma mi sento elegante e pronta per la serata. Quando scendo di sotto non c'è traccia di Jasper, ma tutto sembra al suo posto. La tenda sul prato somiglia a un'astronave pronta a decollare verso il cielo, i tavoli all'interno sono apparecchiati con prelibatezze e vini da tutto il mondo.

Esco in terrazza e osservo José Gomez che controlla le catenelle di luci a forma di stella che decorano gli alberi, anche se il sole non è ancora tramontato all'orizzonte. Porta a termine il suo compito con gesti lenti e aggraziati, e sono soddisfatta di vederlo di nuovo felice. Jasper e io abbiamo ricompensato i suoi coraggiosi tentativi di dimostrarci la pericolosità di Phillip e di vegliare su di noi. Spero che uno stipendio più generoso possa aiutare la sua famiglia. Tutti gli ospiti sono arrivati in tempo per il nostro *moondance*. Sento la musica lontana, mentre alcune delle rockstar mondiali più famose si preparano a dedicare le loro canzoni a Lily sulla spiaggia di Britannia Bay. Il ballo sarà come ai vecchi tempi, un'ondata di personalità di spicco che sciamano da una villa all'altra, con un finale di musica sulla spiaggia e uno spettacolo di fuochi d'artificio.

Quando sento dei passi affrettati alle mie spalle, non posso fare a meno di trasalire. Ho ancora i nervi scossi dopo la mia avventura in mare, anche se le ferite sono guarite ed è passata una settimana. È Wesley, con un vassoio su cui c'è un solo bicchiere. Indossa una giacca dorata, scintillante di paillettes, su pantaloni e camicia neri.

«Un vodka tonic per lei, Lady Vee, per iniziare la serata.»

«Grazie del pensiero, Wesley. Stai molto bene vestito così.»

Il mio maggiordomo abbozza un sorriso. «Lord Blake mi aveva suggerito di vestirmi da stella cometa, ma io mi sono rifiutato categoricamente.»

Wesley si allontana, come sempre con l'assoluto controllo della situazione e la dignità intatta. Comincia ad arrivare gente. Non c'è traccia di Jasper, ma sento la sua risata in lontananza e provo un grande sollievo all'idea che sia felice e pronto a rendere onore al suo soprannome, Lord delle danze. Finalmente scorgo Lily in fondo al prato. Non si è ancora vestita; la cosa non mi sorprende, perché lei e Solomon Nile hanno trascorso insieme ogni minuto libero dalla conclusione del caso. Sono andati fuori con la sua barca, a controllare che gli innesti di corallo siano sopravvissuti all'uragano e a riparare eventuali danni. Lui le ha dato una mano a superare la perdita dei suoi amici. Mi sembra a sua volta più spensierato, come se si fosse liberato di un fardello che si portava dietro. Il mio dolore è più difficile da definire. Perché mi fa tanto male perdere qualcosa che in realtà non è mai esistito? La gentilezza di Phillip era solo l'ennesima simulazione in una vita intera di finzione. Il vuoto che ha lasciato si riempirà, con il passare del tempo.

Bevo un sorso e sento di nuovo la voce di Jasper tra la folla, più vicino, che chiama il mio nome. Ho la tentazione di restare qui, ma devo unirmi alla festa e vedere che cosa ha combinato adesso. Il sole tramonta all'orizzonte e mi sembra di cogliere un bagliore smeraldo sulla superficie del mare, ma non è così. Mustique è di una bellezza assoluta, una casa lontano da casa, e il mio cuore trabocca di gratitudine mentre scendo di corsa i gradini per salutare i miei amici.

Mondadori Libri S.p.A.

Questo volume è stato stampato
presso ELCOGRAF S.p.A.
Stabilimento - Cles (TN)

Stampato in Italia - Printed in Italy